どうする家康

四

古沢良太［作］
木俣冬［ノベライズ］

NHK出版

どうする家康 四

古沢良太［作］

木俣冬［ノベライズ］

目次

第三十六章　於愛日記

元亀《げんき》二年（一五七一年）十月、お慕いする人が逝《い》ってしまった。

私の心もまた、死んだ。


紫式部、清少納言などの読み物が好きな於愛《おあい》は、いつの頃からか自分でも日記をつけている。そうすることで、気忙しい日々、心の平穏を保っていたのである。

ある日、於愛はふと、昔の日記を開いた。浜松から駿府《すんぷ》に引っ越す際に出てきたものだ。そこには元亀二年の出来事が、やや震える筆致で綴られていた。

その頃、於愛は二十歳、三河《みかわ》に武田軍が進行していた。夫・西郷義勝《さいごうよしかつ》は武田軍と戦うため竹広に出陣することになった。具足をまとい、家来を従え、今まさに、五本松城の屋敷を出る夫を見送る於愛は右手で二歳の女児の手を握り、左手で一歳の男児をしかと抱いていた。

「御武運をお祈りします」

「この子らのためにも、ここらでひと手柄立ててみせる」

「手柄など要りませぬから……ご無事で」

武士の妻にあるまじき願いであった。だがその願いもむなしく、数日後、義勝は、筵《むしろ》をかぶせられて戻って来た。竹広は激戦地であったのだ。

変わり果てた夫の顔を見つめる於愛の思考は止まり、涙も出ない。絶望的な気持ちで夫の刀を手に取ると首に当てた。が、二人の子のことを考え、とどまった。

生きていかなくては――。

そうして四年、於愛の運命が動きだしたのは、天正三年（一五七五年）のことだった。浜松城で働く者を募集しているというので面接を受けた。

応対したのは徳川家康《とくがわいえやす》の側室のひとりお葉。きりりと清々しい人物であった。

「それで……ここで働く間、お子はどうする？」

「父も母も亡くなっておりますので、祖父母に」

「西郷の家の後家ならば、新たな輿入れ先があろう？」

「もう……どなたかの妻になる気は……」

ただ生きることに精一杯で、どこか陰りのある於愛の頬を、お葉はいきなり両手でむんずと摑んだ。そして、ぐいっと上に持ち上げた。

「嘘でも笑っていなされ。皆に好かれぬと辛いぞ」

お葉のはからいで於愛は浜松城で働きはじめた。だが気を抜くとすぐまた虚ろな表情になってしまう。そのたび、両手で頬を持ち上げ、笑顔をつくった。無理して明るく振る舞っているので、ときどき失敗もしてしまう。その日も、井戸での洗い物を終え、大台所へ笑顔をつくって向かったところ、つまみ食いをしている者がぼんやりと視界に入った。近目《ちかめ》だったため、顔ははっきり見えなかった。於愛はさらに口角を上げ、男の尻を思い切り叩いた。「またつまみ食いして！」

それが家康との出会いだった。

天正四年（一五七六年）五月二十日、思いがけぬお話を頂いた。

話を持ってきたのは、お葉である。

「お方様からもかねてより、誰かよい人をと頼まれておってな。子らも、これで安泰となろう？」

「まことに恐れ多く、身に余ることにございます。なれど……お方様のお目にかなうとは……」

ところが、於愛の笑顔を瀬名《せな》は気に入ったようだった。

「よい笑顔じゃ。愛や、殿のことよろしく頼みます。そなたのおおらかなところが、きっとこの先、殿の助けになろう」

お方様、私の笑顔は、偽りでございます。

家康の側室となった於愛は、無理してつくった笑顔の裏にある、誰にも言えない心の内を、せっせと日記にしたためた。

殿のことは心から敬い申し上げているけれど、お慕いするお方ではない。

夜、何も知らず於愛に心を許して寝ている家康のすぐそばで、本音を綴る背徳感。そこつな振る舞いで人を笑わせ、心では泣いて……。陽気な彼女とは別の顔がそこにはあった。ふたつの顔を持ちながら、家康の子もなし、十二年もの月日が過ぎた。於愛は駿府城の奥を預かる者としてなくてはならない存在になっていた。

天正十六年（一五八八年）、春。家康は、都での政務が多くなり、官位もさらに上がって従二位・権大納言となった。関白豊臣秀吉公《かんぱくとよとみひでよし》による日本国の政《まつりごと》を支える立場である。

駿府城の居室で、大坂城《おおざかじょう》へ向かう家康の出立《しゅったつ》の支度を於愛が手伝っていると、鳥居彦右衛門元忠《とりいひこえもんもとただ》が報告に来た。家康に何やら捜索を命じられていたようで「……は、忠世兄ぃと懸命に捜しておりますが、一向に見つかりませぬ」と困惑している。

「何をお捜しなのです？　お手伝いいたしましょうか？」

於愛の申し出に、家康は「いやなに、こっちの話よ」と言うと、すぐに話を変えた。

「ところで於愛、平八郎《へいはちろう》と稲《いな》は、まだ納得しとらんか」

「はぁ、真田《さなだ》とは家風が合わぬとか何とか」

「まあ、無理強いするつもりもないが……戦《いくさ》にはもうしとうないでな」

「私が甲斐《かい》に戻る前に平八郎を説き伏せます」と彦右衛門。

「稲のほうはもう一度私から話してみます」と於愛。

家康は、大坂のあと、京の聚楽第《じゅらくだい》に向かう予定で、そこには妻の旭《あさひ》を同行することにしていた。

「では行って参る。於愛、留守を頼んだぞ」

見送る於愛に「いつもよい笑顔じゃの」そう言って城を出てゆく家康は、彼女の笑顔の裏側を決して知ることはないだろう。

大坂で政務をこなした家康は、疲れのとれないまま、酒井《さかい》左衛門督《さえもんのかみ》忠次《ただつぐ》を伴い、聚楽第へと向かった。京都御所の西に位置する大邸宅は、天正十四年（一五八六年）の二月から一年以上をかけて、関白の政庁として、かつての大内裏《だいだいり》があった内野（京都市上京区）の地に贅を尽くして建てたものである。秀吉はここで過ごすことが多くなっていた。

「やー！　とー！」と威勢のいい秀吉の声が庭に響く。大勢の家来が見守るなか秀吉は槍の稽古をしていた。槍さばきはお世辞にも巧《うま》いとは言えないが、気合だけは十分である。

秀吉の槍稽古を、豊臣秀長《ひでなが》とともにかしこまって見学している家康と左衛門督に、秀吉は「北《ほう》条《じょう》はいつ参る」と訊いた。近いうちに秀吉のもとに参じるだろうと左衛門督が答えるが、秀吉は待ちきれず、「もうよかろう、大納言、関東を攻めよ」とせっついた。

「お待ちを。北条には我が娘が嫁いでおり、よい間柄を築いてくれております。北条氏政《うじまさ》、氏直《うじなお》父子を必ずや説得するものと存じます」

実際にはうまくいってはいなかったが、家康としてはそう答えるしかなかった。

小田原城では、北条氏政、氏直父子を、氏直に嫁いだ家康の娘・おふうと榊原《さかきばら》小《こ》平《へい》太《た》康政《やすまさ》が懸命に説得していたが――。

「このままでは必ず戦《いくさ》となります」と小平太、「我が父は戦を避けたい一心。どうか父を信じてくださいませ」とおふう。ふたりに詰め寄られ、氏政はしばらく考えたのち、「そうしたいが、徳川殿は、我らとの約束を果たしてくれておらんでな……」と良い返事をしなかった。

聚楽第で秀長が突いたのは、まさにこの点であった。

「北条と真田の領地をめぐるいざこざはいかな具合に？　こじれたままでは、北条は言うことを聞きますまい」

北条と和睦をするために、上野《こうずけ》一国を北条領とした家康だったが、上野沼田を自領とする真田昌《まさ》幸《ゆき》は、ずっと居座り続けていた。

「ご心配なく。真田には、代わりの領地を与えることで、沼田からは手を引かせます」

左衛門督は持ち前の穏やかな声色で言った。このとき左衛門督は、六十二歳になっていた。それゆえ動作はゆっくりしているが、言葉に説得力がある。

「また、真田の求めに応じ、本多忠勝《ほんだただかつ》の娘を我が養女としたうえで、輿入れさせる用意も進めております」と家康も続ける。

「当人は納得しとるんか?」と秀吉。

「つつがなく進めております。それで万事落着。無益な戦は避けられまする」

「ふうん……」と聞いているのかいないのか、秀吉は無表情で、再び槍を振るいはじめた。

駿府城では於愛と彦右衛門が、本多平八郎忠勝と娘の稲の説得に当たっていた。だが、平八郎も稲も、ともに不服そうな顔をしている。

「真田は好きではございませぬ」

「この通り、躾《しつけ》もなっとらんじゃじゃ馬でお恥ずかしい限り。こんな奴を輿入れさせれば、真田との仲がかえって壊れましょう」

「あいにく父に似てしまったもので」

「俺のせいにするな」

「稲が幼い頃、槍だの弓だのばかり教えたではありませんか。だからこんなことに」

「関わりないわ、あほたあけ」

　父娘は反発し合いながらも、真田への輿入れに気がすすまない点では意見が一致している。於愛は嚙んでふくめるように説得した。

「お稲殿、好き嫌いは脇に置かれませ。北条家に嫁いだおふう殿のことは知っておりましょう？　今まさに、戦を避けようと懸命に北条殿を説得しておいでです。旭様も左様、豊臣家と徳川家を結びつける勤めを立派に果たされました。そなたにも同様の役目が求められております。大事なお役目でございますよ」

　それでもなお、稲は承諾しない。彦右衛門が平八郎を説き伏せる。

「平八郎、殿が秀吉に従ったのは何のためじゃ？　二度と戦をせんためじゃろう。そのためには、この縁組が欠かせん」

「ただこいつには務まらんと思うまで」

「稲がよいとお考えなのは殿じゃ。おぬし、殿に逆らうのか？」

　そこまで言われて納得したのかしないのか、平八郎と稲は何も言わずに部屋を出て行った。

「納得してくれたかのう」と於愛はため息をひとつ。

「大丈夫でしょう、この縁組の大切さは奴もようわかっております。では」

　彦右衛門も疲れたように部屋を出て行った。見送った於愛は、また口角が下がっていることに気づいた。笑おうとして、息を吸った瞬間、ふと、左胸のあたりに鈍い痛みを感じた。右手で左胸を押さえ、呼吸を整えたが、なんだかいやな予感がした。

　その頃、聚楽第では、家康、左衛門督、井伊直政《いいなおまさ》、旭、秀長、北政所《きたのまんどころ》・寧々《ねね》らが夕餉を共にしていた。

「旭、大政所様のご様子はいかがじゃ?」と気遣う家康に、

「へえ、口だけは達者でごぜえますが、寄る年波には勝てんようで」と旭は答えた。

旭は体調を崩した母の大政所に会いに、家康より一足先に京都に着いていた。

「それでも旭様がおそばにいらっしゃると顔色がようなられるようで」と直政が言うと、

「私ではねえ、あんたが来てくれたからだわ、直政殿。ぽーっとなってまって」と旭は笑った。

「旭、我らは一度駿府に戻るが、そなたはこのまま大政所様のおそばにいてさしあげたらどうじゃ」

と家康は提案した。

「それがようございます。私も京勤めとなりましたので」と左衛門督。

「なれど、私は人質でもありますで、徳川の所領におらなならんのでは……」

「今さら人質などと思うておらん。我が正室として京での勤めを支えてくれればよい」

「よい旦那様でございますな、旭殿」と秀長に微笑まれ、

「まこと……ありがとうごぜえます、殿。……はじめはいやでいやで仕方なかったけど、今となっては、浜松も岡崎も駿府もええ思い出ばかりでごぜえます」と旭はしみじみ言った。

いろいろあったが、今ではすっかり、互いを思いやる家族である。だが、ひとつだけ席が空いていた。手つかずの膳は秀吉のものである。

「兄は、今日はもう戻りますまい」と秀長は残念そうに冷めた膳を見つめた。

「お忙しいですな。この頃、より一層意気軒高なご様子で」

秀長と家康の会話を聞いた寧々は、ぶるりと身震いした。

「周りの者の生気を吸い取って自分だけどんどん血気盛んになる物《もの》の怪《け》のよう。新たな側室に御執心で、奥に入り浸っておるんだわ」

「また新たなご側室を？」という直政の質問に、

「ええ、誰だと思やぁす？」と寧々はよくぞ聞いてくれたという勢いで反応した。

「というと我らの知っているお方で？」と家康も思わず膝を進め耳を傾ける。

「まだおおやけにはしておりませんが……」と話したくてたまらなそうな寧々を、秀長が止めた。

「姉《ねえ》さま、今はよいではござらんか。兄《にい》さまは、姉さまのことを一番大事にしております」

「そりゃわかっておるが……あの男は、病だわ。何でも欲しがる病」

一方、駿府城では、留守を預かる於愛が、稲や侍女らの手を借りながら、目の不自由な者たちに施しを行っていた。いまや十歳と九歳になった長丸《ちょうまる》と福松《ふくまつ》にも手伝わせた。ふたりは礼儀正しく、按摩《あんま》や瞽女《ごぜ》など盲目の者たちに食べ物や衣服を配る。皆、「ありがとうございます若君」「慈悲深いお方様じゃ」「徳川様に来ていただいてよかったのう」と口々に喜び、大事そうに品を抱えて行った。

「私も目が悪いでな、なんとなく他人事《ひとごと》には思えぬゆえ。また来月もおいでなさいな」

於愛はそう言いながら、また胸の痛みを感じていた。誰にも気づかれないように息を整えていると、本多正信《ほんだまさのぶ》がしかめ面で現れた。

「御免。於愛様……実はいささか面倒なことが」と言う。「平八郎が……真田に娘はやらんと息巻いておりまして」

「え？」と於愛は思わず稲を見るが、稲は何も知らないようできょとんとしている。

「なにゆえ？」と於愛は、正信の顔を覗き込んだ。

「ま、少々込み入ったいきさつが……。順を追ってお話ししなければなりませぬので、おいでくださいませんか」

於愛は侍女たちに「あとは頼む」と任せ、足早に正信と主殿に向かった。稲もその後を追う。

主殿には大久保忠世《おおくぼただよ》と渡辺守綱《わたなべもりつな》が待ち構えていた。守綱は大きな体を小さく縮こめてうつむいている。正信はため息混じりに言った。

「於愛様……殿は、彦殿と忠世殿にかねて密かな役目を命じておられましてな」

「ああ……そういえば、何やら捜し物を命じておられた」

「その捜し物とは、おなごでございまして」

忠世は声を落として「千代、という名をお耳にしたことは?」と訊いた。

「……いいえ」

「かつて武田が使っていた間者、いわゆる忍びでございますな。武田滅亡後も行方知れず。かなり物騒なおなごでございますれば、殿が行方を気にしておられまして」

そう語る忠世の口調から極秘の話であることを於愛は察した。

「どうやらもともとは、武田の重臣、馬場信春の娘で、望月家に嫁いだが戦で夫を亡くし、信玄に才を見いだされて忍びの手伝いをするように……というあたりまでは調べ上げましたが、どこにいるのかはさっぱり」

「あれほどの者ならどこも放っておかんでしょうからな。真田あたりが拾って使っているのかも……」と正信が続けた。「そんな噂を我らはしておったのです」

「それがつい今朝方、ここにいる守綱が……」と忠世は目を守綱に向けた。

守綱によればこうである。

朝、守綱が、彦右衛門の別宅に、大量の魚の干物をお裾分けにと持ってぶらりと立ち寄った際、彦右衛門が、台所仕事をする女性と仲睦まじくしていた。その者こそ千代だと言う。

「俺は、顔を知っとりますで、間違いございません」

「つまり彦殿は……千代を見つけておきながら、隠しておられたということで？」

「そうなります。彦は正室を亡くしておりますので……。あとでこっそり殿にだけお伝えすればよいものを、このたあけは、面白がって言いふらしよって」と忠世は守綱を小突いた。

「すんません……」と守綱はますます身を小さくした。

「で、平八郎殿の耳に入って、怒り狂ったというわけで」と正信。

於愛は首をかしげた。「なぜそうなりましょう？」

「平八郎殿いわく、彦殿は、真田の忍びの罠にかかったのだと。だからこそ、稲を輿入れさせるよう執拗に迫った。奴は真田の手先に成り果てていたのだ。真田は信用ならん、と」

「真田の忍びなので？」

「まだ何とも」と忠世は言葉を濁した。

「彦殿は何と言っておられる？」

「話し合いに応じませぬ。それどころか家来を集めて屋敷に籠もっておられる」

「まるで籠城ではありませんか」

「殿がお留守である以上、ここは於愛様のお指図を仰ぐほか……」

正信が於愛に判断を促していると、家来が口角泡を飛ばしながら駆けこんで来た。

「申し上げます！　本多忠勝殿、家来を率いて鳥居殿の屋敷へ向かいましてございます！」

「なんですって！」

「真田の忍びを引っとらえると」

「本多対鳥居の戦か、こりゃ面白い」と正信は体をゆすって愉快そうに笑いだした。

「面白がってる場合ですか！　忠世殿、平八郎殿を止めてくだされ！　しかるのち、彦殿と千代をすみやかにここへ！　私が話を聞きます」

於愛が命じると、忠世は守綱を連れてあたふたと出て行った。

ふたりを見送った於愛は、一息ついてから、廊下に向かって声をかけた。

「お稲、立ち聞きはなりませぬよ」

襖の後ろから稲がばつが悪そうに顔を出した。こっそり隠れて一部始終を聞いていたのである。

駿府城を出て、忠世と守綱が彦右衛門の別宅に駆けつけると、門番をしている彦右衛門の家来と、平八郎率いる家来たちが角突き合わせていた。

「出てこい、彦右衛門！　女を引き渡せ！　さもなくば力ずくで引っ立てる！」

平八郎が挑発し続けていると、彦右衛門が強張った顔で現れた。

「やってみろ平八郎！　千代は誰にも渡さん！」

たちまちもみ合いになるふたりを「やめんかやめんか！」と忠世が止めた。

「言うことを聞けんのならこの守綱様が相手になるぞ！」

「お前のせいじゃろうが守綱！」という彦右衛門の言葉を合図に家来たちが守綱に襲いかかった。

「待て待て待て！」と守綱は慌てて皆を制止する。

「家臣同士の諍いはご法度！　双方厳しく処分されるぞ！」とたまりかねた忠世が大声を出した。

彦右衛門は観念し、千代を伴って駿府城の主殿にやって来た。広間の上座に於愛が座り、その傍らに正信が、彼らに向かって彦右衛門と千代が被告人のごとく座った。その後ろには平八郎、忠世が並んで座る。脇に稲も同席を許されていた。慣れない役目に緊張しながら於愛は千代を見つめた。着物も化粧も地味だが、堂々としている千代に於愛は気圧されそうで、ぎゅっと手を握った。

「彦殿、いつ、どこで千代を見つけられた？」と正信が訊いた。

「半年ほど前……甲斐の教来石《きょうらいし》のはずれで……」

「そんなに前から殿を欺いておったとは！　忠義者と思っておったのに、恥を知れ！」

　と平八郎は憤慨した。

「なにゆえ、隠しておられた？」と正信が訊くと彦右衛門は、

「こいつは……恨まれとるに相違ない……。お渡しすれば処断されるか、また忍びをさせられるかじゃ」と千代をかばう。

「こいつは野良仕事をしておったんじゃ……もう忍びではねえ。ただひっそりと暮らしたがっておる……殿の命だって従えねえことはあるんじゃ！」

「まんまと術中にはまっておられる。徳川重臣が真田の忍びに操られておる」平八郎は苛立った。

「真田は関わりない！　こいつはわしを……わしを慕っておると言ってくれたんじゃ」

「それが罠だと言うておる！」

　うっと言葉に詰まる彦右衛門。正信は冷静に諭した。

「彦殿……そのおなごはな、さかのぼれば、殿がお命を落としかけた、あの一向一揆にも関わって

いたはずじゃ」

「お前が言うな……」と忠世がちらと睨む。正信こそ、あのとき一向一揆側について家康を銃撃したのである。その指摘を無視して、正信は続けた。

「そのほかにも様々な謀略の手先となっていたはず……。恐ろしいおなごでござる。はっきり言って、彦殿が手に負えるようなおなごではござらん。いずれ寝首をかかれちまう」

「……彦、たしかに忍びであると断ずることはできん。が、忍びでないと断ずることもできん。いずれにせよ妻とするのは難しい。おぬしの立場が危うくなるぞ」

正信と忠世の言葉に、彦右衛門は押し黙った。

「……千代」と於愛は思い切って声をかけた。「そなたの言い分は？」

「ございませぬ。非道なことをさんざんしてきた私の言葉に信用などありますまい」

「彦殿を慕う気持ちは、まことのものか？」と訊くと、

「……さあ、わかりませぬ。きっと偽りでございましょう、ずっとそうして生きてきたので」

千代はぶっきらぼうに横を向き、隣の彦右衛門に言った。

「あなたは私に騙されたのさ。もう私のことは忘れなされ」

彦右衛門は千代の言葉をうつむいて聞いていた。

頑なな彦右衛門に、達観した千代。どちらも取り付く島がない。於愛はほとほと困り果てた。

「間もなく殿がお帰りになる。殿のご裁定を待つように」

大役を果たせたのか果たせなかったのか——。とぼとぼとひとり居室に戻った於愛は、また古い日記を取り出してめくった。

天正七年九月十五日、恐ろしいことが起きた。お方様に続き、信康様もご自害された。

お支えしなければならない。私よりはるかに傷ついておられるこのお方を。

笑っていよう。たとえ偽りの笑顔でも、絶えずおおらかでいよう。この方がいつかまた、あのおやさしい笑顔を取り戻される日まで。

千代の「偽り」という話が引っかかった。織田信長《おだのぶなが》への謀反《むほん》の嫌疑をかけられた瀬名と長男・松平信康《まつだいらのぶやす》が自害した出来事をきっかけに、於愛は、家康を支えようと決意し、以前にも増して明るく振る舞うようになったのだ。その事件に関わっていた千代の心の内はわからない。が、戦で夫を亡くし、武田の間者としての人生を歩んだ千代のことが、於愛には他人事には思えなかった。

これまでの出来事に想いをめぐらせていると、またきりきりと胸が痛んだ。感傷からではなく、何か体に異変が起きていることはうっすらわかっていた。

翌日、主殿では、帰って来た家康が彦右衛門と千代の裁定を行った。於愛、正信、平八郎と稲、忠世らが同席している。

「殿のご裁定である」と正信が神妙に言い、家康は厳かに口を開いた。

「鳥居元忠、徳川一の忠臣であるそなたが我が命に背いたること言語道断である！」

それまでうつむいていた彦右衛門は、真剣な表情で顔を上げた。

「わしは……腹を切る覚悟はできております！　ただ、こいつだけは……」

すると、家康は表情を変えた。それまでとは打って変わって柔らかい表情となる。

「彦、なぜ妻にしたいと素直にわしに言わなかった？」

「こいつがしてきたことを思えば……左様なことは……とても」

「もとよりわしは、千代を恨んでおらん。忍びとして使うために捜させていたのでもない」

家康は微笑んで、千代を見た。

「そなたは、かつて我らが夢見た世を、穴山梅雪《あなやまばいせつ》らとともに目指したひとりと心得ておる」

はっとして顔を上げた千代に、家康は、

「ただただ、そなたの身を案じておった」と慈悲深い声を響かせた。

「我らが夢見た世は、忍びなど要らぬ世であった。忍びの過去を捨て、鳥居元忠の妻となるがよい」

「今さら、人並みの暮らしが許されるものでございましょうや……お情けなら無用に」

「情けではない。幸せになることは、生き残った者の務めであるとわしは思うぞ」

家康は心の底からそう思う。「彦を支えよ。これは我が命じゃ」

思いもかけない家康の言葉に、千代も彦右衛門もかしこまり、身を伏せた。

「承知……いたしました」

「ありがとうございます……殿」彦右衛門が礼を言うと、

「わしは於愛の助言に従ったまで」

「私はただ……人の生きる道とは、辛く苦しい茨の道……。そんななかで、慕い慕われる者のあることがどれほど幸せなことか……それを得たのなら大事にするべきと思うまで」

謙遜する於愛の言葉に、彦右衛門と千代はさらに感極まってひれ伏した。

家康は、傍らに控える平八郎と稲に視線を移した。「平八郎、異存ないか？」

「真田の忍びである疑いが晴れてはおりませぬ」

平八郎は大きい瞳をぎらりと光らせた。「真田は信用なりませぬ……。万が一、その忍びに徳川重臣が操られていたとあらば由々しきこと！　寝首をかかれてからでは遅い」

頑なな平八郎に家康が困っていると、稲が「ならば私が……」と進み出た。

何を言い出すのかと驚く平八郎に、稲は、微笑む。

「父上……私が、真田に入り込んで、真田を操ればようございます。彦殿が寝首をかかれたら、私は真田父子の寝首をかきます。それでおあいこ」

「左様なこと……お前にできるわけがない」

「父上に武芸を仕込まれてきました。できます」

急に大人びたような稲の顔を、平八郎はまじまじと見つめた。

「夫婦《めおと》をなすもまたおなごの戦と思い知りました。真田家、我が戦場として申し分なし。殿、謹んでお受けしとうございます」

稲の強い決意を聞いた家康は、満足そうにうなずいた。

「平八郎……立派に育てたの。わしの見込んだ通り、肝の座ったおなごよ。稲よりほかに任せられる者はおらん」

急な展開に、しきりに瞬きする平八郎を、忠世と正信が、

「平八郎……そのじゃじゃ馬をおぬしがどれほどかわいがっておったか知っておるつもりじゃ……だがな」「手放す時でござる。いい加減、観念しなされ」と次々諭す。

稲はすっと平八郎に伏した。

「父上、本多忠勝の娘として、その名に恥じぬよう立派に勤めを果たして参ります」

立派に成長した娘の姿に、目をしばたたかせていた平八郎の眼から、涙がほろりとこぼれた。見られてはなるまいと、咄嗟に顔を背ける平八郎に微笑む一同。家康と於愛も目を見合わせ微笑んだ。

その晩、居室で家康は、於愛のために薬を煎じた。

「こたびのことは、そなたのおかげじゃ」

「そんなこと……」

「さあ飲め、胸の痛みもきっと治ろう」

薬を飲む於愛を、家康はあたたかい眼差しで見つめた。

「思い返せばこれまでもわしはそなたに救われてきた……そなたがいつも笑顔で、おおらかでいてくれたから。そうでなければ、わしの心はどこかで折れていたろう」

「私の方なのでございます。殿にお仕えすることで、救われたのは、私の方なのでございます」

「わしが救ったか？」

於愛は茶碗をそっと置くと、ふいに両手の指を頬に当てると、ぎゅっと持ち上げた。

「こうすることを、いつの間にか忘れさせてくださいました」

戸惑う家康に、於愛は笑いかけた。それは心から出た笑顔だった。

「殿……お方様と信康様のこと、お話しくださいませんか？」思い切って於愛は願った。

「今まで聞きたくても聞けずにおりました……でも、ずっと願っておりました、いつか殿がおふたりのことを笑顔で語られる日が来ることを」

家康の瞳は逡巡に揺れている。だが於愛は続けた。

「おふたりの他愛ない思い出を聞きとうございます」

家康はしばらく考えた。が、やがて、決意したようにゆっくり話しはじめた。

「そうじゃな……思い出は色々とあるがな。愉快であったのは、そうそう、信康と五徳《ごとく》の祝言じゃ」

「祝言？」

「それがな、もう思い出すだけで……」と言いかけて、家康は、ぷっと思い出し笑いをした。その顔があまりにも楽しそうなので、於愛もつられて笑ってしまう。

「笑っていてはわかりませぬ」

「いやいや、あのな、鯉がな、魚の鯉……鯉が……」

家康は話を続けようとするが、どうにも笑いが止まらない。於愛もそのまま笑っている。ふたりは嘘偽りなく、心から笑い続けた。

於愛の方は、この一年後の天正十七年（一五八九年）五月十九日、静かに息を引き取った。二十八歳の若さであった。葬儀には多くの民が集まり、哀悼の意を捧げた。誰もが於愛の死を悲しんだが、彼女について話すとき、皆その笑顔を思い出し、自然と顔をほころばせた。


小田原城では、小平太とおふうが辛抱強く北条氏政と氏直の説得を続けていた。

おふうの夫である氏直は気持ちを軟化させ、「徳川殿は真田とのことに尽力してくださった。私に上洛をお許しくだされ」と言うが、氏政は「おぬしは北条の当主、ならん」と首を縦に振らない。

だが「……我が弟、氏規《うじちか》を遣わす」と譲歩した。

「義父上、ありがとう存じます！」

「これにて我が主が戦を避け、北条は守られましょう！」

おふうと小平太は、ほっとしながら深々と頭を下げた。

さっそく朗報が駿府城にもたらされた。主殿の広間では、家康と左衛門督が肩の荷を降ろし、酒を酌み交わした。

「ようやく北条が上洛いたしますか」

「本当は、氏政が行くべきだがな……」

「氏政殿の弟君であっても、大きな実りでござる」

「うむ、小平太がようやってくれた」

「小平太のみならず、北条を説き聞かせたおふう様、そして真田に行かれた稲様のおかげかと」

女性たちがよくやってくれていることに家康は感謝していた。

「いやあ、ほっとしましたな……」と左衛門督は家康にしきりに酒を勧める。いつも以上に愛想がいい。すると、「そこで殿、この酒井忠次、ぼちぼち」と切り出した。薄々、左衛門督の言いたいことを予測していた家康は「隠居はならんぞ」と先回りした。だが、左衛門督は「隠居させていただきます」と言い張る。

「ならん、ならん」

「目もぼんやりとしか見えん。文字はまったく読めんし、殿のお顔もずいぶん色男に見える」

「よう見えとる証しではないか」

「殿の尻ぬぐいはもうたくさん！」

「いつまでもぬぐってもらう！　ぬぐえ！　ぬぐえ！」

「いやなこった！」

酒も回っていい感じに陽気になったふたりはふざけ合いながら、いつしかしんみりしていた。

「これまでまことにお世話になりました」左衛門督は居住まいを正した。思わず家康は「こちらこそじゃ……」とほだされて、はっと我に返り、「いや、認めんぞ！」と突っぱねた。

「隠居します！」

「ならん！」

ふたりはいつまでも「隠居します」「ならん」を繰り返した。

この年の十月、左衛門督は家督を子の家次に譲ると、京都桜井の屋敷に隠居した。

九月、京・聚楽第の庭に家康はいた。直政と秀長とともに秀吉の弓の稽古の見学である。秀吉は的を外してばかりだったが、家康をあ然とさせたのは、秀吉の腕の衰えではない。秀吉は家康と直政に驚くべきことを言ったのである。

「殿下……何と仰せになられましたか？」家康は耳を疑った。

「だからな、北条と真田のいざこざよ。沼田を真田にも分けてやったほうがよかろう」

「それには及びませぬ、真田は代わりの領地と婚姻で納得しておりまして」と直政が言うが、

「それは公平ではない。真田にも分けてやれ」と秀吉。

「それでは我らの苦労が水の泡。せっかく北条は上洛を果たし……」と戸惑う家康に秀吉は、

「氏政も氏直も来んではないか！　当主でもねー奴が来たところで意味はない。真田と分けよ」と厳しく言った。

「……北条は、納得しませぬ」

「我が裁定に不服なら、滅ぼすまでよ」

秀吉は嬉しそうに笑うと弓の稽古に戻った。矢は的を外れてばかりである。

「秀長様……関白様は、はじめから戦をするとお決めだったのですね……」と直政は憮然となる。

「長いこと争ってきた諸国の大名を、いかにして関白様のもと一つにまとめるか。それには……」

秀長は苦渋に満ちた顔となった。

「戦をするのが一番……ということでござるか」

「徳川殿……兄はますます己の思いのままに生きるようになりました。もう諫りも使いませぬ……。周りには、機嫌を取り、そそのかす者ばかり。厳しく意見できるのは、北政所様と、徳川殿ぐらい」

「秀長殿、あなたがおりましょう」

「私は病を持っとります……もう長くない」

確かに秀長は、少し痩せて、顔色も優れない。

「お気をつけなされ……兄に取り入る者のなかには、かなり危うい者もおりますので」

秀長が囁いたとき、近くで耳をつんざくような音がした。

見れば、的のど真ん中に大きな穴が開いている。秀吉の弓の跡ではない。何事かと、家康はあたりを警戒すると、庭の向こうから鈴の音のような笑い声が聞こえてきた。声の主は、若い女性で、細い手に鉄砲を抱えている。女性の小さな手には余りそうな代物だが、苦もなさそうに操っていた。

「これ！　危ねえではねえか！　まったくしょうがねーおなごだわ！」

秀吉は女性を叱った。だが、その声は嬉しそうで、女性にぞっこんなのがはた目にもよくわかる。

何者かと家康は若い女を見て、息を呑んだ。

「殿下があまりにお下手で、見てられませせなんだもので」

女性はふふふ、と艶やかに笑っている。

「おめーには、かなわんのうー！」

秀吉はそう言いながら、家康を振り返り声をかけた。「大納言、どうじゃ？　驚いたろう」

「お市……様……？」

「我が新たなる側室……茶々よ！」

幻か……と家康は目をしばたたかせた。秀吉に紹介されて家康は、京の桜の下で抱いた幼子を思い出した。茶々は市に瓜二つだった。きりっと上がった眼尻、紅く情熱的な唇、ひんやりとした陶器のような白い肌、意思の強そうな眉……。どれもこれもが市だった。市より少し色香が強い。そして、信長にも似た、燃えるような瞳も持っていた。

「家康様、お会いしとうございました！」

茶々は鉄砲を家康に向けた。

「ダーン！」それから、くるりと秀吉に向かっても「ダーン！」

撃つ仕草をして、いたずらっぽく笑う口もとは火のように赤かった。

第三十七章　さらば三河家臣団

京都伏見に立つ淀城《よどじょう》。宇治川、桂川、木津川が合流する淀の地にあるこの城は、茶々の御産所として豊臣秀吉が造らせた城である。天正十七年（一五八九年）五月、淀城の一室に秀吉と寧々が、大きな足音を立て、脇目も振らず駆けこんで来た。

秀吉が飛び込むように部屋に入ると、甘い乳の香りがした。茶々が、布団に横たわり侍女たちに扇がせて涼んでいる。汗をかき大きなことを成し遂げたように充実した笑顔の茶々の傍らには、生まれたばかりの小さな男児がすやすやと眠っていた。

半信半疑で赤子を見つめる秀吉に、茶々は「殿下のお子様でございます」と言う。

「わしの……わしの子だ……！」

秀吉は興奮気味に、生まれた子をそっと抱き上げ、泣きだした。この時ばかりは芝居ではない。大はしゃぎする秀吉を、寧々は複雑な気持ちで見つめた。生まれた子に罪はない。その誕生には嫉妬はなく、喜びだけがあったとはいえ、少しばかり胸が疼いた。

秀吉と茶々の子は、幼名《ようみょう》・鶴松《つるまつ》と名付けられた。

初めて我が子を得て、喜びの絶頂にある秀吉は、十一月、勢いのままに関東北条攻めを決定した。長らく秀吉の圧に屈せず、だんまりを決め込んできた北条氏政は、この期に及んでも泰然としていた。小田原城の一室で汁かけ飯を食べている父の様子を、息子である当主・北条氏直と、その妻であり、徳川家康の娘のおふうははらはらして見つめた。

「今からでも遅くありませぬ、父上、秀吉のもとへ一刻も早く参りましょう」と氏直。

「我が父も北条を救うべく、関白様との談合を続けてくれております。どうかお早く！」とおふう。

だが、ふたりが何を言っても氏政は素知らぬ顔で、汁をかけて飯を食うばかり。いったい何杯食べたのやら。氏直とおふうはなすすべもなく見守るしかなかった。

十二月、氏政の件で、家康は京の聚楽第へ秀吉を訪ねた。

上座に座った秀吉の前、一段下がった場に織田信雄《おだのぶかつ》と西笑承兌《さいしょうじょうたい》が神妙に控えている。承兌は京都五山第二位である相国寺《しょうこくじ》の僧で、秀吉のご意見番のような存在として重用されていた。

「今しばらくの猶予を与えれば、北条氏政は必ず参ります」

前のめりに進言する家康に対して、秀吉は面倒くさそうに、でんでん太鼓など赤子のおもちゃを弄ぶばかり。信雄は「もはや猶予はない。東国の平定にここまで手こずっているのは大納言、そなたのしくじりでもあるのだぞ」と有無を言わさぬ口調だ。承兌は「奥羽《おうう》には伊達政宗《だてまさむね》らもおります。再び天下が乱れることあってはなりませぬ」と言う。四面楚歌だが家康は抵抗した。

「西笑殿、無益な殺生を推し進めるのが仏の道でございましょうや」

「より多くの民の安寧のためでございます」

承兌はにべもない。信雄は「左様、北条を滅せば伊達らも跪き、天下一統、諸国惣無事が相成る！これこそ万民の願い！　すべて関白殿下のおかげである」と鼻息を荒くした。

「大納言、もう決まったことじゃ。ただちに軍勢を整えて小田原へ向かかえ。北条を滅ぼせばその領地、すべて丸ごとおめーさんにくれてやる」

「すべて……？」

「褒美じゃ。北条を成敗したらそのまま治めよ」

「よかったのう、大納言！」と信雄は笑うが、家康は呆然となった。秀吉が興味なさそうに部屋を出て行こうとするところを強い語調で呼び止めた。

「お待ちを！　その褒美はお断り申し上げる。関東は代々北条の地。北条が治めるのが一番！」

「遠慮するな、大幅な加増であろう」と信雄が口を出す。すっかり秀吉に取り入って調子に乗っている信雄が先程から小蝿のようにうるさくてならない。

「殿下と話しておるっ！」と家康は声を荒らげた。

「すでに陣触れは出しておる」

「軍勢は出します。されど、戦の進め方は私にお任せいただきたい。北条には所領の安堵を約束し、すみやかに戦を終わらせてみせます」

「……どれほどで終わらせる？」

「四月《よつき》」

「三月《みつき》じゃ」

秀吉はいつものように冷たい目をしてそれだけ言うと、もう振り返ることはなかった。

無力感に苛まれながら、家康は旭の居室へ向かった。風邪をこじらせ伏せっている旭を見舞いに来たのだ。旭は仲の看病をしに聚楽第へ来て以来、こちらで暮らしていた。

寧々を伴い現れた家康の顔を見た旭は、身を起こした。懸命に家康と寧々の話を聞いていたが、たまに苦しそうにせき込んだ。

「とうとう戦《いくさ》でございますか……」

「私も無用の戦と思うが、若君を授かって以来、淀城に入り浸って、私の言うことにゃ耳を貸しませぬ……」と寧々はため息をつく。

「お子に恵まれたるは、めでたきこと」

「ええ、めでたきことぞ。私も鶴松はかわいい、心から喜んどるに。……ただ、殿下は己の欲をますます大きくされとるようで、なんだかおっかねーわ。この間などは、唐《から》を手に入れようかなどと」

家康は耳を疑った。「唐？　明国《みんこく》のことでございますか？」

「まあ、それはさすがに戯言《ざれごと》でございましょうがな。いずれにせよ、秀長殿も母《かか》さまも病に伏せってしまわれた今、殿下にもの申せるのは、徳川殿と旭殿だけだわ。頼みますぞ」

寧々の言葉に旭も「私も風邪をこじらせとる場合ではありませんなあ」と少し元気になった。

「そうじゃ旭、そなたにはやってもらわねばならぬことがまだまだある」

「はい、殿。これしきの風邪すぐに治してみせます！」

そんなふうに明るく別れたが、年が明けて天正十八年（一五九〇年）一月十四日、旭は帰らぬ人となった。

「……まさか風邪ごときであっけなく逝ってしまうとはな」

駿府城の旭の居室に、家康はがくりと肩を落として佇んだ。

そこへ「お呼びでございましょうか」と現れたのは阿茶局《あちゃのつぼね》である。

武田家家臣・飯田直政《いいだなおまさ》の娘である阿茶は、今川家臣の神尾忠重に嫁いだが、忠重が天正五年（一五七七年)に亡くなり、未亡人になった。その後、家康の女房衆として奉公にあがったのち側室となった。才覚があり、政《まつりごと》も手助けしていた。

「お悔やみ申しあげます」阿茶は立て膝で家康の前に跪いた。

「だがしょげている暇はない、戦に出ねばならん。留守を任せる」

「承知いたしました」

「これからは、旭の分まで働いてもらうことになろう」

「お任せくださいませ」

瀬名に続き、ふたりめの正室を失った。於愛もすでになく、皆、先に逝く。家康は何かを振り切るようにかぶりを振ると、廊下を足早に歩き、主殿に向かった。

広間にはすでに本多平八郎忠勝、榊原小平太康政、井伊直政、大久保忠世、鳥居彦右衛門元忠、平岩七之助親吉《ひらいわしちのすけちかよし》、服部半蔵正成《はっとりはんぞうまさしげ》が待ち構えていた。

家康は何事もなかったような顔で、彼らに命じた。

「関白殿下の命により北条攻めを行う。出陣は来る二月十日とする。子細は、平八郎、小平太、直政、その方らに任せる!」

直ちに平八郎、小平太、直政らが中心となり、軍議に入った。

「我が服部勢はどこを攻めればよい?」と半蔵が訊ねた。

月代《さかやき》を剃り、無精髭も剃った半蔵を、「おお半蔵、おぬしもついに武士となったんじゃな」と彦右衛門がからかうと、

「はじめから武士だがな」と半蔵は憮然と答えた。

伊賀越えの功績により、家康は甲賀・伊賀の忍者たちを隠密として召し抱えた。半蔵は彼らを取りまとめる役目に任じられていた。

軍議の間中、半蔵は張り切って、ひっきりなしに「我が手勢はどこを？」と口を挟み続けた。

「先陣を勤める我らは、箱根から小田原までの道を押さえ、殿下の軍勢を迎える！」

「北条を決して侮るな、守りの固さは天下一と心得よ！」

勇む直政と平八郎に対して、小平太は、「何とかおふう様を助けられたらよいのだがな……」とひとり小田原城に残るおふうを思った。

軍議に熱が入るなか、家康は正信に目配せして座を離れた。正信も察して家康に続いて出てゆく。

家康は阿茶の控える居室で正信に、秀吉から言われたことを明かした。

「三月で？……そいつは難しいでしょう」

「さもなくば北条は滅ぶ」

「やむを得んのでは」

「殿下はその所領をすべて我らに与えるつもりじゃ」

「え？」

「褒美だと。どう思う？」

「これまでの五か国に加え、北条六か国も……？　そんなうまい話があるはずありませんな」

家康の政の相談相手である阿茶も「すなわち、北条領と引き換えに、徳川の所領すべてを取り上げられるものと存じまする。それでも名目上は加増になります」と心配する。

「その実は、この戦の責めを徳川に負わせた国替《くにがえ》ってわけだ」

「そうなれば、もう我らの国に帰って来ることはできまい。わしはそのまま小田原入りを命じられるであろう」

「この駿府もようやく出来上がったというのに。このことを御一同が知れば、大いに動揺が広がるものと存じます」

「……皆には言えん」家康は頭を垂れて呻くように言った。

「皆これまで、我らの国を、故郷を守るため、多くの犠牲を払って戦い続けてきた……。そのおかげで我らは勝ち残ったはず……。今さらすべて取り上げられるなど、どうして言えようか」

それから顔をぐっと上げ、正信を見つめた。

「三月で終わらせねばならん。正信、悪知恵を貸してくれ」

うーん、と正信は腕組みをし、

「……力攻めでは難しい。忍びでも使って、北条氏政を説き伏せるほかないでしょうな」

「書状ならいくらでも書こう」

阿茶が紙と筆と墨を準備していて、家康は早速、筆を持った。

二月十日、駿府より徳川勢が出陣した。三月一日には、都より関白秀吉勢が出陣。総勢二十万ともいわれる大軍勢が小田原へ向け進軍した。大いに奮戦する家臣たちのなかに半蔵も参加していた。兵を率い、支城を攻め、数多くの首級を挙げた。

四月には小田原を完全に包囲した。

酒匂川《さかわがわ》に近い徳川本陣では、家康と正信と小平太が、西に位置する小田原城を睨んでいた。

「総構えの内側に町人百姓までも囲い込み、五万人以上の小田原の町丸ごと籠城をしております。

見事なものよ」と正信が家康に伝える。

降伏する気配は見えない。正信は「北条氏政、なぜこうも粘るのでしょうな……」と首を振った。

「奥羽の伊達が助けに来ると信じておるのでしょうか」と小平太。

「その望みは薄いでしょう。伊達とは密かに頼りを通じており、近いうちに跪きに参るのは必定」

と正信。

「北条に勝ち目がないのは、はじめから明白だろうに」と小平太は唇を噛んだ。

「……もはや勝ち負けではないのかもしれん」

家康は、氏政の真意を探るように小田原城をあらためて見つめた。

家康の送った書状を、氏政は一読しただけで破り捨てていた。

膠着した状況が変わったのは、約束の三月を過ぎ、六月になったある朝のことだった。小田原城では北条氏政と氏直、幾人かの重臣たちが評定をしている。皆、氏政の様子をうかがうが、氏政は黙するばかり。脇でおふうが心配して見つめていると、家来が血相を変えて駆け込んで来た。

「し、城が……笠懸山《かさがけやま》に城が現れましてございます！」

驚いて西の方角を見ると、眼前の山の上、昨日までは森だった山の頂上に、石垣のついた立派な城が堂々とそびえているではないか。それは暁の太陽を反射して光を放つようにまぶしい。

「一夜にして……なんということじゃ……」と氏直は後退りし、兵たちも戦意を喪失した。

笠懸山の山頂に突如建築された陣城には、秀吉がいた。

「小田原から見えぬように造らせて、出来上がったところでここらの木々を一斉に切った！まるで一夜にして現れたかのようにな。名付けて一夜城よ」

秀吉は、家康と正信を案内し、上機嫌で小田原の町を見下ろした。

「相変わらず思いもよらぬことをなさる……」と家康もこれには感心した。

「これほどの城郭が目の前に現れれば、震え上がるに相違ございませぬ。逃げ出す兵も増えましょう」と正信も感嘆する。

「奥羽の伊達もこちらに向かっておる。この戦も終わりよ。……幾月かかったかのう、ひい、ふう、みい……」と秀吉は指折り数える。

「そのことでござりますが、殿下……」と家康は話を遮った。約束の三月はとうに過ぎていた。

秀吉が約束を忘れているわけはない。なんとか曖昧にしたいと思っていると、秀吉はけろっとした顔で、意外なことを言いだした。「大納言、小田原に向かって小便をしよう」

「え？　このようなところでは」と躊躇する家康に構わず、「我が命じゃ、やれ」と秀吉は、小田原城に体を向けて大胆に放尿をはじめた。

「これで天下一統の総仕上げ、相成った！　長かったのう、大納言、信長様も喜んでおられるであろう！」

家康がやむなく秀吉に倣おうとあたふたしていると、秀吉は家康の下半身をちらりと見た。

「出んか？」

「……出ませぬ」

「情けないのう、あーすっきりした」

「……あ、出そうです」などと言っていると、そこに、「殿下！」といううららかな声が響いた。

お供を従えて山を登って来たのは、茶々である。疲れも見せず、小鳥のように軽やかに秀吉に駆け寄った。家康は大慌てで身支度を整えた。

「おお、来たか！　ようこんなところまで登ってきたのう！　下で待っとればよいものを！」

「だって、一刻も早く殿下にお会いしたかったんですもの！　これくらいの山道、へっちゃらでございます！」

「若えからのう！　鶴松は息災か？」

「はい、北政所様が見てくださっております」

冷や汗をかいている家康に、秀吉はにやりと笑った。

「茶々が来ると、邪気が祓《はら》われるようであろう。勝利をもたらす天女じゃ。だから呼んだんじゃ」

「家康殿、先陣のお勤め、ご苦労様でございます。またお会いできて嬉しゅうございます！」

「は……茶々様」

「大納言、用が済んだんなら、わしは茶々と話があるで」

茶々のおかげで秀吉の機嫌がよくなっている。一か八か、家康は切り出した。

「殿下、北条をお助けくだされ」

「もう四月じゃ。北条領はいっさいそなたのものじゃ」

やはり秀吉の心は変わらなかった。

「そなたの旧領、三河、遠江《とおとうみ》、駿河、甲斐、信濃《しなの》は、心配いらん。しかるべき者に移ってもらい、しかと治めさせる。関東、奥羽はまだまだ従わぬ者も多い。そなたにはそちらに専念してもらう。よいな？」そう言い含めると、秀吉は茶々と行こうとする。そこへ正信が声をあげた。

「お待ちを……！　我が主、小田原が不服なわけでは決してございませぬが……」

「小田原？　小田原はいかん」秀吉は首を横に振ると、ポンと鞠を蹴るように軽く言った。

「江戸にせえ」

「……江戸？」

「ああ、武蔵《むさし》の江戸」

「江戸はあまりに……」と困惑する正信に、

「あそこはよいぞ！　街道の交わるところじゃ！　東国の要《かなめ》にもっともふさわしい！　おぬしは江戸！　戦を片付けたらそのまま向かえ」と命じ、さらに有無を言わさぬ調子で「ついでに、重臣たちも独り立ちさせよ」と言いだした。

「城持ち大名にしてやれ。本多忠勝は、上総《かずさ》がよかろう。榊原康政は上野館林《こうずけたてばやし》。井伊直政は……」

あまりのことに家康は堪りかね、

「我が家中のことについては、口出し無用にしていただきたい！」と抗議すると、茶々が、赤い唇を尖らせた。「天下の武家はみな関白殿下の御配下でございましょう？」

「茶々の言う通りじゃ。東国をよろしく頼む」

秀吉は茶々と談笑しながら連れ立って山を下りていく。

「さっきここから小便してな」「茶々もやってみとうございます」「ならんならん」などと他愛もない話をしている。

その態度は、もう国替についての話は終わったと暗に家康に示していた。

「東国の押さえに専念させ……江戸に町を作らせて財を失わせ、おまけに徳川の強みである家中をばらばらにしてつながりを断つ……。とことんまで、我らの力を削ぎにきた、とも言えますな」

と言う正信に、家康は「くそっ！」と、足元の小石を蹴ることしかできなかった。

七月五日、徳川本陣に、小平太に連れられて投降した氏直とおふうがやって来た。

「氏直殿、ようご決心なさった。おふう、最後まで氏直殿に寄り添ったこと立派である。大儀であった」

「ありがたきお言葉にございます……父上」

「氏政殿は」家康が氏直に訊ねると、氏直は黙ってかぶりを振った。

七月十日、家康は小平太らを伴って小田原に入城した。

最後まで居座った氏政を、徳川兵が取り囲んだ。敗軍の将とは思えぬほど堂々としている氏政の前に、家康と小平太が座り、敬意を込めてゆっくり一礼をした。

「四月に及ぶ籠城、お見事でございました」と小平太が言うが、氏政は微動だにしない。

「ご当主、氏直殿は助命されるものと存じます……されど……」

「わかっておる……わしは腹を切り申す。参ろう」氏政はようやく口を開くと立ち上がった。

「氏政殿」と家康は声をかけた。

「お聞かせ願えますか。なにゆえもっと早くご決心なさらなかったか……」

「夢を見たから……かもしれませんな」

氏政はふっと宙を仰ぐようにして言った。「かつて今川氏真《いまがわうじざね》とその妻である我が妹を通じて、ある企てに誘われました……小さな国々が争わず、助け合ってつながり合い、一つにまとまるのだと。……馬鹿げていると思いつつも心を奪われました」

氏政の意外な言葉に、家康は胸を突かれた。

「あまりに美しい夢を……一度見てしまったから……それもありましょう」

氏政は穏やかに、うっすらと笑った。「小田原はよい町でござろう。我が北条が五代におよんで作り上げた東国の都。天下一の町じゃ」

氏政は部屋を出て、廊下から城の外を眺めた。

「我らはただ……関東の隅で、侵さず、侵されず、我らの民と豊かに穏やかに暮らしていたかっただけ。……なぜ、それが許されんのかの?」

氏政の言葉に心が震えそうになる。家康はぐっととどまった。「世は……変わったのでござる」

家康の声は少し揺れている。その心を見透かすように氏政は言った。

「その変わりゆく世に、力尽きるまで抗いたかった。……わしは負けたと思っておりませぬ。最後の最後まで思いを貫き、民と一つになって戦い……そしてすべての責めを負って腹を切る。この戦国の世の大名として終わることができる……。これもまた一つの勝利と考えまする。徳川殿、うらやましかろう?」

氏政は、最期の言葉を家康に投げかけた。

「関東の地、そなたが治めてくれるのだろう? 民をよろしく頼む。泣かせたら承知せんぞ」

夕刻、本陣に戻った家康は、床几《しょうぎ》に腰掛け黙り込んでいた。正信が声をかけられずにそばで見守っていると、小平太が小田原合戦の終結を告げた。

「北条氏政殿、ご自害なさいました。見事な最期でございました」

そう言うと、「そして、客人をご案内いたしました」と続けた。

小平太の背後から顔を出した人物に、家康は思わず声をあげた。「治部《じぶ》殿……」

涼やかな顔をした石田治部少輔三成《いしだじぶのしょうゆうみつなり》が立っていた。

「小田原を制したご挨拶に。また、関東への所替《ところがえ》、おめでとうございまする」

「そのことは、もう一度殿下と話し合うつもりじゃ」

「織田信雄様もまた殿下に国替を命じられました」

「信雄様も……？」

「が、信雄様はそれを不服とし、異を唱えたところ……改易《かいえき》と相なりました」

「改易……織田家を取り潰すのか？」

秀吉は、信雄に家康の所領五か国を与えると言ったにもかかわらず、信雄はそれを断わり、尾張・伊勢にこだわった。それが秀吉の怒りを買って下野《しもつけ》に送られ、佐竹義宣の預かりとなったのである。

いつの間にか小平太は去り、ふたりの会話に立ち会っているのは正信のみ。

「徳川様は、どうかご辛抱を」

「わしは、北政所様に頼まれた……殿下に意見してくれと。だがこのままでは都から遠ざけられてしまう」

「遠ざけるつもりなどございませぬ。あくまで、いまだ乱れる東国を信頼厚き徳川様にお任せしたいと」

「わしは、戦なき世をなすために殿下に従った。今の殿下のやり方は我慢ならん！」

家康は次第に腹が立ってきた。正信がとりなすように言う。

「主はただ、殿下を案じておるのでござる。茶々様と鶴松様を得て以来、まるで若者のように血気盛ん……唐に攻めるなどと戯れともつかぬことも口にされたとか」

「……戯れにございます。殿下は賢明なるお方。これまで一度として間違ったことはございませぬ。私は、殿下より頭の切れる者はこの世におらぬと信じております。もし万が一、殿下が間違ったことをなさったときは、この三成がお止めします」

三成が陣幕から空を仰ぐと、西に宵の明星が光っていた。家康もつられて見上げる。

「戦なき世をなす……」三成は静かに、強く呟いた。

「私はかねてより徳川様と同じ星を見ていると心得ております る」

「……治部殿」

「ともに力を合わせて参りとうございます」三成は一礼し、静かに立ち去った。

残された家康は星を見つめていた。その隣に正信が並んで顔を上げ、なぐさめるように言った。

「江戸からも同じ星は見えまする」

家康は静かにうなずいて、命じた。「正信、皆を集めてくれ……」

その夜、満点の星の下、家康のもとに、正信、平八郎、小平太、直政、忠世、彦右衛門、七之助、半蔵が集まった。正信がいつになく深刻な顔で言った。

「一同に集まってもらったのはほかでもない。殿から大事なお達しがある。落ち着いて聞かれよ」

「関白殿下の命により……国替と相なった」

家康は言いづらそうに話しはじめた。「北条領を賜る代わりに、我らの領国を……関白殿下に差し出す。甲斐、信濃、駿河、遠江……そして三河も……手放す」

皆は表情を変えずに聞いている。

「一同、このままおのおの新たなる領国へ移る……。妻子や家臣もただちに呼び寄せることとなろう」と正信が続けた。

「これは決まったことじゃ。天下静謐《てんかせいひつ》、日ノ本の安寧のため……誉れ高きことである！」

家康はぴしゃりと言った。

「国を発つ前に伝えなかったのは、混乱を避けるためである。異論は……認めぬ」

すると「……殿」と平八郎が口を挟んだ。

「異論は認めぬぞ、平八郎！」と家康は話を打ち切ろうとした。家康自身が辛いからだ。が、平八郎の口から出たのは思いもかけない言葉であった。

「殿ッ！……関東もよいところに相違ござらぬ」

「平八郎……？」

見れば、平八郎は笑っている。彼だけではない、ほかの者たちも笑っていた。

「殿、我らはとっくに覚悟を決めており申す」と小平太が澄んだ瞳で言った。

「新たな領国を治めることもまた大いにやり甲斐のあること。腕が鳴りまする」と直政。

彦右衛門に至っては「故郷には、ちゃんと別れを告げて参りました」と手回しがいい。

「皆、知っていたのか？」と家康が目を丸くすると、

「実は、国を発つ前に、忠世殿から……」と七之助が答えた。

家康は驚いて忠世を見つめた。

「私は正信に頼まれただけで……。国替は避けられぬだろうから、皆にうまく伝えておいてくれと……。こんな時ばかり頼られる」と忠世は薄い頭を掻いた。

「この役目ができるのは、色男殿しかおらぬでしょう」と正信がにやりとした。小田原攻めの前に、正信はあらかじめ忠世に話していたのである。

「まあ、誰にも文句は言わせなかったがな」

忠世は胸を張ったが、実際のところは平八郎たちにやり玉に挙げられていたのだ。

駿府城での軍議のあと――。

「ふざけたことを抜かすな！　断じて受け入れられん！」「何のために今までやってきたのか！」「弱腰にすぎる！　戦じゃ！　戦！　戦！」「わしらは国を守るために戦ってきたんじゃ！」「馬鹿にしおって！」

などと、平八郎、小平太、直政、彦右衛門、七之助は忠世の胸ぐらを摑む勢いで怒りを口にした。忠世はでんと石のように動かず、されるがままになっていた。やがて罵倒は止まった。

「……気が済んだか」と忠世が言うと、「はい」と皆、押し黙った。

――とこれが真実であった。そのときのことを思い出し、彦右衛門は、

「忠世兄ぃに言い聞かされちゃ、従うほかねえわ」と笑い、

「おかげで、故郷の山河に、皆別れを告げることができ申した」と七之助は清々しい顔をした。

「正信、お前という奴は……」呆れ返る家康に、

「毎度ながら勝手なことをいたしまして」と正信は飄々としている。

「まったくじゃ……だが、礼を言う」

「どういたしまして」

家康は一呼吸すると真顔に戻り、あらためて信頼する家臣団を見つめた。

「皆、本当は悔しかろう、無念であろう……。このようなことになり、すまなかった。この通りじゃ」

深く頭を下げる家康に、皆は恐縮する。

「おやめくだされ……なぜ謝ることがありましょうや！ また一からはじめればよいだけのこと」

と直政は何ひとつ悔いのない顔をしている。

「その通り。この乱世を我らはこうして生き延びたのですから。それで充分でござる」と小平太。

「そうじゃ……我らは生き延びたんじゃ！ 信じられるか？ 今川、武田も滅び、織田も力を失った乱世を……我らが生き延びたんじゃぞ！」と平八郎。

「貧しくてちっぽけなわしらがなあ！ 信じられんわ！」と彦右衛門。

「しかも、あの弱虫の殿のもとでじゃ！ これ以上、何を望みましょうや！」と七之助。

「殿……殿のおかげでござる……ありがとうございまする！」と忠世が頭を下げると、皆、一斉に頭を下げた。その姿に、家康の目には涙があふれた。

「こちらこそじゃ……こんなわしに、ようついてきてくれた。よう支えてくれた。皆のおかげじゃ」

すると正信が、陣卓子の下から酒の入った徳利と盃を取り出し、つぎはじめた。真っ先に彦右衛門が「気が利くのう！ 湿っぽいのはやめじゃ！」と家康の前に酒器を運ぶ。

「わしらにゃ笑ってお別れがお似合いだわあ！」と七之助も率先して盃を配った。

皆、膝を崩して、酒を酌み交わす。ぐっと酒を飲み干すと、直政が明るい声で問う。

「先のことを話しましょうぞ！ 殿、おいらたちは、どこを所領に頂けるので？」

「ああ、みな城持ち大名になるぞ！ 正信、伝えてやれ」と家康が促した。

「は。井伊直政殿は、上野箕輪《みのわ》」

「おお〜！」「お前が殿さまとは！」と皆、声をあげる。直政の盃に酒をつぎ、囃し立てたり、からかったり。

「直政、上野要衝の支配、そなたならうまくできよう。が、調子に乗って無茶はするなよ」

それから正信は順に所領を伝え、家康が一人ひとりに声をかけた。

「榊原康政は上野館林」

「ちぎれ具足をまとっていたおぬしが大名じゃ、これからも励め」

「本多忠勝は上総大多喜《おおたき》」

「平八郎、主君と認めてもらえるとよいのう？」

「鳥居元忠は下総《しもうさ》の矢作《やはぎ》。平岩親吉は上野厩橋《まやばし》」

「彦、七、おぬしらならきっと領民に慕われよう」

いちいち「お前にはもったいない！」「あそこはよいところじゃ！」などと盛り上がる。

「さて、こうなると難しいのが、ここ、相模小田原を誰に任せるかじゃ」

家康がもったいをつけて言った。

「この本多正信めが引き受けてもようございます……が、嫌われ者のイカサマ師でございますれば、誰も許さんでしょうな……。どこかに小さな所領を頂ければそれで充分」

正信はおどける。

「ようわかっておるではないか」平八郎の言葉に、正信はこう続けた。

「皆が納得するのは、一人しかおられぬかと」

正信とともに、一同が一斉に視線を向けたのは、忠世だった。

「私が三河を追放されていた間、わが妻子の面倒を見てくれていたこと、感謝してもしきれぬ」

正信が言うと、家臣たちも我も我もと感謝を述べた。

「わしと七は……何度か銭を借りました」と彦右衛門。

「我らもよう愚痴を聞いてもらっておりました」と小平太。

「こたびのこともしかり」と直政。

「うむ……我らがここまでやってこられたのは、わしの知らぬところで、おぬしが陰日向となってこの暴れ馬どもをつないでくれておったからじゃ」

家康は言い、厳かに伝えた。「大久保忠世、小田原を与える」

「謹んで、お受けいたしまする……！」忠世は男泣きしながら酒をあおった。

「して、殿はいずこを？」と忠世が問う。

「殿は、江戸」と正信は澄まして言った。

皆、思いがけないことにたちまち顔を曇らせ、顔を見合わせた。武蔵江戸といえば、利根川が氾濫して水浸しとなる低湿地の広がった、何もない場所である。

「よいのじゃ。今はぬかるみだらけだが、わしはかの地を、大坂《おおざか》をしのぐ町にしてみせると決めておる。吹きさらしの粗末な城も造り直すぞ、皆がいつでも集えるようにな！」

家康の前向きな発言に、一同は逆に励まされ、歓声をあげて酒を飲んだ。と、そこへ、

「あー、あの……」と低い声がする。「一向に名を呼ばれぬ者が一人おります……わしでござる」

半蔵が遠慮がちに言った。一同、その存在を思い出したように半蔵を見る。これまで常に忍んでいた半蔵は、どうにも目立たないのだ。

「わしは、どの地を頂けるので？　指折り数えてみたが、もう残ってないような気が……」

「確かに」と正信は言い、「わしは何で呼ばれたんじゃろう」とぶつくさ言う半蔵に、「半蔵は呼ばなくてようございましたな」と軽くあしらった。

恨みがましい目つきで半蔵が家康を見ると、

「どこかやるさ。それでわしとともに江戸に行こう、半蔵」家康はにやりと笑った。

「服部党もみんな正真正銘の武士として取り立ててくださいますか？」

「もちろんじゃ、おぬしらに何度命を助けられたと思うておる」

家康は半蔵に盃を差し出した。半蔵はまぶしそうな瞳でそれを受け取ると、高く掲げた。

「方々、それぞれの所領、しかと治められませ！　そしてお忘れあるな！　我ら徳川家中、離れ離れになっても、心はひとつじゃ！」

徳川家臣団が新天地に向かって心をひとつにしていた頃、大和《やまと》（奈良県）郡山城《こおりやまじょう》の居室では秀長が病に伏せっていた。兄の秀吉を献身的に支え、秀吉が天下一統を成し得たことを心から喜びながら、翌天正十九年（一五九一年）一月に死去した。

同じ年の夏、八月五日、鶴松が病没した。茶々の悲しみは深く、秀吉もまた同じであろうと誰もが思った。が、心配する三成と承兌に、秀吉はふらりと力ない足取りで近づくと、ふいにけたたましく笑いだした。「次は……何を手に入れようかの」

秀吉のこれまでにない狂気が宿った表情に、三成は背筋が凍りついた。

秀吉に悲しみが続く一方で、江戸に移った家康は希望に満ちた日々を送っていた。

天正二十年（一五九二年）正月。改築中の江戸城に家康、阿茶、江戸開発担当の伊奈忠次《いなただつぐ》ら家来たちが集まり、様々な図面を見ながら話し合った。

「城下と平川を堀でつないだ今、次はこの日比谷入り江をどうするか。神田山を削り、その土で日比谷入り江を埋め立てまする」と張り切る伊奈に、

「途方もない試みじゃな、やれるのか、伊奈忠次よ」と正信が訊ねた。

「人足の用意、滞りなく進んでおります。我らにお任せあれ」

「大いにやるがよい。しかし、町を一から作るとは楽しいもんじゃのう」

家康は笑顔で言う。伊奈家はもともと三河武士である。父の忠家が一向一揆に与して三河を追われたが、その後紆余曲折をへて家康に仕えることとなった。忠次には土木水利や検地に秀でた才があり、治水が焦眉の急である泥沼地の江戸では、いかんなくその才能を発揮していた。

そこに家来が駆けて来て、秀吉からの朱印状を差し出した。読んだ家康は険しい顔になる。

「関白から諸国の大名にお達しじゃ……九州……肥前《ひぜん》（佐賀県・長崎県）名護屋城《なごやじょう》に集まるようにと」

秀吉は肥前名護屋で戦をするつもりだと言う家康に、

「もはや日ノ本に敵はおりませぬが」と阿茶は訝しげな顔をした。

だが家康の顔はますます険しくなっていく。

「朝鮮を従え……明国を獲ると」

秀吉の果てしない欲望は海を越え、明国へと向かったのである。

第三十八章　唐入り

岬に建造された巨大な城の天守と、その周りに密集する多数の陣屋の屋根が西日に照らされ金色の鱗のように輝いていた。天下一統を成し遂げた豊臣秀吉は、天正十九年（一五九一年）十二月に関白職を甥の秀次に譲り、自らは前関白を意味する太閤《たいこう》を称し、栄華の極みを迎えていた。次なる野望——唐入《からい》りに向けて秀吉は、肥前の小さな漁村に、五重七階の天守を持つ巨大な城を建造したのである。この地は、日ノ本のほぼ最西端で、海外への窓口となっていたため、明国出兵には最適な場所であった。

天正二十年（一五九二年）五月、全国各地から名だたる大名たちが、肥前名護屋城に集められた。初夏の夕方はいつまでも明るい。とりわけこの地は日ノ本のなかで日が落ちるのが遅い地域であり、永遠に西日の煌めきが城を照らし続けるかのように見えた。それはまるで秀吉の栄華を思わせる。まだ日が差し込む大広間には百人をゆうに上回る諸大名が集まった。四月に唐入りがはじまって一か月余り。十万を超える大軍勢で上陸した日本軍は、連戦連勝。城では景気づけのための酒宴が開かれた。余興としての仮装大会のため、皆、趣向をこらした思い思いの扮装をしている。と、そこへ、「瓜はいらんかえ？　瓜はいらんかえ！」と張りのある陽気な声が響いた。

瓜売りに扮した秀吉の登場である。脇に控えた楽団のお囃子に合わせ、軽妙に唄い踊る秀吉に、皆、拍手喝采した。上座に座った茶々も愉快そうに見ている。それに気をよくして秀吉はさらに声を高めた。

機を見計らって、廊下で待機していた徳川家康は「あじか売りにございまするーっ！」と、あじか売りの扮装で広間に飛び出した。あじかとは、竹や藁で編んだ籠のことである。

前田利家《まえだとしいえ》は高野聖《こうやひじり》、石田三成は魚売り、大谷刑部《ぎょうぶ》（吉継《よしつぐ》）はいか売りに扮してあとに続く。皆で輪になって唄い踊った。ますます喜ぶ茶々。秀吉はその手を引っ張って、「こっちゃこう、こっちゃこう、一緒に踊ろうぞ」と誘う。茶々は「ご勘弁を」などと遠慮していたが、いざ輪に入ると、軽快に踊りだした。

「皆のもの、茶々じゃ、勝ち戦の神様！　菩薩様だわ！」と皆に自慢する。秀吉は茶々をわざわざ肥前まで連れて来たのである。家康は精一杯、場を盛り上げた。かつて、織田信長を富士遊覧でもてなしたときにはまだ隠しきれなかった感情を、いまではすっかり腹のうちに完璧に収めることができるようになっていた。

宴会の翌日は真剣なる軍議である。昨晩と打って変わって、肩衣袴や素襖を身に着け、大名たちが広間に集う。烏帽子を被った者もいる。

威風堂々たる秀吉が上座にあぐらをかく。秀吉の脇には、三成と刑部、増田長盛《ましたながもり》らが並んだ。

「石田治部、大谷刑部、唐入りの進み具合、一同に示せ」と秀吉が命じると、「はは！」と三成は返事をして、あらかじめ用意してあった大きな大陸の地図を示した。

「朝鮮国は、太閤様に従うことを拒んだゆえ、成敗することと相なり申した。小西行長《こにしゆきなが》、加藤清正《かとうきよまさ》らの先駆け勢を先頭に、我が軍勢は、朝鮮国に次々と上陸。釜山《ふざん》、東莱《とうらい》らを瞬く間に陥落せしめ、こたび、都である漢城《かんじょう》をもたやすく陥落させ申した」と三成。

「朝鮮国王は逃亡。その軍勢はもろく、兵は逃げ惑うばかり。我らの敵ではござらぬ。遠からず、北の都と思われる平壌《へいじょう》をも落とせましょう。さすればいよいよ明国攻め。皆様方も出陣のご用意ぬかりなくなさいますようお願い申し上げまする」と刑部。

「余も皆とともに海を渡るぞ！」と秀吉は跳び上がり、大名たちは「おおー！」と咆哮した。

ひとり家康だけは、この熱気の外にいたが、気取られないすべは心得ていた。

「よい折じゃ、余の考えを示しておこう」と秀吉は地図の前に立った。

「唐入りを果たしたるのちは、我らの天子様に大唐の都にお移りいただき、皇帝となっていただく！我が甥、秀次が大唐関白として政《まつりごと》を助け、その弟、秀勝《ひでかつ》が朝鮮国を治める！余は、この、寧波《ニンポー》に隠居所を設け、かの地を大坂のごとき商いの都にいたす！」

「おおぉ」とどよめく一同。

「皆々よ、百年にわたる乱世を戦い続けた我らが一つになれば、この世に倒せぬ敵はない。ゆくゆくは天竺《てんじく》！そして南蛮《なんばん》までも我らのものとなろう！褒美は無限である！大いに励め！」

「おおおおー！」「腕が鳴る！」「出陣が待ちきれん！」と口々に興奮を表す大名たち。家康はますます不安が募った。ふと見れば、利家ら何人かは懸念を顔に出していた。

「……どうかしておる」

ふいに不穏な声がした。騒いでいた一同がたちまち静まり、声のした方向を見る。

信長の時代から秀吉に仕えていた浅野長政《あさのながまさ》であった。長政は浅野長勝の娘婿である。実は寧々は長勝の養女になっているので、秀吉にとっては義兄となる近しい間柄だ。

「……何と申した？」と秀吉が問うと、

「正気の沙汰とは思えませぬ……馬鹿げた戦じゃ……殿下はどうかされてしまわれた」と歯に衣着せない物言いをする。秀吉はかっとなり、傍らの刀掛けにあった刀を手に取り、抜いた。

三成たちがすぐに秀吉を止めに入った。

「殿下は狐にとりつかれておる！　狐にとりつかれておるんじゃ！」

長政は喚きながら強引に広間から連れ出されていった。怒りに震え、刀を持ったままの秀吉を家康はなだめた。「殿下、浅野殿にはよく言って聞かせます。ここは家康にお預けくださいますよう」

秀吉はようやく落ち着きを見せ、刀をしまうと、上座に戻り、一同に告げた。

「明国は、皇帝の力が衰え乱れておる。力ある者がしっかりと平定せねば、南蛮諸国に取られてしまうかもしれん。この戦は、唐のため、日ノ本のため、我らがなすべきものである！」

家康は、肥前名護屋城の近くに建った徳川屋敷に戻った。帯同している阿茶と酒を飲みながら、語らう。話を聞いた阿茶は、「存外、心の内は浅野殿と同じ思いの方が多いのかもしれませぬな」と所見を述べた。

「だが、日ノ本の大名を一つにするには、大きな夢を見させねばならぬという殿下の考えもわからんではない。とはいえ、あまりに用意が足らぬ。数で押し切ろうとしておるが、戦とはさようなものではない」

「言葉も土地柄も知らぬ異国を征することが、果たして左様に容易くできるものでございましょうや」阿茶は大きな瞳をくるりと動かしながら考えを述べた。「狐にとりつかれている……言い得て妙かと。人は誰しも老いまするゆえ」

確かに秀吉はもともと心の内が読めない人物ではあった。それでも家康はその才覚は認めていたが、最近は混沌として、言動に脈略がなくなっている気がして心配になる。

さて、徳川屋敷の井戸端では、家康について肥前に来ている本多平八郎忠勝と渡辺守綱が、他家の武士たちを集めて講演会を行っていた。武田を倒し、秀吉の軍勢とも互角に戦った徳川家臣団は若い武士たちの憧れの的になっていた。

「んだば、徳川殿はいかようにして、殿下にお勝ちになっただ？」

東北から来た武士が平八郎たちに興味津々で質問すると、ほかの武士たちも「教えてくれ」と口々に言う。平八郎は鼻高々で「小牧山城に密かに堀を造って、気づかれぬように出陣し勝利を得たというわけじゃ」と榊原小平太康政の武勇伝を語りだした。

「なるほど」「さすが徳川殿じゃ」と感嘆する他家の武士たち。帳面に記録する者もいる。

「次は何が聞きたい？」と守綱が聞くと、「島津《しまづ》の家中でござる。た、武田信玄と戦った話をお聞きしとうござる！」と言い、「信玄公じゃぞ」と一同、盛り上がる。

「おお、三方ヶ原《みかたがはら》か、あれは涙なしでは語れぬ」と平八郎は、形見の徳利を見つめた。

「信玄がどれほど強かったか、そなたらには思いもつかぬじゃろうなあ、時は元亀三年……」

守綱が語りだしたとき、ひとりの痩せた僧が勝手口から千鳥足で入って来た。家来たちを引き連れていて、それなりに格があるようだが、見た目は生臭坊主である。

「大納言はいるか、邪魔するぞ」と言ってずかずかと屋敷の奥へ入って行こうとする。

「こらこら！　勝手に入るな坊主！」と守綱は大きな体で道を塞いだ。

「無礼者！　わしを誰だと思うとる！」

「知らんわい！」

「わしは将軍じゃぞ！」

「将軍だあ？　ふざけるな！　ぶっ叩かれたいか！」

守綱は僧の首根っこを捕まえようとしたが、平八郎はその顔に見覚えがあり、止めた。

「いや、本当に将軍だ。正しくは、元将軍」

僧は足利義昭《あしかがよしあき》であった。今は出家して昌山《しょうざん》と名乗っている。思いがけない元将軍の来訪に家康は戸惑ったが、仕方ない。昌山を広間に通して、酒の相手をすることにした。昌山は上機嫌で、

「いやあ、ご立派になられたな大納言！　あの頃から光るものがあった！　わしはひと目見て、あ、このお方は大成なさるに違いないと思ったものよ。わしが将軍の頃はなあ」と酒を飲み、ひとりでしゃべり続ける。家康は苦笑いした。なにしろ、貴重な金平糖《こんぺいとう》を家康から取り上げて眼の前でガリガリ食べた人物である。いい印象などありはしなかった。

井戸端では平八郎と守綱が屋敷の中の様子をうかがっていた。

「とっくに将軍職は返上され、今は出家なさって所領も一万石ばかり。とはいえ、さきの将軍、准《じゅん》三后《さんごう》には変わりない。無下にはできぬのをいいことに、あちこちの陣に顔を出しては接待させて、昔の自慢話をしとるらしい」と平八郎。

「面倒なお方だわ、追っ払いましょう」と守綱は立ち上がった。

そこへ肩衣袴姿の半蔵が、同じく肩衣袴姿の家来を連れて現れた。よく見ると、猪之助、ましらたちだ。いまや髷を結い、すっかり武家装束が板についている。名字と名前ももらっていた。

「半蔵殿、見回りご苦労。変わりござらんか」と平八郎が声をかけた。

「ござらぬ。ただ……妙な噂を」

「妙な噂？」

「島津様の陣で家来衆が話しておりまして……藤堂高虎《とうどうたかとら》殿の水軍がやられたと」

昌山が帰ったところを見計らい、半蔵は家康に報告した。平八郎も同席している。元猪之助と元ましらも控えている。半蔵の報告に、「そんな話は聞いとらんぞ」と家康は憮然となった。

「すでに朝鮮に渡っている家中には、戦地のありさまがいち早く伝わっているものと。何でも、敵の船は大筒《おおづつ》を積んでいたそうで」と半蔵。

「もしこれがまことならば、この戦、本当のことが我らには知らされていないということもあろうかと。……子細を探らねば」

平八郎はそう言って、家康とふたりで半蔵を見つめた。

「そうじゃな……」

「私に子細を探ってまいれと仰せで？……殿、それは忍びの役目でございましょう」

「私はもともと忍びではござらぬ。が、それでもやむなく、我が父が残した服部党を率いて長年奉公をして参りました。それもこれも、いつか必ずまっとうな侍として扱っていただけると信じたからでござる」

「……うん」

「そしてその働きがようやく認められ、こいつらも皆、いっぱしの武士に取り立てていただいた」

半蔵は元ましらたちに目をやりながら、「私は今や、五千石持ちの武将でござる。その私に、今さらもう一度忍び働きをせよと？」と繰り返し訊ねた。

「おぬしの言う通りじゃ、今さらそんなことを頼むべきでは……」家康は半蔵に合わせて答えた。

ところが半蔵は、「あーもう、そこまで仰せなら仕方ない！ これが最後でござるからな！ まったくもう、わしは忍びじゃないのに！」と喚きながら立ち上がった。元ましらたちもあぐらから素早く立て膝座りになる。

「半蔵？」家康が戸惑っていると、半蔵は指笛を鳴らす。たちまち庭先に、「呼んだか」と、物売り姿の女が現れた。

「大鼠！ お前も来てたのか！」と平八郎は驚きの声をあげた。

「こんなこともあろうかと」と半蔵。

「何を言ってんだか。半蔵は私に、お前も来いよ、一緒に来いよ、うまいもん食わせてやるからさ、男ばっかりじゃつまらん、物売りの恰好してりゃわかりゃしねえ……」そう言いかけた大鼠を、半蔵は慌てて制し、「服部党を集めよ！ ゆくぞ！」と命じた。

元忍者たちは喜々として「は！」と返事をし、「手裏剣持ってきとるか？」などと言いながら、庭に降り立ち、どこへともなく風のように走り出す。

それを見送って平八郎は「やりたかったんじゃな」と、くくっと忍び笑いをした。武士として城でかしこまっているよりも、忍びばたらきで飛び回っているほうが気が楽なようだった。

その足で家康と平八郎は、肥前名護屋城の本営作戦本部を訪れ、三成を問いただした。

「この話、まことなのか、治部殿」と問うが、三成は答えをためらっている。

「太閤殿下はご存知なのか？」とさらに追及すると、首を横に振った。

「なぜお伝えせぬ？」

「この戦の取り計らいは我らに一任されております。殿下に何をお伝えし、何をお伝えせぬかは、我らが裁量」

「水軍がやられたとあらば一大事と存ずるが」と平八郎が指摘すると、

「我が軍勢は朝鮮各地で勝ち続けております。これは紛れもないこと。水軍が一つ負けたとて、大局に変わりはござらぬ」と三成は突っぱねた。

「朝鮮は、水軍に力を集める策を取ったのかもしれぬ。海路を敵に押さえられたらどうなりましょう？」と平八郎はさらに問い詰める。「朝鮮にいる軍勢は日本からの兵糧《ひょうろう》や援軍を得られず、かの地に取り残される。勝ち進めば進むほど、戦場を広げれば広げるほど苦しくなる」

平八郎の言に重ねて家康も詰め寄った。

「少なくとも、太閤殿下が海をお渡りになるのは取りやめていただくべきであろう」

「兵の士気にかかわります。……あるいは殿下の代わりに、本多忠勝殿率いる最強の徳川軍一万六千、ご出陣していただくことはできましょうか」

「無論、いつでも出陣する用意はできております。ただ、本当のことを隠されていては、皆様を信用できませぬ。我らには包まずありさまを伝えていただきたい」

平八郎が言うと、続けて家康が、

「治部殿、わしも包まず申すが……この戦、難しいと思う。やるべきであったろうか」

と本音をぶつけた。

「殿下は、これまで一度として間違った判断をしたことはございませぬ」

「今の殿下は、これまでと同じであろうか」と家康はさらに続けた。「そなたの苦しい立場は察する……。だが、殿下が間違っているときはお止めすると、そなたは申したはず」

「実を申せば……お止めしました。が、殿下のご意思固く……かくなる上は、うまくやり遂げることが私の役目」

「本当に明国に打ち勝てるとお考えか？」と平八郎が念を押す。

「……よき落としどころを見つける所存」と三成の口は徐々に重くなってきた。

「唐入りという途方もない夢が、ここに集う者たちを少しずつ狂わせているように思える。そなたがしっかりせねば」と家康は三成を鼓舞した。

「うまく殿下をお止めしよう」

三成は折れて、家康とふたり、密かに秀吉のいる大広間へと向かった。

「嵐が多く、海が荒れる時節に差し掛かります。海が静まるのを待ってから、殿下には悠々とお渡りいただくのがよろしいのではないかと」三成は言葉を選びながら、秀吉に進言した。

「殿下はこの日ノ本になくてはならぬお方、万が一のことがあれば、また天下が乱れましょう。どうかお考え直しを」と家康も後押しする。

ふたりの真剣な進言に、秀吉が考え直しはじめたそのとき、茶々が家康と三成がいるのも意に介さず、旋風のように入って来た。

「ウォダミンツーシーチャーチャー！　我が名は茶々である。西笑和尚に教わりました！」

「おお、うめえもんだ」と秀吉はたちまち茶々に気を取られた。

「唐には、虎や獅子がいるそうな。見てみとうございます」茶々にせがまれた秀吉は「虎でも獅子でも龍でも孔雀でも何でも見せてやる」と相好を崩す。そして、再び闘志を露わにした。「大納言、嵐を怖がって戦はできんぞ。戦地で余が来るのを待っている兵たちを見捨てられようか?」

いいところに邪魔が入った。意識してかしないでか、風向きを一気に変えた茶々はきょとんとして、「戦がうまくいっていないのでございますか?」と秀吉に訊ねた。

「万事うまくいっとる。何も心配するな」

「殿下……」家康は目配せした。

「茶々、少し外しておれ」

秀吉に言われ、茶々は不服そうに、家康を一瞥して部屋を出て行った。

「殿下……差し出がましいことを申し上げます」

家康は膝をずいと前に出した。「若君様のこと、心よりお悔やみ申し上げます。茶々様のお心を思えば、その悲しみいかばかりか……されど、それと政は別のこと」

「大納言……そなたは、余が茶々を慰めるためにこの戦をしておるとでも申すのか?」

秀吉は心外だとばかり、細い眉をぴくりと上げた。

「近頃の殿下のご様子を案じております」

「余計なお世話だわ。お前の口出しすることではねえ」

この様子を茶々は死角になった場所でこっそり聞いていた。

「余は日ノ本の民のため、明・朝鮮の民のために唐を斬り従えるんじゃ!」

秀吉が憤慨して立ち去ろうとするところを、三成が止めた。

「殿下!……殿下に先んじて、まずはこの三成と刑部、そして増田長盛が朝鮮へ奉行として海を渡り、直々に指図いたしまする。そして、御座所を設け、殿下をお迎えする用意を整えておきまする」

すがる三成をなぎ倒し、出て行こうとする秀吉の前に、家康がどかっとあぐらをかいた。そして静かに脇差を抜くと、差し出した。切腹の覚悟の表れである。

「どうしても参られるのであれば、この家康、ここで腹を召しまする。殿下の代わりは殿下しかおられませぬ」

家康の気迫に、秀吉もかっと血の上った頭を静めた。

「一同を集めよ……海を渡るのは、先延ばしにする」

そう宣言して立ち去った。家康と三成は深く伏して見送った。

「徳川殿、我らの留守をよろしくお頼み申し上げまする」

「武運を祈る」

茶々によって危うく変りかけた状況を制御できて家康は安堵した。

七月に入って、秀吉は急遽、大坂に向かうと茶々に告げた。大政所《おおまんどころ》・仲《なか》が危篤との報を受け取ったのだ。

「ああ、もう危ねえんだと……悪いが、母《かか》さまのもとに帰らねばならねえ」

「もちろんでございます、おそばにいて差し上げられませ」

「すまんの。何か困ったことがあれば……」と秀吉は言いかけて、しばし考えて「前田利家に相談せえ」と伝えた。

家康ではなく、利家を選んだことは意味深長である。茶々は素直に「はい」とだけ答えた。

だが、秀吉は間に合わなかった。肩で息をして大坂城の仲の居室に着いたときにはすでに母の顔に白い布がかけられていた。傍らで寧々がうなだれ座っている。

秀吉は力なく膝をつき、震える手で布をそっととった。

安らかな顔だった。秀吉は少し救われた気持ちになり、「まあ、大往生だわな……うん……太閤の母として、日ノ本一の城で往生を遂げられたんじゃ……満足な生涯だったに違《ちげ》えねえわ」とひとりごちた。

だが、その後の寧々の言葉に、秀吉はぎくりとなった。

「ずっと、謝っておいでだったわ」

「謝る？　誰に何を謝るんだ？」

寧々は居住まいをただすと、病床の仲の様子を秀吉に語って聞かせた。

仲は寧々の手を取り「すまなんだ……息子が皆に迷惑をかけて……わしのせいだわ。あれはもう……自分でもわからんようになっとるんだわ。自分が……何が欲しかったんだか……」そう言って仲は「すまなんだ」と繰り返したと、寧々は涙ぐんだ。

顔を強張らせる秀吉に寧々は問いかけた。

「あなた様は、大変な偉業を成し遂げられた。のちのちの世まで語り継がれよう。これ以上、何が欲しい？」無言の秀吉を責めるように、きつい調子でさらに問う。

「何が足らぬ？　この世の果てまでも手に入れるおつもりか！　たかが百姓の小せがれが、身の程をわきまえなされ！」

寧々の言いように秀吉はかっとなって怒鳴った。「言葉を慎め！」

だが寧々は怯まない。

「母《かか》さまの代わりに言っとるんだわ！……とっくに腹はいっぱいのはずでございましょう」きっと

秀吉の目を見据えた。「私は……あなた様はこの世の誰よりも才あるお方と信じてきた……だからあなた様と生きる決意をしたんだわ……なれど、今は……そう思えぬ」

秀吉はあらためて仲の死に顔に目を落とした。その汚れない清らかな顔はもう何も秀吉に語ってくれなかった。穏やかな寧々の声が、秀吉の心で重なった。

秀吉が大坂に戻っている間、肥前の徳川屋敷に茶々が訪ねて来た。家康はやや警戒しながら客間に入った。窓辺に茶々がいた。どうやら潮の音に耳を傾けていたようだ。

「やにわに押しかけて申し訳ございませぬ。困ったことがあらば、家康殿にご相談申し上げよと殿下が」

かすかな海風に茶々の黒髪が揺れた。家康は思わず茶々の整った横顔に見とれた。

「何か？」

「いえ……ただ、見れば見るほど……」

「母に似ている……よく言われます」

家康は市の幻を振り払い訊いた。

「お困りのこととは？」

「ずっと家康殿とお話ししたかったのです、我が母のこと」茶々はためらいがちに言った。

「母からよう聞かされておりました……あなた様は、母がお慕い申し上げたお方だったと」

「そのようなことは……」

「隠さなくともようございます。北ノ庄城《きたのしょうじょう》が落城するなか、母は最後まで、家康殿の助けを待っておりました」茶々は少し責めるように上目遣いで言った。「なぜ、来てくださらなかったのです?」

「すまなかったと思っております……」家康は茶々の目を見られなかった。

茶々は再び外を見つめた。

「時折、無性に辛くなります……我が父と母を死なせたお方の妻であることが」

「殿下を恨んでおいでで?」

「わかりませぬ……。手を差しのべていただいて感謝もしております。でも、はしゃいでいなければ、どうかしてしまいそうなときも」

家康がどう返したらいいものか、答えあぐねていると、

「茶々はずっと思っておりました……あなた様は、私の父であったかもしれぬお方だと」

茶々は、信長と市に似た深く黒い瞳をあやしく光らせた。

「まことの父は、あなた様なのかもと……」

「滅相もない」家康は後ずさった。

「父上と思ってお慕い申し上げてもようございますか?」

茶々はゆっくりと市に似た顔を家康の鼻先まで近づけた。香りまで市と同じである。

「茶々はあなた様に守っていただきとうございます」

「もちろん、お守りいたします。私にできることあらば何なりと」

家康は茶々の瞳に吸い込まれそうになることから懸命に抗った。

そのとき、「殿、そろそろ」と声がした。阿茶である。家康は慌てて、茶々から離れた。

「お初にお目にかかります、徳川大納言の側室、阿茶と申します」

「家康様は、戦におなごを?」

「殿下には、お許しを頂いております」と阿茶は平然と言った。「私は、殿方と同様のお役目を任されておりまして、鷹狩にもお供をいたしまする」

「ここで狩りはできぬと思いますが」

「殿下にとりついた狐がいるとの噂を耳にいたしました。我が殿もとりつかれてはなりませぬゆえ、狐を見つけたら退治しようと」

阿茶の、静かながら攻めた物言いに、家康はひやりとなった。

「お見かけになっておりませぬか? できれば、太閤様からも遠ざけとうございます」

「見ておらぬ。茶々と阿茶、名も似ておるな。気が合いそうじゃ。狐退治、大いに励んでくだされ。家康殿、今日はこれにて」

茶々は微笑んで去って行った。あとに残った阿茶を、家康はたしなめた。

「阿茶、なんと無礼な物言いを。茶々様はお気の毒なお方……」

阿茶は呆れたような顔で家康を見ると、目を覚ませとばかりに両手で家康の頬をぴしゃりと叩いた。

「この世には、どんな殿方もかなわぬ狐がおります。お気をつけくださいませ」


十月、肥前名護屋城のそば、毛利《もうり》屋敷の小部屋には、文机《ふづくえ》の上に書状がいくつも積まれて置かれていた。誰もいないことを見計らい、天井から、黒装束の半蔵と大鼠が降りてきた。文をいくつか物色し、懐へしまう。そのまま大鼠がひょいっと天井へ跳び上がる一方で、半蔵はなかなか上がれない。久しぶりの忍びの仕事が腰にきていた。このとき、半蔵は家康と同じ五十一歳である。

なんとか大鼠に助けられ、徳川屋敷に戻ってきた半蔵は、大鼠とともに家康に書状を届けた。

「島津、毛利、小西などの陣から、戦地とじかに取り交わしている文を盗み出しました。朝鮮攻めが滞っていることは間違いございませぬ」と大鼠は言うと、家康の傍らの平八郎に書状を渡す。

平八郎から家康に書状が渡った。

「何も盗まんでもよかったが……」家康は半蔵たちの張り切りように苦笑しながら、書状を開いた。

「明国の大軍勢が敵の助けに加わったとあります。兵糧も尽きてきており、民も激しくあらがう様子。そして朝鮮の冬の寒さはこちらの比ではないとも」と半蔵が続けた。

「これがまことの姿か……」

「かの地、今ごろ地獄の様相を呈していることかと」

「殿下が大坂から戻られたら、しかと申し上げましょう」と平八郎。

「嫌気がさしてもう戻って来んと噂しておる者もおりますが」と大鼠。

「半蔵、大鼠、ご苦労であった。まだまだ忍びばたらきができそうじゃな」

家康がねぎらうと、「もうたくさんで」と半蔵は腰をさすった。

そこへ衣擦れの音がして。阿茶が現れた。

「太閤殿下、間もなくお戻りとのことにございます」

「ようやく戻られたか」

「こちらにお立ち寄りになるとのことにございます。殿とおふたりでお話しになりたいと」

その日の夕刻、家康は大坂帰りの秀吉とふたりで酒を飲んだ。

「あらためて、大政所さま、お悔やみ申し上げます」

家康にとっても仲は、旭の母であるから、思い出もたくさんあり、悲しみが募る。だが秀吉は、

「ん?……んん……」と奇妙な反応をした。

「わしは、阿呆になったと皆思っとるらしい……狐にとりつかれとるとな」

秀吉は家康の目を覗き込むように見た。

「このわしが小娘相手に思慮を失うと思うか?」

と秀吉は強がった。「武士は戦で手柄を立てるのが生業《なりわい》。働きの場を与えてやらねばいずれ天下も乱れる。わしはよーく考えて、これが正しいと思うてやっとる。……茶々は関わりねえ」

家康はまだ秀吉の真意を摑みかねた。

「茶々は、わしに力をくれる……この老いた心と体を若返らせる」

そう言って、秀吉は酒をぐいっと飲み干し、家康に酒を注いだ。

「大納言、茶々を守ってくれんか? 悪い噂を立てる奴は、そなたが取り締まってくれ。わしには茶々がいるんじゃ」

家康は、茶々が家康を誘惑するような物言いをしたことを思い出した。

「恐れながら、茶々様は遠ざけられるべきと存じます。あのお方は……計り知れぬところがございます。人の心にいつの間にか入り込むような……」

「わかっとる、わしゃみーんなわかっとる! あれのせいで政を危うくはせん!」

秀吉は、家康に対抗心を燃やすように声を大きくした。「茶々は離さん」

「殿下のお心を惑わすお方」

「茶々を愚弄するのかっ！」秀吉は家康の胸ぐらを摑んだ。

「図に乗るなよ……わしは太閤じゃ、その気になれば徳川くらい潰せるぞ！」

凄む秀吉から目を逸らすことなく、家康は冷ややかに言った。

「かつての底知れぬ怖さがあった秀吉ならば、そんなことは口にすまい……。目を覚ませ。みじめぞ、猿！」

秀吉の怒りが爆発し、猿のごとく家康に襲い掛かろうとした、そのとき――。

「お待ちを！」と平八郎の割れんばかりの大きな声がした。

平八郎が止めたのは、家康と秀吉のことではない。足利昌山が家康の部屋に向かっていたのである。

「よいよい、かまうな、わしは将軍じゃぞ。おう、また来たぞ大納言。太閤殿下もご一緒と聞いてな、三人でやろうではないか」昌山は気安く部屋に入った。

「今度にしてくだされ」と平八郎が廊下から注意するが、

「一杯だけじゃ」と、一触即発の家康と秀吉の前にどかっとあぐらをかいた。そして勝手に酒をつぎ、ぐいぐい飲みはじめた。

「将軍のときは、この世の一番高い山のてっぺんに立ったようなもんでな、下々のことがよう見えた。何もかもわかっておった……そう思い込んでおった」

酒を味わいながらしみじみ昌山は言う。「だが、実のところはまったく逆でな。霞がかかって何も見えとらん。周りが聞こえのいいことしか言わんようになるからじゃ。自分はそうはならんと思うておっても、なるんじゃ。気がついたときには、あいつは何も知らん阿呆だ、たわけだと皆に馬鹿にされておる……。そうなったら手遅れよ」

昌山にしては、珍しくまともなことを言っている。家康と秀吉も思わず耳を傾けた。

「遠慮なく厳しいことを言う者がおることが、どれほどありがたかったか……。信長とうまくやっておったら、今頃どうなっておったろうのう」

家康の胸がちくりとなった。

「てっぺんは一人ぼっちよ……信用すべきものを間違えたらいかんのう」

昌山はやけに含蓄のある言い方をした。そこには将軍の風格がのぞいていた。

「さて、伊達んとこに行くか、あいつは酒が強いからの」

昌山は立ち上がると部屋を出た。はらはらしながら待ち構えていた平八郎に追い立てられるように去って行った。

昌山の登場に、すっかり毒気を抜かれた秀吉と家康は、肩の力を抜いた。

「おめーさんはええのう……ずっとうらやましかった」秀吉は再び酒を飲みながら言った。「生まれたときから、おめーさんを慕う家臣が周りに大勢おって」

ふっと一息つく。「わしにゃあ、誰もおらんかった……」

「あなたは、ようやった……すべてを手に入れた……。もう何も得なくてよい」

家康はねぎらうように秀吉に酒を注いだ。

「……わしを見捨てるなよ」

秀吉が盃越しにちらと家康を見る。家康は深くうなずいた。

肥前名護屋城に戻った秀吉は、茶々を京に帰した。秀吉もようやく家康の苦言に耳を傾ける気になったのだろう。

　この年の十二月、天正は文禄元年となり、年が明けた文禄二年（一五九三年）の五月、帰国した三成が、密かに家康に報告に立ち寄った。

「ご無事のお帰り、何よりでございました」

「漢城をも手放し、釜山にまで退いたと聞きました」

　阿茶と平八郎にねぎらわれ、三成はやつれた様子で茶を一気に飲み干した。

「飢え死にする者、凍え死ぬ者、数え切れませぬ……」

　三成は何か恐ろしいものを見て来たように震えた。

「和議を結ぶには今しかないと……明国の使者を連れて参りました……。されど殿下がお認めになるかどうか……」

「殿下は、治部殿らの申す通りにすると仰せじゃ」家康が言うと、三成はほっとした顔になる。

「まことでございますか……」

「殿下はすっかり落ち着かれた。我らの意見を最も大事にしてくださる」

「ありがとう存じまする。先にこちらに立ち寄ったことはご内密に」

「心得ておる」

　その足で、三成は秀吉に挨拶をしに肥前名護屋城へ向かった。大広間の秀吉の前にはひれ伏した三成、刑部、長盛がいる。秀吉の脇には家康と利家が並んだ。

「殿下のお望みにかなう実りを得られず、申し訳ございませぬ」と刑部が言うと、

「そなたらが最善を尽くしたことはわかっておる。慣れぬ異国での戦、大儀であった。万事そなたらの言う通りにいたす」と秀吉は穏やかに受け止め、「さぞ疲れておろう、よう休め」とねぎらった。

「家康、利家、明国の使いはそなたらが丁重にもてなせ」

広間には穏やかな空気が流れていた。安堵し、三成と微笑み合った家康が「では、我らもこれにて」と利家とともに下がろうとしたとき、家来が現れた。「淀の方様より書状にございまする」

「茶々から？」

書状を読む秀吉の様子を、家康たちも立ち止まってうかがった。

「……そんな……馬鹿な……」と秀吉の狼狽《うろた》え方は尋常ではない。

「いかがなさいました？」と家康はおずおずと問うた。

「えらいことじゃ……」書状から顔を上げた秀吉は信じ難いという顔をしていた。

「子ができた。茶々が……また身ごもった」

そしてけたたましく笑いはじめた。家康は何か空恐しいものを感じ身構えた。

第三十九章　太閤、くたばる

豊臣秀吉と茶々の間に再び子ができたのは、その壮大なる夢である唐入りを、和議をもって終結すると決めた直後だった。

文禄二年（一五九三年）、秀吉は五十七歳になっていた。

肥前名護屋城の大広間で秀吉は、茶々の出産が近いと報告を受け、早く大坂に向かいたくて気もそぞろだった。だがその前に大事な仕事を済まさねばならない。秀吉は信頼を寄せる家臣・石田治部少輔三成、大谷刑部、増田長盛、小西行長らに和議案の条書を渡した。

「思案を重ねた末、その七か条の合意をもって、明国との和議といたす」

だが、文書の内容は予想外のもので、三成は絶句した。

「余もそなたらの苦労はわかっておる。明国を征することは先送りとしよう。はなはだ不本意ではあるが、それでよしとする」

無論、和議は求めたことではあった。が、この内容では締結は難しい。

「殿下、お待ちを……」と行長も同意見で、「我らの意見もお取り入れくださいますよう」と三成も秀吉に再考を願った。だが秀吉は聞く耳をもたない。

「それが最大の譲歩である。それ以上は一歩も譲れぬ。しかと進めよ。家康にな、兵の引き揚げを終えたらば、ここを離れてよいと伝えよ」

秀吉はそう言うと、そそくさと席を立ち、部屋を小躍りするように出て行く。

残された三成、刑部、長盛、行長たちは、どうしたものか、と互いを見合った。

その夜は晴れて星がよく見えた。だが、星好きの三成が今日は空を眺める気にはならない。秀吉の七か条が心に重くのしかかる。肥前名護屋城を出ると、徳川屋敷に向かった。家康に相談に乗ってもらうしかなかった。

阿茶が出した酒と肴を傍らに置き、家康と平八郎は、三成の持参した和議案の文書に目を通した。そこに書かれていたのは明国の皇女を秀吉の妃にすること、朝鮮王子と大臣を人質として差し出すこと、朝鮮国の南半分の領地を割譲すること、などの条件であった。

「このような和平案を明国が受け入れましょうか？」平八郎は読むなり眉をひそめた。

「きわめて難しいでしょう……されど、この和議は何としてもまとめねばなりませぬ」

三成は嘆息した。

「耄碌《もうろく》しても天下人は天下人。難儀なことでございますこと」

口さがない阿茶に、家康は咳払いする。三成は秀吉の忠実な部下であり、生真面目な人物なのだ。

「ご無礼いたしました」と阿茶は慌てて三成に頭を下げた。

「治部殿……かつてそなたは、新たな政《まつりごと》の仕組みがいると申しておられたな。考えがあるなら聞いてみたいと思うておった」

家康が気を遣いながら訊ねた。三成は黙ったまま縁側に出て空を見上げた。家康も後に続いた。

阿茶と平八郎も空を見上げる。星が瞬く音が聞こえそうなほど満天の星空を四人は仰いだ。

「力ではなく、知恵……。天下人を支えつつも、合議によって政をなす。志あり、知恵の豊かな者たちが話し合い、皆が納得をして事を進めてゆく。そうなれば、天下人の座を力で奪い合うこともなくなりましょう」

空に光る星のように、ひとつひとつが独立しながら調和を保っている。三成はそんな世界を夢見ていた。三成は自嘲気味に笑った。「お笑いになるでしょうが、そのような政をしてみたい、それが私の夢でございます。……しゃべりすぎました。お忘れくだされ」

「笑いはせぬ。わしの目指す、徳をもって治める王道に通じる」家康は賛同し、三成を喜ばせた。

「まさに新しき世の政」平八郎は大きくうなずいた。

「殿下に申し上げてみては」と阿茶が三成に提案した。

「そのような恐れ多いこと……」と三成は尻込みをする。家康は、「夢を語っているだけでは、夢で終わりますぞ」と背中を押した。

八月三日に男児が誕生したとの知らせを受けた秀吉は、急ぎ名護屋城を発つと大坂へ向かった。

秀吉が、うきうきと大坂城の一室に入ると、部屋では茶々が第二子・拾《ひろい》を抱いて待っていた。寧々と、多くの侍女、家来たちがふたりを慈しむように囲んでいる。

「お帰りなさいませ。玉のような男の子でございます」

寧々が言うと、茶々は勝ち誇ったように微笑みながら、真っ白なおくるみにくるまれた拾を秀吉に差し出した。秀吉は感激に震えながらそっと近づき、抱き上げようと手を伸ばした。が、拾のくもりなく透き通った頰と、自分のしみと皺だらけの両手を見比べて、不意に恐怖に襲われたように手を引っ込めた。そして後ずさった。

「この手は……多くの者を殺めてきたで……」

秀吉は思いつめたような目で拾を見つめ、そして寧々や茶々、侍女、家来一同を凝視した。

「穢れた者を近づけるな」そう言って歯を剝き出す秀吉に怖気づき、侍女たちは拾から離れた。「風邪ひとつ引かせるでねえぞ」

そして、寧々と茶々を交互に見据える。「寧々、茶々……。それに粗相をした者は誰であろうが成敗してよい。その小さき者が……余のすべてじゃ」

秀吉はそのまま大坂にとどまり、二年の月日が流れた。文禄四年（一五九五年）、冬。京都桜井にある酒井《さかい》左衛門督《さえもんのかみ》忠次《ただつぐ》が隠居している屋敷を家康は訪ねた。井伊直政と息子の秀忠《ひでただ》を連れている。

家康と於愛との長男・長丸は、元服して秀忠と名乗っていた。秀は秀吉から一字をもらったのである。ふたりは家康に呼ばれ、江戸から駆けつけた。

部屋に通された家康は、直政と秀忠とともに、登与に出された茶を飲みながら待つ。左衛門督が隠居してから七年が経つ。高齢になり、支度にも時間がかかるのであろう。

秀忠は茶を飲み干すと立ち上がり、何やら首をかしげながら奇妙な動きをはじめた。前屈したり、ぴょんと跳んだり。

「父上、うろ覚えながら、このような動きではないかと。あるいは、こうとか。直政、どうじゃ?」

「さて、どうでしょう」と直政ははぐらかした。家康も見ていられず、

「まあ、座っておれ」とたしなめる。そうこうしていると、「お待たせをいたしました」と登与の声がした。左衛門督が登与に手を借りてゆるりとやって来た。目はわずかにしか見えていないようだ。

「殿、わざわざのお渡り、痛み入ります」

「いや、無理を言ってすまんな」

「お久しゅうござる、左衛門督殿」

そう言う直政に左衛門督は「武勇は聞こえておるぞ、井伊のすけこましとな」と笑いかけた。

「井伊の赤鬼でござる」と直政は少年に戻ったようにむくれた。

「秀忠が祝言を挙げたんでな、挨拶に寄らせた」

秀忠に憧れの眼差しで見つめられ、左衛門督は眼を細めた。

「あの小さな長丸様がご立派になられて。殿のお若い頃にそっくりじゃ、まるで源頼朝《みなもとのよりとも》公が天から舞い降りたようだわ」

「また調子のいいことを。もうほとんど見えとらんのに」と登与は笑った。

「麗しいものは見えるんじゃ」

「だから私のことは見えんのか」

「そういうことじゃ」夫婦の阿吽の呼吸は健在で、家康は微笑んだ。

「あらためておめでとうございまする、秀忠様」と左衛門督は頭を下げた。

秀忠の妻は、茶々の妹の江《ごう》である。文禄元年（一五九二年）二月に関白秀次の弟、秀勝に嫁したが、九月に秀勝は朝鮮で亡くなった。その後、二十三歳で十七歳の秀忠に再嫁したのだ。

「年上だが気立てのよいおなごじゃ」と秀忠は言う。

「太閤殿下が強く望まれてな」と家康。

「徳川と豊臣のつながりを強めるのに必死なご様子。ま、悪いことではござらぬ」と左衛門督。

「父上……」ひとしきり近況を話したあと、秀忠は家康に何やら催促をした。

「ん？　まあ、無理を言うな」

家康は気が進まない様子であったが、秀忠は我慢できず口にした。

「徳川家中に語り継がれし、勝利の舞！」

秀忠はひと目だけでも本家本物を見たいと願っていたのだ。左衛門督と登与は思わず見合う。そして、うん、とうなずき合うと立ち上がった。

「あ、いや、無理せんでよいぞ」と家康が止めるが、

「おそらくこれが酒井忠次、最後のえびすくいとなりましょう。とくとご覧あれ！」

そう言って左衛門督は登与とともにえびすくいを舞いはじめた。年を感じさせない切れの良さで、

「おお、そういう動きであったか！」と秀忠も思わず踊りに加わった。

見様見真似で踊る秀忠と、伝統芸能の担い手のような左衛門督と登与を、家康は眼に焼き付けるように見た。そして、ふふ、と笑った。「長いこと見続けてきて、ようやく慣れてきたのう」

満足した秀忠と直政を先に帰し、家康は左衛門督とふたりだけで縁側で酒を酌み交わした。

月が鏡のように光っている。

「目が悪くなった分、耳がようなったようで、様々な噂が聞こえてきます……太閤殿下は、老いて、呆けられた……とかなんとか」左衛門督は心配していた。「甥の関白秀次様を自害に追い込み、のみならず、その妻子まで皆殺し……。若君様の邪魔になりうる者は一人残らず消していっている……民の評判はがた落ちでございます」

黙って、酒を飲む家康に、

「唐入りは、どうなりましょう？　これで片付くとお思いですかな？」

と左衛門督は訊ねた。家康は重い口を開いた。

「かつて信長様が言っておった」

「信長様が？」

「安寧な世を治めるは、乱世を鎮めるより難しかろうと」

「まさに」ちょっと考えて、左衛門督は家康を手招きした。

「何じゃ？」

「いいから」

訝しく思いながら家康は左衛門督に近づいた。左衛門督は、そのしわだらけの手で家康の姿かたちを確かめるように触った。目が悪いからか、と思った瞬間、左衛門督は家康を抱き締めた。

「おいおい……」幼い子供扱いされたようで、家康はくすぐったい気持ちになった。このとき、家康は五十四歳である。だが左衛門督はしっかり家康を抱き締め離さず、やさしい声で囁いた。

「ここまでよう耐え忍ばれましたな……辛いこと苦しいこと……よくぞ乗り越えて参られた」

「おぬしらがうまくやってきてくれたおかげじゃ……家臣に恵まれた」

「うまくやれてなどおりませぬ……振り返れば悔いることばかり……至らぬ家臣で申し訳ございませんでした……」

「何を言うか……おぬしがいなければ、とっくに滅んでおった」

「違います……殿が数多《あまた》の困難を辛抱強く耐えたから……我らは生き延びられたのです……ありが

とうございました」

左衛門督はそっと家康から離れた。「先に逝った者たちのもとへ、わしももうすぐ行きます」

「そう言い続けて、まだまだ生きるつもりじゃろうが」

家康が元気づけると、左衛門督は真顔で言った。

「殿……一つだけ、願いを言い残してようございますか？」

「……なんじゃ」

左衛門督は再び家康に近づくと、耳元で囁いた。

翌慶長元年（一五九六年）十月二十八日、早朝の桜井屋敷に登与のふくよかな声が響いた。

「旦那様？　旦那様？」

朝食の時間になっても左衛門督の姿が見えないので、捜しているのだ。ふと、左衛門督の鎧や武具が仕舞ってある部屋へ向かう。部屋を覗いた登与は、びくっと身をすくめた。

左衛門督が床几《しょうぎ》に腰かけ、具足をまとおうとしている。が、力が入らなくてうまくできずにいた。

「旦那様、何をしておられるのです？」

「……殿から……出陣の陣触れがあった」

左衛門督はそう言うと、震える手ですね当てをつけようとする。

登与は黙ってしゃがみ、すね当ての紐をきゅっと縛った。それから籠手や弓懸、胴……。すっかり体がやせ細り、もうぶかぶかだ。あふれそうになる涙をこらえて黙々と着せてやる。

さあ、できた。兜は重すぎるだろうか、と考えていると、左衛門督は満足そうな顔をしてうなだれていた。不安になって口元に耳を寄せると、もう息をしていない。登与は立派な金箔鹿角の脇立をつけた兜を床に置き、手をついて深く頭を下げた。

「ご苦労様でございました」

少しさかのぼって、文禄五年九月一日、摂津大坂城。ついに明国皇帝の返事が秀吉のもとにもたらされた。正装の秀吉の前で、明国の使節二名が詔書《しょうしょ》を読み上げている。秀吉の隣で西笑承兌が通訳して伝えている。その様子を三成、長盛、行長らが、心配そうに見守った。秀吉が「余は、満足である」とにんまりしたので、三成たちは胸をなで下ろした。

九月二日、伏見・徳川屋敷に本多正信が江戸から訪ねて来た。この年の五月に、正二位内大臣《しょうにいないだいじん》となった家康は江戸を離れ、京と伏見を行き来して、政務に励んでいた。

阿茶が出した茶を美味しそうに飲みながら正信は、「秀忠様のもと、つつがなく進んでおります。ぬかるみもすっかり姿を消し、人もずいぶん増えました。江戸に戻られたら驚かれますぞ」と報告する。

「楽しみじゃ」と家康は答えた。

「明国との和議も無事結ばれそうで何よりでございます」

「あの約定を明が受け入れるとは、驚きました」と阿茶。

「ああ、治部殿らの苦労の賜物じゃろう」

そこへ家来が慌てた様子でやって来て、家康に耳打ちした。

「治部殿が？……通せ」

今、ちょうど話題にあがった三成が蒼白な顔で現れ、一礼をした。

「いかがした？」

大坂城で秀吉が行長を斬ろうと狂ったように暴れたというのだ。

「余を騙しおったな、行長！」と荒れる秀吉に、

「お、お聞きくだされ！　殿下！」

「我らの言い分を……！」

三成や長盛が必死で止める。承兌は黙ってそれを見ていた。

「騙すつもりなど毛頭ございませなんだ！」と行長は言うが、秀吉は暴れ続けた。

「放さんか！……戦じゃ！　再び朝鮮に攻め入り、力で奪え！　今度こそ勝て！」

秀吉の剣幕は相当なものであったと聞いた家康は、三成に確かめた。

「それは、殿下に読み上げた国書は、小西殿と明の役人が示し合わせてつくったということか？」

「つまり、偽りの国書で殿下と明の皇帝、双方を騙したと……」と正信。

三成はうなずいた。

「こりゃイカサマ師もびっくりじゃ。なぜそのようなやり方をお許しになられたのか」

「今は和議を成り立たせることが先決……。双方の顔を立たせるにはこれしかなかったのでござる！」と三成は言うが、「うまい手ではなかったな」と家康、「イカサマはばれぬようにやらねば」と正信、ふたりの評価は手厳しかった。

反省をしつつ、今後を考えなくてはいけない。

「殿下は本当に、唐入りをもう一度おやりになるおつもりでございましょうや？」

阿茶の懸念に正信は「やればめちゃくちゃになりましょうな」と推測する。

「殿下のお怒り収まらず、我らではどうにも……」と三成はうなだれた。

「わかった。馬を引け」と家康は三成とともに、大坂城に向かった。

家康と三成は秀吉に進言した。

「小西殿も殿下の面目を慮ってのこと。今一度考え直されるべきと存じます」

という家康の言葉を、秀吉は菓子など食べつつ、やや暢気に受け止めている。

「内府《だいふ》、これは賭けよ」

内府というのは、内大臣になった家康の呼び名である。

「賭け?」

「今のままでは、先の戦《いくさ》で何一つ得られなかったことになる。諸将の不満が膨れ上がる。何らかの利を得るためには、もう一度戦に突っ込むほかねえ」

「あまりに危うい賭けにござる」

「勝ちゃええ」

「前に勝てなかったものが、なぜ今度は勝てましょう」

「前で学んだから、今度はうまくやる」

「我が軍勢は出しませんぞ」家康はせめてもの反抗に出た。すると秀吉は、「家康よ、長久手《ながくて》での戦を覚えておろう?」と言う。

「わしはあの合戦でそなたに負けた。だが、わしは天下を取り、そなたはわしに跪いとる。戦いってのはな、勝てなくとも利を得るすべはいくらでもある」

そして秀吉は自信満々で自分の頭を指さした。

「ここにゃあ無限に策が詰まっとる。わしに任せときゃえぇ」

もう何を言っても無駄だ。秀吉の頭の中は無限に欲望が渦巻いている。家康は打ちひしがれた。

「治部、朝鮮攻めの用意にとりかかれ」と秀吉は命じ、三成も無念ながら「……は」と従うしかなかった。


慶長二年（一五九七年）六月、秀吉は六十一歳になるも、なおも気迫に満ちていた。伏見城の主殿に諸大名を集めた。三成、長盛、行長、そして秀吉がことのほか目をかけてきた加藤清正、福島正則らもいる。

「こたびこそ、朝鮮国の南四道《みなみしどう》を我らのものとし、皆々に分け与える！　小西行長！　おぬしが先陣を勤めよ！」と秀吉は命じた。「一同、歯向かう者は、老若男女僧俗にかかわらず、なで斬りにせぇ！」

遡ること二年、文禄四年（一五九五年）には、秀吉の後継者であった関白・豊臣秀次を謀反の罪に問い、切腹に追い込んだことで秀吉の後継者は拾のみとなっている。ひとえに拾の存在が彼を奮い立たせていたのだ。がその活力は糸の切れた凧のように無軌道な危うさがあった。

秀吉や行長が退室すると、清正は三成をきっと睨んだ。「治部よ、小西は信用できん。おぬしが頼りじゃ。戦地の我らに、殿下のお指図をしかと届けよ」

正則も「下手なごまかしはするな、よいな」と念を押した。

慶長二年六月、小早川秀秋《こばやかわひであき》を総大将とする、およそ十四万の軍勢が海を渡って出兵した。

翌慶長三年（一五九八年）春、いまだ清正、正則たちが現地で奮戦していた。伏見城で家康は、正信と秀忠に手伝わせ、大量の書状に署名をしていた。

「これすべて揉め事の裁定でございますか」と秀忠が書類の量に目を丸くした。

「ああ、あちこちで不穏な動きがあってな」

「殿下への不満がふくらんでおる証し。都も乱れてきました」

そう正信が言ったとき、廊下を一団が仰々しく通り過ぎた。めいめい大きな桶を抱えている。その中には何かが詰められ、ぱんぱんに膨らんでいる袋が入っている。秀忠は首をかしげた。

「……あの桶は何でしょう?」

「戦地から送られてきた、鼻切りによる獲物でござろう」と正信は目を背けた。

討ち取った敵の首を持ち帰ることが困難な場合、代わりに鼻や耳を切り落として、その数をもって手柄とする習わしがあると正信から聞いた秀忠は、袋の中にどれだけの鼻や耳が入っているのか想像して慄《おのの》いた。

「奉行たちも気の毒よ。大谷刑部殿は心労がたたったのか、病を患って休んでおられる。治部殿も心配じゃ」と正信がため息をつくものだから、秀忠の声も沈んだ。

「この戦、前にもまして悲惨なものとなっているようですな……」

「国の内も外もめちゃくちゃ。着々と乱世に逆戻りしておりますなぁ」と正信の愚痴は止まらない。

「やめよ正信……策は無限にある、殿下はそう仰せになった。それを信じるのみじゃ」

そう言ったものの、誰よりも不安を感じているのはほかならぬ家康であった。

秀吉は頭の切れは良かったが、体は徐々に衰えを見せていた。六十を過ぎているのだから無理もない。拾はすでに、慶長二年(一五九七年)九月に元服して豊臣秀頼と名乗っていたが、まだ六歳である。力にはならない。

ある日のこと、秀頼が庭で家来たちと羽根つきをしているところを、秀吉が縁側であぐらをかいて見つめていた。小さく丸まった背中は老人そのもの。秀吉の左右に、寧々と茶々も座っているが、彼女たちのほうが大きく見えるほどであった。

秀頼が思いきり突いた羽根が軌道をそれ、秀吉の座った縁側の下に転がった。取りに来ようとする家来を手で制して、秀吉は自ら拾おうと立ち上がり、階段をゆっくり降りる。

羽根を拾い上げ、秀頼に差し出そうとした秀吉の体がぐらりと揺れて、そのまま庭に倒れ込んだ。

「殿下！　殿下！」

寧々がまっ先に立ち上がり金切り声をあげながら、階段をかけ降りる。茶々も後に続いた。

羽根を握ったまま、秀吉はうつ伏せで意識を失っていた。

太閤倒れるの報は、瞬く間に世に広まった。

徳川屋敷では、家康が秀吉の容体を気にして部屋をうろうろ歩き回っていた。正信と阿茶は心配そうに見つめるしかなかった。そこへ直政が情報を持って現れた。

「今は誰もお会いできぬと。いまだ正気付かれぬようで」

「万が一、このまま身罷《みまか》られたら……」と阿茶は気を揉み、

「たまったもんじゃありませんな」と正信は皮肉を込めて言った。

「そんなこと、あってはならん」と家康は虚空を仰いだ。なにしろ、朝鮮との戦の始末は秀吉にしかできないのだから。

秀吉は三日三晩眠り続け、四日目の早朝、ようやく目を開けた。そばに付き添っていた寧々が気

づいた。「……殿下？」秀吉の手を取り、問いかける。「おわかりになりますか？」

秀吉は弱々しくうなずいた。知らせを受けて、三成が駆けつけた。

不安そうに部屋に入り、礼をした三成を秀吉は虚ろな眼で一瞥し、

「どこの誰だったかの……」と訊いた。

「……殿下」三成が悲しそうな顔をすると、

「戯れはやめやぁせ」と寧々がたしなめた。

秀吉は「心配かけたの治部、もう大丈夫じゃ」とからからと笑った。

「殿下……安堵いたしました」

「とはいえ、わしも己の年を思い知ったわ……この命、あとどれほど残っとるか……せいぜい三十年だろうのう」

秀吉は冗談を言えるほど回復しているようだった。

「つまらんこと言いやぁすな。殿下は、遺言をお作りになるおつもりでな、そなたの意見を聞きたいと」と寧々は三成に言った。

「金銀、食い物、おなごに領地……欲しいもんはすべて手に入れてきた……だが、今となってはなんもかんもむなしい。望みはひとえに……世の安寧、民の幸せよ」

秀吉はやけに神妙だ。

「秀頼はあまりに幼い……。わしが死んだ後、どうするがええ？　誰が天下人になる？　おぬしの考えを聞きてぇ」

人が違ったかのような秀吉に、護るものができると人は変わるのだと三成は思った。逆に、護る

ものがない人は無限に欲望が肥大していくのかもしれない。

今なら秀吉を止めることができるのではないか。三成は、家康の「夢を語っているだけでは、夢で終わりますぞ」という言葉を思い出し、「天下人は無用と存じます」と答えた。「豊臣家への忠義と、知恵ある者たちが話し合いをもって政を進めるのが最も良いことかと。秀頼様ご成長の暁には、皆で秀頼様を奉りまする」

すると秀吉は満足そうに目を瞑った。

「わしも同じ考えよ。徳善院《とくぜんいん》（前田）玄以《げんい》、浅野長政、増田長盛、長束正家《なつかまさいえ》、そしておぬしだろうの。……治部、やってみい」

長年、秀吉に尽くしてきた生え抜きたち。彼らが五奉行となって政を行っていくことになる。これで世も落ち着くのではないか。そう思って寧々も安堵した。

夕方、三成は徳川屋敷を訪ねた。前田利家も一緒である。家康は三人で酒を酌み交わした。

「そうか、殿下がそのようなことを……治部殿、そなたが夢見た政、試すときが来たようでござるな」と家康は祝福した。

「は！　秀頼様がお育ちになるまで、精一杯やってみます！」三成は晴れやかな顔をした。

「肝要なるは、野心を隠し持つ大名をしかと抑え込むことじゃ」と利家。

「そこで徳川殿と前田殿には、力のある大名たちをまとめあげ、我ら五人の奉行をお支えいただくこと、お願い申し上げる次第」と三成は頼んだ。

「無論、引き受けますぞ」

「上杉《うえすぎ》、毛利、伊達、島津、長宗我部《ちょうそかべ》……危ういのがごろごろおるでな」と利家。

「ありがとう存じまする！　皆様に起請文《きしょうもん》を出していただきます」

家康、利家、毛利輝元《てるもと》、上杉景勝《かげかつ》、宇喜多秀家《うきたひでいえ》がいわゆる五大老となり、五奉行とともに合議制で政を行い、他の大名たちを牽制することとなる。

「しかし、あの何でも欲しがる猿も、最後の望みは、民の幸せとはな」

「快癒されて何より。この戦もうまくお収めになることじゃろう」

利家と家康はふふふ、と笑い合った。気持ちが軽くなり、この晩は酒が進んだ。

しかし、秀吉の容体は再び悪化していった。

家康は寧々に請われて秀吉の居室へ向かった。

「ご様子は？」家康が訊くと、

「どうしても内府殿とお話ししたいと」と寧々は言った。

「家康にございます」と名乗り、部屋に入った家康は息を呑んだ。

部屋には死の匂いが満ちていた。秀吉のやつれた様は、死期の近さを思わせる。

「おふたりだけに」と寧々は医師や侍女たちを連れて、そっと部屋を出た。

家康が枕元に座ると、秀吉はかぼそい声を出した。「……秀頼を……頼む」

「弱気になってはいけませせぬ」

「秀頼を……」

「無論、秀頼様はお守りいたします」

「そなたの孫の……千姫《せんひめ》と……くっつけてくれ」

千姫とは、慶長二年（一五九七年）五月に生まれた秀忠と江の長女である。

「仰せの通りに。しかしその前に殿下にはまだまだやっていただかねばならぬことが」

「秀頼をな……」うわ言のように、秀頼、秀頼と繰り返す。

「殿下、この戦をどうなさるおつもりで？」家康は心を鬼にして、用件を切り出した。「戦地はひどいありさま。都も乱れております。しかと始末をしていただかなければ」

「わしは……もう無理だ」

「無限に策があると申された」

「忘れた……わしは……耄碌しとるで」

「世の安寧、民の幸せを願うならば、最後まで役目を全うされよ」

老いて寝込んだ秀吉を見ていると、家康はなんだか怒りが込み上げて、思わず厳しいことを口走った。修羅を生き抜いてきた者同士、情けはない。ところが、秀吉はすっかり牙が抜けたようだ。

「そんなもん……嘘だわ」

「嘘……？」

「世の安寧など、どーでもええ……天下なんぞ知ったことか。秀頼が幸せなら、無事に暮らしていけるなら……それでええ。どんな形でもええ、ひでえことだけはしねえでやってくれ……頼む」

「情けない……それではただの老人ではないか」

「わしの最大の過ちは……秀頼を得たことだわ……自分より大事なものが出来てまった」

秀吉はなげやりに笑った。「天下はどうせ……おめーにとられるんだろう」

「そんなことはせん……治部殿らの政を支える」

「白兎も狸になったもんだ。知恵出し合って、話し合いで進めるか？　くくく……そんなもん……

うまくいくはずがねえ。おめーもようわかっとろうが……この世はそんなに甘くねえと！」

秀吉は一瞬、いつもの調子に戻り、目だけギョロリと動かして家康を睨んだ。それから、疲れたように脱力して天井を眺めた。「豊臣の天下は……わし一代で終わりだわ」

「だから放り出すのか？……唐、朝鮮の怒りを買い、秀次様を死に追いやり、諸国大名の心は離れ、民も怒っておる……こんなめちゃくちゃにして放り出すのか！」

「ああ、そうよ……。なんもかんもみんな放りなげて、わしはくたばる。あとはおめーがどーにかせえ！」

秀吉の無責任さに家康は怒りで震えが止まらない。「こんな乱れた天下いらぬわ！」

ひいひいと息を漏らしながら秀吉は愉快そうに笑った。

「家康……おめーさんは気の毒だの、最後まで生き延びてまって……なんもかんも……押し付けられるで……うまくやれよ……さもねえと……徳川も潰れるで」

「やはりお前はクズじゃな」

「知っとったろうが」

秀吉は力を振り絞り憎まれ口を叩く。が、突然「ううう……ううう～」と苦しみだした。

「死なさんぞ、まだ死なさんぞ秀吉！」と家康は秀吉の痩せこけた両肩を摑んでゆすった。

秀吉はガクリと首を垂れた。

「秀吉！」

ついに身罷ったか。家康は呆然と秀吉を見つめた。よく見ていると、秀吉の呼吸する音がかすかに聞こえた。

「……猿芝居がっ」

家康は吐き捨てた。その瞬間、ぱちりと秀吉が目を開けた。そしてにやっと笑った。

「大嫌いじゃ！」

家康は顔を背けた。が、秀吉はお構いなしで、

「わしは、おめーさんが好きだったで」とやけに懐っこい。

「信長様は……ご自身のあとを引き継ぐのは……おめーさんだと思っておられたと思うわ……悔しいがな」と名残惜しそうに家康を見つめた。「……うまくやりなされや」

先程は死んだ振りだったが、秀吉と話すのももう最後だと家康は感じた。憎まれ口をきくのは元気だからできること。それができなくなったらもはや終わりである。

「二度と戦乱の世には戻さぬ……あとは、まかせよ」

「あの世で……信長様の草履あっためて、待っとるわ」

秀吉は枕元に置いた金色の呼び鈴を、骨と皮だけの細い指でつまんで鳴らした。たちまち寧々と侍女たちが現れる。

「お帰りだ」

寧々に言うと、秀吉は大義そうに目を瞑った。

八月十八日。夜でも蒸し暑く寝苦しい。外では蟬と秋の虫が交互にうるさく鳴いている。眠っていた秀吉がふいに発作を起こし咳き込んだ。咳には血が混じっている。添い寝をしていた茶々が異変に目覚めた。

秀吉は茶々にすがろうと手を伸ばしたが、茶々はその手を取ろうとしない。秀吉は諦めて、枕元

の呼び鈴に手を伸ばした。すると、茶々はその呼び鈴をつまみ、ゆっくり秀吉から遠ざけた。

秀吉は四つん這いになり、呆然と茶々を見上げた。茶々の眼は光なく黒々としている。

「秀頼は、あなたの子とお思い？」

傍らの蠟燭の炎が下から茶々を照らす。その光は茶々の顔を能面のように浮かび上がらせた。

茶々はゆっくり首を横に振った。落ちくぼんだ目を必死で見開く秀吉に、茶々は赤い唇の両端を上げた。

「あの子は私の子。天下は渡さぬ……あとは私に任せよ、猿」

茶々に信長の面影を重ね、秀吉はひやりとなった。思考が混乱し、ただ何かを求めてやせ細った腕を動かす。行き場もなく伸ばした細い腕はひとしきり虚空をさまよった末、一点を目指してぐっと強く伸びた。枯れ木のような腕の動きが固まる。その刹那、秀吉の波乱に満ちた人生は終わりを告げた。あらゆるものを手に入れようとした秀吉だが、最期に摑んだものは無だった。

うるさかった虫の声が一瞬やんで、流れ星がひとつ、落ちた。

家康は眠れず、伏見の漆黒の空を見てひとり考えこんでいた。

かつて京、桜井の酒井忠次の屋敷を訪ねたとき、左衛門督は家康を抱き締め言った。

「殿……一つだけ、願いを言い残してようございますか？」

「なんじゃ」と家康が問うと、

「天下をお取りなされ。秀吉を見限って、殿がおやりなされ」

そう言ったのだ。

「わしにはもうそのような野心はない。天下人など嫌われるばかりじゃ」

家康が言うと、左衛門督は首を振って言い募る。

「どのみち秀吉が死ねば、またぞめちゃくちゃになる。所詮この世は、力ある者が抑えねばどうにもなりませぬ。義元、信玄、勝頼、信長、光秀、秀吉……あとはもう殿しかおらん」

「信長にも、秀吉にもできなかったことが、わしにできようか？」

「殿だからできるのでござる。戦が嫌いな殿だからこそ……嫌われなされ……天下を取りなされ」

左衛門督の遺言が、虫の声に代わって家康の耳のなかで波打った。

第四十章　天下人家康

慶長三年（一五九八年）八月十八日。名もなき民の出でありながら天下人へと昇り詰めた太閤豊臣秀吉は、その波乱の人生をついに閉じた。

九月、主《あるじ》なき伏見城の主殿では、豪奢な建具や調度品の光も鈍く寂しさを湛えている。そこへ、ひとり、またひとりと入って来たのは豊臣政権の実務を担う五人の奉行——石田治部少輔三成、徳善院玄以、浅野長政、増田長盛、長束正家である。秀吉が泥沼と化した朝鮮出兵を放り出したままで亡くなったため、今後、どうするか会議を行うのだ。

秀吉によって作られた五奉行の制度は五人に大きな力を与えていたとはいえ、彼らはあくまでも秀吉の部下である。主なき今、不安は募る。五人がそわそわしながら待機していると、重みのある足音がして、五大老たちが入ってきた。

まず、前田利家。秀吉と同世代の老齢につき、家来に支えられてはいるものの、歴戦の勇士の風格がある。利家は加賀金沢八十三万石の所領の持ち主だ。次に現れたのは毛利輝元。祖父は毛利元就《もとなり》で名門武将である。彼は安芸広島百二十万石。それから上杉景勝。上杉謙信の甥にして養子である。陸奥会津百二十万石。宇喜多秀家は、その名に秀吉の一字をもらうほど、秀吉に目をかけられていた。備前岡山五十七万石である。

秀吉の直属の部下であり、秀吉の政治の補佐を行ってきた五奉行に対して、五大老は諸国の有力大名である。この十人衆で重要政務を合議制で行っていた。秀吉の部下として動く奉行とは違い、織田信長、秀吉の覇権争いの中で生き抜いてきた大老たちは独立心がある。だからこそ四人の大老はこの場で腹の内を探り合うように互いを意識している。そして四人はもうひとりの大名の動向を気にしていた。最後のひとりは、徳川家康である。

いまや二百四十万石の所領の持ち主である家康が、もったいをつけるようにして現れた。石高にふさわしい威厳と重みをもって、家康がゆっくりと部屋に入りあぐらをかくと、部屋の温度がじわりと上がった。五奉行と五大老が揃い、それぞれが光を放つことで、主なき主殿に生命が再び宿ったようにも思える。大老たちの張り詰めた様子を感じて、奉行たちは全身に力を入れた。

はち切れそうな緊張を破って第一声を放ったのは、五奉行のなかの最年長、徳善院玄以。信長、秀吉に仕え、京都所司代でもあった人格者である。

「晴れて御一同のお集まりがかないましたゆえ、改めて誓書《せいしょ》に御署判いただきとう存じまする」

続いて、三成のやる気に満ちた声が大広間の隅々まで行き渡った。

「殿下のご遺言、しかと実行することが我らの使命。すなわち、秀頼様がご成長あそばされるまで、我ら五人の奉行が政《まつりごと》を行い、皆さま五人にそれを支えていただく。我ら十人衆が一つとなって物事を進めることこそ、何より肝要」

五奉行制度のきっかけとなった三成の発言を受けて、家康は、

「無論、異論はない。再び天下が乱れることとあってはならん。御一同も異論ござらんな？」

と皆の顔をぐるりと見回した。

「ござらん」秀頼の傅役《もりやく》である利家の同意を合図に、

「ありませぬ」「同じく」「仰せのままに」輝元、景勝、秀家が口を揃えた。

反対する者がいないことに三成たち五奉行は、それぞれそっと胸をなで下ろした。

「殿下が身罷られたこと、しばらく公にはせぬがよろしかろう」と長政は提案した。

「目下の難題は、一にも二にも朝鮮のこと……」という長盛の意見に家康も同意する。

「ただちに和議を結び、国内をまとめるのが先決。一日も早く兵を帰国させ、正月を国で過ごさせてやりたい」

秀吉亡き今、異国の戦場にいる者たちの気持ちを慮った。

「うむ……船が三百隻はいるのう」と利家。

「我ら、筑前博多《ちくぜんはかた》に向かいます」と三成は意気込んだ。

懇意の利家と三成と家康の間で話が滞りなく進んだ。が、合議制と言いながら実質、家康が中心になっている状況に、輝元、景勝、秀家の三大名は危機感を覚えた。

会議を終え、利家や秀家が帰ってゆく。その背中を三成が見送っていると、家康が声をかけた。

「治部、そなたの役目、難儀なものとなろう。だが、そなたならきっとやれると信じる」

「お任せを。このような政をすることこそ我が夢でありました。やってのけてみせまする」

三成の顔には一時期の迷いはなかった。家康は安堵してうなずくと、立ち去った。輝元と景勝はその様子を見て、いよいよ危険だと感じ、三成に注意喚起を促すことにした。

「気をつけられたほうがよいと存ずるが」輝元が三成に囁いた。「万事話し合いをもって……などというのは、力の等しい者たちでなければ成り立たぬ。格別な力をもつ一人がいれば、おのずとその一人が決めていくことになろう」

「徳川殿のことで？」

「おぬしらがしかとやらねば、十人衆など形ばかりになり果てるぞ」

景勝の口ぶりにはあからさまな不満が宿っていた。

「あのお方にそのような野心はないと存じまする」

「野心を見せるわけがなかろうが」と景勝はせせら笑った。

「治部、そなたは極めて頭が切れる。が、人心を読むことには長《た》けておらぬと見受ける。人の心には表と裏があるものぞ」と輝元、

「徳川殿は、狸と心得ておくがよい」と景勝。ふたりはそれぞれ三成に釘を刺した。

輝元と景勝は三成を味方に引き込もうとしているわけだが、当人にはそれがわかっていない。とりわけ、家康に裏心があるとは思えない。ふたりは何を言っているのだろう、と考え込んでいると、いつの間にか足元に嶋《しま》左《さ》近《こん》清興《きよおき》が跪いていた。三成の右腕ともいえる家臣で、寡黙な猛者である。

「殿……徳川殿の動き、目を光らせておきます」

「私は徳川殿を信じておる」

息の詰まる十人衆の会議を終え、伏見の屋敷に戻ってきた家康は気分転換に、縁側で阿茶と将棋を指しはじめた。傍らには本多正信と本多平八郎忠勝が控えている。

朝鮮に出兵している兵士たちを帰国させる案を聞いた阿茶は、

「戦地におわした諸将の、奉行衆への不満や怒り、計り知れぬものと存じます。治部少輔殿、うまくおやりになればようございますが」と懸念を述べた。

平八郎は、そもそも十人衆の制度に批判的だった。

「天下は、力ある者の持ち回り。あんな連中に任せず、殿が天下人となればよい話」

そうすれば事は迅速に進むと思っているのだ。

「忠次にもそのようなことを言われた」

家康は、人差し指と中指で将棋の駒を弄びながら、記憶をたぐった。

「殿に野心があろうがなかろうが、どうでもいい……やらねばならんのじゃ。嫌われなされ。天下を取りなされ」と今は亡き酒井左衛門督忠次は言っていた。確かに、このまま気を遣い合っていると大きな決断はしづらい。

「覚悟を決めておられるので？」と平八郎がせっつく。

「まだそのときではなかろう」

家康が将棋の駒をどこに置くか迷っていると、それまで黙って聞いていた正信が意見した。

「その通り。このめちゃくちゃな戦の後始末、買って出ていいことは一つもない。逃げられるなら逃げておいたほうがよい。今は息をひそめることでござる」

が、平八郎は正信の意見には不服そうで、「卑劣な考えじゃ」と頭ごなしに否定した。

「殿がしゃしゃり出れば、ほかの大老たちを敵に回すだけと申しておる」正信は平八郎を諌める。

「治部がうまく収めてくれるなら、それが一番良いことじゃ」

家康はようやく駒を置いた。が、そこへ、

「王手」と阿茶が喜々として王将を取った。

「強いのう」家康は、参ったとばかり、額に手をやった。

十一月、豊臣軍の朝鮮撤退が開始された。

筑前博多の港は、帰港した大量の軍船に埋め尽くされた。三成と浅野長政は、港に近い商人屋敷の門前に立って、戦地から帰ってきた武将たちを待つ。

「お着きでございます」と家臣が小走りでやって来た。その後ろから、加藤清正、黒田長政《くろだながまさ》ら、帰国した武将たちが現れた。誰もの顔色に血の気はなく、足取りは重い。全身から疲労困憊した気配を漂わせる清正たちに、三成は小走りで近づいた。

「よくぞお帰りになられた。皆々のご苦労、我らも涙が出る思い。大儀でござった」

三成が手を差し伸べると、清正は雑に払いのけ、

「殿下がお隠れになったという噂がある。まことか」と眉を深く寄せて問い詰めた。

「今は、言えぬ」

「言えぬ？　どういうことじゃ？」

「とりあえず体を休ませるがよろしかろう。戦のしくじりの責めは不問といたしますゆえ」

「しくじり……？　しくじりだと？」

「気になさいますな、方々が力を尽くされたことはようわかっております。京に戻ったら盛大な茶会を開いて、方々のご苦労をねぎらいたいと存ずる」

長政に胸ぐらをつかまれたが、三成は軽くいなした。三成には悪気がない。あの悲惨な戦場で疲弊していることはわかるが、戦に負けた失態は失態だと切り離して考えていた。

「おのれ、馬鹿にしとるのかッ！」

長政たちは一斉に三成に詰め寄った。武闘派ゆえ、すぐに手が出る。三成を守ろうと家来たちが

止めに入り、もみくちゃになった。

「この戦がこんなことになったのは、おぬしらのせいだろうが！　おぬしらの無策のせいで、どれだけの兵が死んだと思うておる！」と長政が喚いた。

最後まで最前線で戦った者と、遠くから指示だけしていた者とでは温度差があった。

「治部少輔……おぬしは、わしらがどんな戦をしてきたか、わかっておるのか……兵糧もないなか、皆何を食っていたか……茶会とは何だ！　茶を飲みたきゃ勝手に飲め！　皆には、わしが粥を振舞う！　行くぞ！」

清正は悔しさに震えながら、重い体を引きずって元来た道を戻る。三成たちの用意した商人屋敷で休むことには我慢ならなかった。清正の軍は秀吉の命で朝鮮の蔚山に城を築きはじめたが、築城途中で明・朝鮮連合軍に包囲され、兵糧の準備もできないまま籠城を強いられたのである。牛馬を食べて飢えをしのぎ、長政らの援軍によって九死に一生を得たのであった。

全軍が撤退したのは十二月に入ってからである。清正たちは京へ向かった。

伏見城にいる家康と利家のもとに清正たちがやって来て、三成をなんとかしてほしいと訴えた。清正と長政のほかに同じく朝鮮で奮闘した福島正則《ふくしままさのり》、蜂須賀家政《はちすかいえまさ》、藤堂高虎《とうどうたかとら》らも加わっていた。

「治部少輔にこの戦の責めを負わせていただきたい」と口角泡を飛ばす清正に、

「治部はよくやっておろう」と家康はとりなす。穏便に済ませたいのである。だが、

「これまで、戦がうまくいかんのは、戦地の我らのせいであるかのごとく殿下に伝えておりました！」と長政は不満を爆発させた。

「おかげで我ら、殿下の信用を失い、大いに名誉を傷つけられ申した」と家政、

「最も責めを負わねばならんのは、奴ら奉行衆のはず。なにゆえ偉そうに我らを指図するのか」

と高虎。皆、怒りが収まらない。それぞれ秀吉からの信頼を誇りにしてきたものだから、三成に勝手をされるのが許せないのである。

「治部は、殿下のことを我らにも隠しました。我らを仲間と思っておらん証しでござる」

「奴にはもののふの心がないんじゃ、昔から嫌いじゃった！」

「奴には従えませぬ。三成を処断していただきたい！」

「さもなくば、我らも考えがござる」

清正と正則は交互に吠える。あまりの無作法に、利家がたまりかね、

「考えとは何じゃ。治部らに任せたのは殿下の御遺志。軽挙妄動《けいきょもうどう》することあらば、この前田利家が許さん。よいな！」ときつく叱責した。

加賀の大大名・利家の迫力に清正らはようやく押し黙った。

利家の剣幕とは逆に、家康はできるだけ穏やかに言った。

「不満があれば、いつでも我が屋敷へ来るがよい。わしが話を聞こう」

厳しい利家と、穏やかな家康の連携に、清正、正則たちは不満ながらもしぶしぶうなずき、礼をして下がった。

「……やれやれ」利家は大義そうにこぼし、少しだけ体勢を崩した。

「お休みくだされ」

病身のためこうして長時間かしこまって座っていることも利家は辛いのだ。だがそこは武士として決して弱みは見せなかった。

「治部はいずこに？」

「北政所様が話を聞いておられる」

家康は、寧々のいる主殿に向かった。

「御免」と入ると、寧々が秀吉自慢の茶器に茶をいれ、三成と向き合って話し込んでいた。

「いかな具合か？」と寧々は家康に向き直った。

「えらい剣幕でござった」と家康が苦笑いすると、三成は我関せずという澄ました顔で茶をすする。

「どうであろう治部、一同にひと言詫びを入れて、酒でも酌み交わしては？」

寧々がとりなすが、「詫びを入れる？　なにゆえ私が？」と眉を上げた。

「豊臣家中をしかとまとめるのも、そなたの役目ぞ」

「私は間違ったことはしておりませぬ。間違っておるのは奴らでございます。殿下のご遺言に従い、家中がひとつになるべき時に、自ら争いごとを起こしておる」

寧々の言葉を聞く三成ではない。代わって家康が提案した。

「腹を割って話し、そなたの考える政を、皆にも語ってやればよい」

「奴らが私の考えを理解できたことはございませぬ。土地と名誉にしか興味がござらん。私は太閤殿下の御遺言をしかと行うまで」

三成が出て行くと、寧々は深いため息をついた。「治部と清正たちは昔から折り合いが悪くてな」

「知恵ばたらきで出世した者は、槍ばたらきの連中から妬まれるものでございます」

「あの子もまっすぐすぎる……。世の中は、ゆがんでおるものなのに」

「この騒ぎを収めるのは、誰がやっても難しいことでござる」

「そうだわな……あの人がわちゃにして逝ってまったのがいかんのだわ。最後までやりたい放題の勝手な人だったわ」

「まことに」

「治部がうまくできなければ……そのときは、力ある者にやってもらうほかないと私は思うておる」

寧々はいつになく険しい表情で家康を見つめた。眉間に決意がこもっている。

ここにも天下を取れと勧める者がいる。家康はあちらこちらから槍で突かれているような気がして気が重い。悩みながら屋敷に戻った。庭で刀を抜き、刃文を見つめた。それは家康の迷いを映すように揺らいでいる。縁側には平八郎、阿茶、正信が座っている。悩む家康に声をかけることができず、傍らに置いた白湯が冷めていく。

「諸国の様子はいかがじゃ？」家康から三人に声をかけた。

「探らせておりますが、やはり不穏な動きがあちこちであるようで」と正信は答えた。

「例えば」

「伊達政宗《だてまさむね》。殿下が身罷ったこと、あからさまに喜んでおるとか。ま、上杉にしろ、毛利にしろ、殿下に最後まで抗っていた連中は皆、この時を待ちわびていて当然」

「つまるところ、再び世が乱れるのを待ち望んでいる方々が大勢おられるということでございますな」と阿茶が言うように、世の中は主を失い混沌としている。そんな状況を調整するのは至難の技であった。

「……治部は、苦しいじゃろうな」と家康は三成の置かれた立場を慮った。

「はっきり言って、治部殿の手には負えんでしょう。殿が表舞台に立ち、すべてを引き受けるべき時では」、平八郎はすきあらば勧めてくる。

「そういう勇ましいことをすると危ない」と正信は慎重だ。

「ではどうすればよい」

「裏で危なっかしい奴らの首根っこを押さえるくらいにしておくのがよろしいかと」

「伊達、福島、加藤、蜂須賀、黒田あたりでしょうか」と阿茶が言うと、

「ほかの九人の方々の許しなく勝手なことはできん」とそこは生真面目なのが平八郎である。

対して、策士の正信は、正攻法では考えない。

「相談すれば異を唱えられる。しらばっくれてこっそりやるのみ」

「明るみに出れば殿が糾問されましょう」と阿茶が心配するが、

「そのときは謝っちまえばいい。それがいやなら、黙って天下が乱れるのを見物しているしかござらん。どのみち豊臣の天下は、ぼろぼろと崩れてゆくでしょう」

正信にも、平八郎にも、阿茶にも一理ある。家康は考え込んだ。

年が明け、慶長四年（一五九九年）一月。秀吉の遺言により、豊臣秀頼は、傅役の利家とともに大坂城へ居を移した。まだ七歳の秀頼には大坂城の天守はあまりに巨大で手に余る。五重の本丸天守に茶々に連れられ登り、窓から果てしなく広い下界を見下ろした。

北側には淀川が滔々と湾へと注ぎ込んでいる。雄大な流れを見ながら茶々は秀頼を励ました。

「この城は、父上が天下人のために造られたもの。その日に備えて懸命に学ぶのですよ」

「はい、母上」

迷いは見せず毅然と返事をする。健気な息子を護らなくてはならない。茶々は背後に静かに控え

ている三成に声をかけた。

「そなたが頼り。しかと頼むぞ、治部」

「は。秀頼様をおそばでしかとお守りいたします」

「だといいがの。様々な噂が耳に入ってきて、心配であることよ」

「噂とは？」

「石田三成では、豊臣家中も、大名たちもまとめられぬ……徳川家康でなければ……。いまや朝廷も家康殿の言いなりと聞く」

「徳川殿は、我らを支えると約定をお交わしになっております」

茶々は三成に顔を近づけ、囁いた。「私はそなたよりあのお方のことをよく知っているつもりだがの……あのお方は、平気で嘘をつくぞ」

茶々は、かつて、家康が母・市を二度も待ちぼうけを食らわし助けに来なかったことを忘れてはいなかった。茶々の言葉の根拠を三成は知るよしもなかったが、彼女の言葉には奇妙な力があり、蛇のように心に絡みついてきた。そのとき、三成は、廊下に控える左近の気配に気づいた。慌てて意識を立て直し、「御免」と茶々から離れた。

「どうかしたか、左近」と問うと、左近はそっと三成に耳打ちした。

その報告は由々しきものだった。

「紛れないことかよく調べよ」と三成は命じ、左近は一礼すると風のように立ち去った。

数日後、大坂城の広間に四大老と五奉行が集まった。利家は家来に支えられながら、そろりそろりとやって来た。ますます体力が落ちてきているようだ。その後から輝元、景勝、秀家が来る。すでに三成、玄以、長政、長盛、正家ら五奉行は着席していた。皆、一様に口角を下げ深刻そうな顔をしている。なかでも三成は思いつめたようにうつむいていた。

生前秀吉が定めた「御掟《おんおきて》」によって、諸大名の私的な婚姻や同盟は、禁じられていた。にもかかわらず、伊達政宗、福島正則、蜂須賀家政たちと徳川との縁組が進んでいるという。しかも、奉行衆の追い出しを図る諸将を屋敷に招いて親交を結んでいるとの情報も入っていた。伏見の徳川屋敷では、家康が清正と正則らを招待して酒を酌み交わしていたとか、また別の日には、高虎、長政らも招いていたという。つまり、家康が独断で諸将とつながり、十人衆の結束を破ろうと図っているというのだ。とんでもないことだと皆が騒ぐなか、ひとりだけ三成は一言も発しない。

「あからさまに動きはじめたな」と景勝が言うと、

「言わんこっちゃないな治部、これは天下簒奪の野心ありと見るほかないぞ」と輝元も賛同する。

ふたりは今にも戦いを挑みそうな勢いである。

利家は「軽々に判断はできぬ」と明言を避けた。

「治部殿は、どうすべきと存ずる?」

秀家に詰め寄られ、長らく考え込んでいた三成はついに決断した。

「太閤殿下の置目《おきめ》（掟）に背くことは、誰であっても許されませぬ……徳川殿には、謹慎していただくべきと存ずる」

極端に走る三成に「だがな、治部……」と利家は考え直すように諭すが、三成は聞かない。

「約定破りは、懲罰を課さねばなりませぬ！」

一度決めたことは曲げられない。それが三成であった。

「治部の言う通り」「同意いたす」「同じく!」長盛、長政、正家の賛同の声に、利家の言葉はかき消された。

ただちに三成は、家康のもとに糾問使を差し向けた。

伏見、徳川屋敷の広間に、三名の糾問使が訪問し、家康と正信が応対した。

なぜ、内密に各大名家との縁組を進めていたのかと問いただされると、

「ああ、わしとしたことが、うっかりしておった」と家康はとぼけ、

「殿下亡き今、お許しを得ること不要と思い込んでおりましたな、殿」と正信はしらばっくれた。

「いや、すまなんだ。ほんの行き違い。あらためて皆様にお伝え申し上げる。それでよろしかろう」

家康は正信の「しらばっくれてこっそりやる」作戦を選択したのだ。

狸芝居をするふたりに、糾問使は「いや……そういうわけには……」と困惑顔である。

「我が主はあくまで奉行の皆様を陰ながら助けるためにやったこと。殿下の御遺言を忠実に実行しております。処罰には値しませぬ」と正信は主張した。

「治部や、利家殿らにも、くれぐれもすまなかったと伝えてくれ」

家康は極力穏やかな口調で謝罪した。

それでも、渋る糾問使に業を煮やした正信は、

「万が一にも面倒なことになってはいけませぬ。なにせ徳川家中には血の気が多いのが数多おりますでな……。本多忠勝、榊原康政、井伊直政……殿の御身に何かあれば、一も二もなく軍勢を率いて駆けつけてしまう」と凄む。それを受けて家康は、

「言うことを聞かん奴らでな、わしも手を焼いておる」と困り顔をしてみせた。

ふたりの作戦は成功し、糾問使たちはたちまちおどおどとしはじめ、「一度、持ち帰りまする」と帰っていった。

家康の醸す、人の好さそうな、それでいて決して相手につけいる隙を与えない雰囲気、正信の食えない策士っぷりは、これ以上ない、良き組み合わせだった。

その夜、徳川屋敷の庭に軍勢が集まり黒山の人だかりとなった。福島正則、黒田長政、藤堂高虎、病気療養から復帰した大谷刑部もいる。家康が呼び寄せたわけではない。誰の呼びかけかと思っていると、正則が「わしが集めました！」と胸を張った。長政も「我らが徳川殿をお守りいたします！」と意気揚々としている。長政の父は、秀吉の名軍師・黒田官兵衛である。

刑部は病のせいで腫れた顔を、覆面で隠してまで参加しており、家康は恐縮した。

「妙なことになってはなりませぬゆえ」と言う刑部。声は元気そうである。

「ありがたい。が、お志だけで十分。事を荒立てたくない。お引きくだされ」

家康は皆に帰るように促した。

「そうは参りませぬ！　我らが勝手にお守りするということにしていただいて結構！」と高虎、

「三成が兵を寄こせば望むところ！」と正則。

戦う気満々の者たちを家康は「いやいやいや」ととどめるが、興奮した彼らは譲らず、押し問答になった。家康は、困り果てた。

その頃、大坂城では、糾問使たちの報告を聞き、三成が憤りを抑えようと懸命になっていた。

扇子を折れそうなほど握り締める三成を、利家、輝元、景勝、秀家と四人の奉行たちが心配そうに見つめた。

縁組のみならず、軍勢を屋敷に集めていると知った輝元は、

「戦も辞さぬ……ということか」とごくりとつばを吞む。

「我ら一同が一丸となれば、徳川相手であろうとも……」と景勝は対戦する気満々で、

「ほ……本気でござるか……？」と秀家は怯んだ。

「上杉殿、戯言を申されるな。それこそ殿下の御遺志に反すること」

利家がたしなめるが、景勝は、

「和を乱しているのは徳川殿、示しがつきませんぞ」と譲らない。

「わしは、徳川殿の言い分もわかる。治部殿、ここは穏便にすまそう」

利家は年の功もあって、皆の気を静めようと図る。

三成は答えず、扇子をぎりぎりと握り続ける。このままでは、三成の感情が爆発すると見た利家は、「徳川殿には、わしが会って詫びを入れる。そなたも一筆書け」と勧める。が、三成は聞く耳を持たない。「置目を破ったのは徳川殿……道理が通りませぬ」

「道理だけでは、政はできぬ」

利家は懸命に説得するが、三成は何かを決意したように部屋を出て行った。

怒りの音を響かせて廊下を歩く三成に、左近が合流し、そっと書状を手渡す。家康からのものであった。その晩、三成は徳川屋敷を訪ねた。

部屋には家康と三成のふたりきり。その前には酒肴が用意されている。家康が勧めるが、三成は頑なに酒に口をつけようとせず、ぶすっとした顔をしていた。

「こたびのことは、わしも浅慮であった。だが誤解は解いておきたい。わしは、そなたの味方であ

る」家康は素直に非を認めたが、三成は黙ったままである。

「そなたはようやっておる……だが、率直に言って、今の形での政を続けるのは、困難であろう。まずは皆の不満を静めねば」

家康はなんとか三成をなだめようと穏やかに語りかける。

「わしは、政務をとる覚悟がある。ともにやらんか。その類いまれなる才覚で、わしの政を助けてもらえぬか」

ようやく、三成はゆっくりと顔を上げた。わかってくれたかと家康が安堵しかけた、そのとき――。

「……狸」

三成はぼそりと言った。

「皆が言うことが正しかったようでござる」

家康を睨む。

「天下簒奪の野心ありと見てようございますな」

「断じて違う。天下泰平のため、やむを得ぬ判断」

「太閤殿下の御遺言に反する！」

「ならばどうすればよい」

「福島たち不埒《ふらち》な諸将をことごとく取り潰してくだされればようござる！　私の味方というならば、なぜそれをおやりにならぬ！」

「不用意な処罰は天下大乱のもと」

「さにあらず！　御身が危うくなるのを恐れているのみ！　ただ徳川のためのみを考えて、何が天下の大老か！」

三成の凛とした早口は、少しのたわみもなく張られた太鼓の皮のようで、家康の言葉を強くはね返す。

「……治部よ」と家康が口を挟もうとしても、

「私は、太閤殿下に任じられました。その勤めを全うするのみ！　それが、私を拾うてくださった殿下への恩義に報いることと」ぴしゃりと言い捨てて、席を立った。

「待て、治部！」

「徳川殿……私は……私の考える理想をわかってくださるお人に……はじめて巡り合えたと思っておりました……無念！」

三成は振り返らなかった。

ほとほと困った家康は、大坂の前田利家の屋敷に向かった。病が重い利家の見舞いをかねて、相談に乗ってほしかった。

横になっていた利家は、息子の前田利長《としなが》の手を借り上半身を起こし、家康の話を聞いた。

「どうすればわかってもらえるのでしょう……この家康に、よこしまな野心はないということを」

「……それは無理な話よ」と利家はゆっくりかぶりを振った。

「家康殿、知っての通り、わしは信長様の幼馴染み。よう悪さをしたもんじゃ……。取っ捕まえた白兎を一緒に可愛がったりな」

利家が思い出し笑いをし、家康はぎくり、となった。信長が仲間たちと竹千代を相撲でいたぶっていた津島の破れ寺《や》――。

「あのなかにわしがおったとご存知であったか?」

家康は驚いて、首を振った。利家は尾張国の生まれである。いまや、人格者のような利家だが、若い頃はやんちゃで、信長とつるんで長槍をもって暴れ回っていた。

「あの頃を知っておるのは、わしが死ねば、貴公だけ……」

利家は遠い昔を思い出すように、顎を上げた。

「治部が生まれたのは、桶狭間の年だそうじゃ。貴公が兵糧入れを成し遂げたあの戦も、奴にとっては壇ノ浦《だんのうら》や承久《じょうきゅう》の戦と同じ、いにしえの物語。治部だけではない、多くの者にとって、今川義元《いまがわよしもと》のもとで育ち、信長、信玄、勝頼、秀吉らと渡り合ってきた貴公は、さしずめ神代《かみよ》の昔の大蛇《おろち》に見えておろう。皆、貴公が怖いのよ……わしの息子も貴公を怖がっておる」

傍らの利長も、猛獣を前にした小動物のように家康を見ていた。

「もう人は食わぬといくら言ったところで、大蛇は大蛇。一緒には住めぬ。貴公は、強くなりすぎた。……いずれ、大蛇退治がはじまるじゃろう。貴公は、腹をくくるしかないかもしれん」

「何が起きようと、乱世には戻しませぬ」

「ならよい」利家はほっとしたように微笑んだ。

ひと月後、この年の閏《うるう》三月三日、利家がこの世を去ると、重しが外れたかのように世が騒がしくなっていった。

利家が亡くなった翌日の夕方、三成の屋敷に清正や正則、家政、長政、高虎らの一団が押し入った。だが、彼らの来襲を事前に察知していた左近が、一足先に三成を逃がしていた。

「逃げ足ばかり速いっ！」と正則は唇を噛み締めた。

「伏見の治部少輔曲輪《くるわ》だろうな。奴は軍勢を集めて守らせるぞ」と高虎。

「こちらも軍勢をもって伏見城に向かう！」という清正の声で、皆、伏見に向かった。

家康の屋敷では小姓に起こされた家康が何事かと戸惑いながら、広間に顔を出した。

正信と阿茶らが伏見城の方を見ている。軍勢が取り囲んでいるのだと言う。

様子を見に出ていた平八郎が駆け込んで来た。

「加藤、福島、蜂須賀、黒田、藤堂、あと二、三の家中の手勢と思われます」

「城に誰がおる？」

「三成ー、出て来ーい！　と怒鳴っておりますので、治部殿が逃げ込んでいるものと」

それを聞いて、正信は参ったなあと顎をなでた。

「治部を守ろうと毛利、上杉らの軍勢が駆けつければ、立派な大戦《おおいくさ》でござる」

家康の命で平八郎が事を収めに伏見城に向かうと、正則や清正が兵たちを煽って「三成ー！　腹を切れー！」と喚いていた。

兵たちの間を平八郎はずんずん割って入り、叫ぶ正則の隣に立つと、そっと囁いた。

「眠りを妨げられて、我が主が困っておる」

未明、伏見の徳川屋敷に、平八郎は、清正と正則を連れて戻って来た。家康、正信、平八郎、阿茶らは彼らの言い分を聞いた。清正たちが言うには、襲撃する気は毛頭なく、奉行から身を引けと、治部を説得するつもりであった。ところが三成は話し合いに応じないのでやむなく押し入ったというのだ。

「しかしこのような騒ぎにされては、ただじゃ済ませられませんぞ」と平八郎が青筋を立てる。

「向こうが城に籠もって手勢を集めたので、こちらも……」と清正は釈明した。

彼らの浅はかな行動に家康は嫌気がさして、気分転換に庭に出た。

家康は庭から白々と明けゆく空を眺めた。東の空に、明けの明星が輝いている。

「志あり、知恵の豊かな者たちが話し合い、皆が納得をして事を進めてゆく。そうなれば、天下人の座を力で奪い合うこともなくなりましょう」

そう夢を語っていた三成はどこにいったのか——。

三成のことを思って胸を痛める家康のそばに、正信と平八郎がそっと寄り添い、空を見上げた。

「ここらが潮時かもしれませんな」と正信。

「表舞台に立つべき時かと」と平八郎。珍しくふたりの気が合った。

家康は決意を星に誓った。

数日後、石田三成の屋敷では、三成が判決を待つごとく、静かに座って瞑想している。左近ら家来たちも控えていた。そこに家康が平八郎を伴って現れた。

「すでにお聞き及びと存じますが、こたびのこと、我が主と、毛利様、上杉様らが相談し……」

平八郎が述べると、三成は観念したように伏した。

「すべてはこの三成の至らなさゆえでございますれば、ご処分、謹んでお受けいたしまする。石田三成、すべての政務から身を引き、我が所領、近江《おうみ》佐和山《さわやま》に隠居いたしまする」

「御納得いただき、礼を申す」

「納得はしておりませぬ」

三成は意志の強さを示すように半眼になった。

「私は間違ったことはしておりませぬ。殿下の御遺命に誰よりも忠実であったと自負しております」

「それは、紛れもないこと」

家康は、家来に目配せした。前に歩み出てきたのは、ひとりの才気ありそうな若者である。家康の次男であり、秀吉の養子となった於義伊《おぎい》であった。このとき二十六歳。下総の結城《ゆうき》家の養子となり結城秀康《ひでやす》と名乗っている。この秀康が三成を佐和山まで送る役割を担った。

「御厚遇、かたじけなく存じまする」

三成は立ち上がって、秀康とともに出ていく。

「……治部殿」家康は呼び止めた。「佐和山を訪ねてもようござるか？　また夜空を眺め、ふたりで星の話をしよう」

だが、三成は冷ややかに返した。

「ご遠慮願いとうござる。私と家康殿は、違う星を見ていたようでございますゆえ。もうお会いすることもございますまい」

真っ直ぐ過ぎる三成を、家康はただ寂しく見送った。

心配して寄り添う平八郎に家康は、悲しみを振り払い決意を述べた。

「やるからには、後戻りはできぬ……あるいは、修羅の道をゆくことになろうぞ」

「どこまでも付き合いまする」

閏三月十日、三成は秀康とともに佐和山へ向けて発った。

十三日、家康は伏見の屋敷を出て伏見城に入った。大広間の主座にあぐらをかいた家康は柔和だが威厳に満ちている。利家に代わって利長が新たな大老となり、三成が去って五奉行は四奉行となった。四人の大老、毛利輝元、上杉景勝、宇喜多秀家、前田利長、四奉行の徳善院玄以、浅野長政、増田長盛、長束正家、その後ろには大谷刑部、加藤清正、福島正則、黒田長政、蜂須賀家政、藤堂高虎ら大人数の家臣たちが並び、壮観だ。

「治部少輔の儀、残念なことであったが、これにて我ら一丸となり、これまでにも増して、豊臣家と秀頼様の御ため、力の限り励まねばならぬ。天下の泰平乱す者あらば、この徳川家康が放っておかぬと心得られよ」

大老たちは一様に苦々しい表情をしている。だが、家康にはもはやこの道しかなかった。

家康が伏見城に入ったことはたちまち大坂城の茶々と秀頼に伝わった。近習《きんじゅう》から報告を受けた茶々の瞳の中に蒼白い炎が揺らめいた。

第四十一章　逆襲の三成

秀吉の遺言に従って、五奉行・五大老による政《まつりごと》を推し進めた石田三成だったが、政権の実務を行う三成と、加藤清正、福島正則など実戦で功を挙げる者らとの対立が深まり、ついに三成は失脚。世の人々は、徳川家康こそを天下人と見なすようになっていた。

慶長四年（一五九九年）秋、大坂城西の丸の長い廊下を家康が徳善院玄以、増田長盛、長束正家を引き連れ、広間に向かっていた。やや急ぎ足である。

広間の主座に家康が座り、その隣に本多正信が澄まし顔で控える。彼の隣には西笑承兌が座った。家康の前には、五奉行のひとり浅野長政と、豊臣家臣の大野修理亮治長《おおのしゅりのすけはるなが》、土方雄久《ひじかたかつひさ》があぐらをかいて横並びしていた。その顔は諦念に彩られていた。

「待たせた。公家たちの話が長くてな」

家康が詫びると、

「こちらの浅野長政、土方雄久、大野修理亮治長の三人は、重陽《ちょうよう》の節句の折に、徳川家康様を亡き者にせんと、企てた者たちにございます」

正信が淡々とした調子で紹介した。九月九日、重陽（菊花の節句）を賀するため、大坂城の豊臣秀頼のもとへ向かった家康を弑《しい》する計画があると長盛が報告したのである。長寿を願う日を選ぶとは皮肉極まりない。

「話は聞いておる。根も葉もないことと信じたかったが」

「そなたらがやりとりした書状も、こうして手に入れておる」

長盛は憤慨した様子で書状の束を叩きつけた。そこには「内府《だいふ》」「殺」などの文字が書かれていた。

「すべてはこの大野修理ひとりが企てたこと……私のみを処罰くださいませ」

真っ先に伏した修理は、茶々の乳母《めのと》、大蔵卿局《おおくらきょうのつぼね》の息子で、市や茶々と関わりの深い人物だった。

「修理殿、そなたが豊臣の忠臣であることは心得ておる。わしの何が気に入らぬ？」

「治部殿への仕置きに納得がいかず……」

そこへ雄久が口を挟んだ。

「されど、企ては過ちでございました、申し訳ございませぬ！」

「我ら一同、内府殿のお働きに感謝してござる」

雄久に続き、長政も頭をこすりつけるように伏した。三人は極めて神妙ではあるが、

「浅野様は、天下の奉行を勤めるお方。戯れでは済みますまい。このはかりごと、皆様だけでできるとは思えぬ。どなたのご指示か、お教え願いたい」

正信は追及の手を止めなかった。たちまち黙り込む三人。

「申されよ」と長盛。

「ほかにはおりませぬ」と修理は言い張る。だが、正家が「方々の処分に関わりますぞ！」と責めると雄久があっさり口を割った。

「前田利長様……」

「五大老のお一人までが……」

玄以は驚きに震える。四奉行の長政、五大老の利長、高い結束を誇り、政を担う者のなかから裏切り者が出たことに動揺は隠せない。

「よう申された。内府殿、ご処分を」と家康に指示を仰いだ。

家康も内心、落胆を覚えたが、つとめて冷静に、長政には奉行を辞し、武蔵府中に蟄居《ちっきょ》するように、修理と雄久はともに流罪と告げた。

「死罪を免じたのは、我が温情と心得よ」

雄久は少しほっとして、肩の力を抜いた。が、修理は伏したまま上目遣いで家康を睨みつけていた。織田信雄《のぶかつ》の家臣から秀吉の家臣となった雄久と比べ、茶々の乳母子である修理は、茶々との関わりが長く深い。なにしろ小谷城《おだにじょう》に暮らしていた頃からである。家康に対して悪い印象を抱いていてもおかしくはないだろう。家康は背中に寒気を覚えた。長政たちを退室させると承兌は、

「誠に寛大なご処置、結構なことと存じます。前田様については、おってまた」

と言って玄以らとともに退出したが、玄以の表情は、家康の判断に納得していないことを感じさせた。

残った家康はふうと深いため息をひとつ漏らした。

「前田殿の父上には世話になったというのに……残念なことよ……」

疲れ果てて丸まった家康の背中側に正信が回り、肩を揉みはじめた。

「毛利、上杉、宇喜多……ほかの大老も皆、油断はなりませぬ。今は厳しく取り締まるほかないでしょうな」

「狸はつらいのう」

「気張れや狸、ぽんぽこぽん」

正信は家康の肩を、ぽんぽこぽんと軽快に叩いた。


慶長五年（一六〇〇年）になった。三成は近江の佐和山城で隠居生活を送っていた。

部屋でひとり書物を読んでいると、嶋左近がなつかしい人物を連れて来た。

「大坂へ所用あってな、たまには遠回りもよかろうと」

そう言って部屋に入って来たのは覆面をした大谷刑部である。刑部の所領は越前敦賀である。

誰ひとり寄り付かない佐和山城への珍しい来客に三成は喜び、手ずから茶をいれた。

「内府殿を謀殺せんとする騒動があったのは知っての通り。浅野長政、大野修理らに続き、前田様も処罰された。母君を江戸に人質に出すことになろう。内府殿は、北政所様に代わって大坂城西の丸に入り、思うがままに、天下の政務を行われておられる。一方で、慕う者はとことんかわいがって、豊臣家中を掌握しておる。いまや大坂も思いのままにし、世間は、天下殿と呼んでおるそうだ」

湯加減もよくまろやかな口当たりの茶をじっくり味わいながら刑部は世間話のように語る。

昨年の九月二十六日、寧々が大坂城西の丸を出た。代わりに家康は、伏見城を息子の結城秀康に任せて西の丸に入った。

大坂の勢力図はすっかり様変わりしていた。今年の正月には、大坂城本丸の主殿に秀頼と茶々に年賀の挨拶にやって来た武将たちが、手短に挨拶を終えると、皆そそくさと出て行ってしまった。

「この正月は、西の丸がずいぶん賑やかなようだのう」

茶々は苦々しい顔で呟いた。武将たちは西の丸の主殿に向かっていたのだ。正月飾りで華やぐ広間には玄以、長盛、正家ら奉行たちのほかに、福島正則、黒田長政、藤堂高虎らの諸将が数多く集まり、阿茶が酒を注いで回る。皆、大いに飲んで騒いで、賑やかな様子だったと刑部は聞き及んだ話を三成に伝えた。

「この分なら、天下の乱れは鎮まってゆくだろう……さすがとしか言いようがない」

三成の顔が曇ったことを刑部は見逃さなかった。

「……おぬしは、面白くないかもしれんが」刑部は言い添える。

「私はしくじった身、とやかく言える立場ではない。内府殿のお力で天下が静謐を取り戻すならば、結構なこと」

「いずれ、ほとぼりが冷めれば、おぬしもまた……」

「私は今の暮らしが性に合っておる。刑部、おぬしこそ病の具合がよくなっているなら、浅野の代わりに奉行になってはどうか？　おぬしが戻ってくれれば私も安心できる」

「……病を恐れて、皆近づくまい」

刑部は自嘲気味に言った。

「私はもうここまでよ……。隠居したら茶でも飲みに来るさ」

そう言って佐和山を辞した刑部は、その足で大坂に向かった。大坂城西の丸で家康に報告する。

「わだかまりは捨てたようで、実に穏やかに暮らしております」

「よかった……まことによかった」

刑部の報告に家康は安堵した。だが、三成はけっして諦めていなかったのである。

嶋左近は刑部のあとをつけ、三成に報告していた。

「狸が本性を現しはじめておる……。子細漏らさず探ります」

さながら狸と狐の化かし合いがはじまっていた。

この年の春、大坂城西の丸、家康のもとに、正信、本多平八郎忠勝、井伊直政が集まった。

上杉景勝があやしい動きをはじめたと、直政が報告する。

「越後《えちご》の堀秀治《ほりひではる》らより不穏な動きありとの訴えが届いております」

景勝は上杉謙信の跡を継いで遺領を治めていたが、慶長三年(一五九八年)、秀吉によって陸奥国会津百二十万石に国替となっていた。

一方、秀治は父の代では織田信長の配下にあり、信長の死後は秀吉に仕え、越前国北ノ庄を領していた。慶長三年、景勝が会津に移封すると、秀治は景勝の旧領越後国春日山城(新潟県上越市)に入った。そのことで揉め事が起こり景勝と秀治は仲がよくない。

景勝はもともと、家康が天下の政務を執ることを最も嫌がっていた一人であった。

「ありえなくはない」と平八郎は疑惑の目を光らせた。

「前田に続き、次は上杉か……」

難題が積み重なり、家康の肩はますます重くなっていく。景勝は優秀な武将で、真田をも一時期、攻略していたほどである。敵に回すと厄介だ。

「しばし、国づくりに専念したいというので、帰国を許したのだが……」家康が言うと、

「橋、道、河川をせっせと整え、そして、神指《こうざし》に新たな城も築いております」と正信が報告する。

「新たな城をな……」

「また、牢人を集めているだの、武具を集めているのだのという話もかねがね。ま、武家のならいと言われればそれまででござるが」

「越後を取り返そうとしていると、皆恐れております」と直政が言うと、

「戦の支度をしているという疑いをかけるには、充分かと」

平八郎は早々に処分することを提案した。

「事を荒立てるな。武をもって物事を鎮めることはしとうない」

「上杉を呼んで話を聞きましょう」との正信の提案に、

「相手は大老、慎重に進めよう」と家康は応じた。


この時期、家康は興味深い出会いをしている。

京都から茶屋四郎次郎清忠《ちゃやしろじろうきよただ》が西の丸を訪ねて来た。

「息災であったか、四郎次郎。これは阿茶じゃ」

家康は大喜びで四郎次郎に阿茶を紹介した。

「かねがねお目にかかりとう存じておりました。伊賀越えはじめ、殿を幾度も救われた茶屋四郎次郎殿に」

「あ、いや、それは、父親でございまして！　私、二代目茶屋四郎次郎清忠！　父よりだいぶ色男でございます！　お見知りおきを」

四郎次郎の息子は父親に声も顔も瓜二つであった。

「遠き異国から流れ着いた海賊をどうしても見てみたいと殿にわがままを申しまして」

阿茶は四郎次郎に、紅毛人《こうもう》の通訳を頼んだのだ。

「は……しかし、私はポルトガルの言葉は多少わかりますが、その男はエゲレスなる国の者でございますれば、務まるかどうか……」

躊躇する四郎次郎に、正信は「似たようなもんじゃろ?」と軽く言う。そこへ家臣が「お連れいたしました」とイギリス人を連れて来た。

捕縛された男性はやつれてはいるものの、日本人の家康たちと比べて、顔つきも体格もいかつく、百戦錬磨の家康と正信もやや気圧された。怖いもの知らずの阿茶は興味津々で見入っている。男の髪は薄茶で、瞳は青かった。

家康が日本語で質問し、四郎次郎がポルトガル語で通訳する。

「名は?」

「ウィリアンアデムス(ウィリアム・アダムス)……と」

「そなたの国はいずこじゃ? どうやって来た?」

ウィリアム・アダムスは、あらかじめ用意された世界地図を示しながら、航路を説明した。

家康、正信、阿茶は矢継ぎ早に質問する。

「何しに来た?」

「ポルトガルのバテレンどもは、おぬしは悪い海賊であるので、処刑すべしと申しておる」

「何を食べたらそんなに大きくなるのか?」

イギリス人、ウィリアム・アダムスは、オランダ商船、リーフデ号の航海長だった。リーフデ号は一五九八年六月にオランダを出航したが、悪天候に見舞われ、苦難のあげく、この年の三月に豊《ぶん》後臼杵《ごうすき》に漂着した。百十名いた船員のうち、生き延びたのはわずか二十四名だったという。

「エスパニア、ポルトガルとは戦をしており、バテレンどもの言うことに耳を貸してはなりませぬと。我らはただ商いをするために参りました。日ノ本にないものを売り、南蛮にない物を買う！　そして互いに豊かになる！　明、朝鮮と戦をして何になりましょう！　これからは多くの異国との商いをもって国と民を富ませるのでございます！」

四郎次郎は身振り手振りを交えて、饒舌に語る。ウィリアム・アダムスはそれを横から黙って興味深そうに見ていた。

「途中からお前だけしゃべっとるではないか」

正信が、呆れたように指摘する。

「だが、その通りじゃな……。日ノ本のなかの揉め事などさっさと片付けんと、どんどんおいていかれるの……」

家康はすっかり四郎次郎の言葉に影響を受けていた。

「この者と商いをする折は、私めにお任せあれ！」と四郎次郎は悪びれる様子もない。

「抜け目がありませぬな。茶屋殿は」

阿茶に言われ、四郎次郎はますます張り切った。

「殿のお役に立ちたいばかり！　茶屋四郎次郎清忠にご用意できぬ物はございませぬ！」

「アダムス、もっと話を聞かせてくれ」

こうして家康は夜が更けるまで、四郎次郎の通訳でアダムスと語り合った。家康には短いながらいい気分転換になった。

一方、会津の景勝は再三にわたる要請にもかかわらず、上洛に応じなかった。

家康は承兌を伴い、本丸へ茶々と秀頼を訪ねた。

「まことなのか？　上杉が戦の支度をしておるというのは」

「いえ……そうと決まったわけでは」

「なれど、再三にわたる上洛の求めを拒み続けておるのであろう？」

茶々は状況を大げさに捉え、熱くなる。

「小田原北条攻めが思い出される……。あのとき、太閤殿下は、御自ら大軍勢をもって小田原を攻め、見事日ノ本を一つにまとめられた。内府殿もそうなさったほうがよいのではないか？」

「上杉殿は、遠からず上洛なさるものと存じます」

「そんなことで大事ないのか？　また世が乱れでもしたら……ああ、心配なことよ……」

苛々と立ち上がり、部屋をうろつく茶々を承兌がなだめた。

「茶々様、内府殿はようわかっておられます。ご案じなさいませぬよう。上杉殿には、拙僧から書状を送りましょう」

「頼む。内府殿、そなたが頼りじゃ、しかと役目を果たしてもらわねば困るぞ。のう秀頼」

「頼りにしておるぞ」

「はは」

秀頼に声をかけられ、家康は神妙に伏した。

さっそく承兌が最後通牒の書状をしたため、会津若松城の景勝のもとに届けられた。

夜、景勝は蠟燭の明かりを頼りに書状を読み、眉間に深い皺を寄せた。そばに控えた重臣の直江《なおえ》兼続《かねつぐ》に怒りをぶつける。

「無礼な書状よ……だいたい家康が天下人だと誰が認めた？　秀吉には屈したが、家康に屈した覚えはないわ」

「太閤の御遺言をないがしろにし、勝手に天下を動かす狸。まったく信用できませぬ。前田家をも服従させ、いつ戦が起こるかわからぬなか、備えをしておくのは当然のこと」

「兼続、そう言い返してやれ」

五月、大坂城西の丸に景勝から返事が届いた。強烈な言葉で上洛を拒否する書状を前にして、家康は考え込んだ。家康の傍らには正信と阿茶が控えている。

「このような返事を寄こされるとは……殿への罵り、あざけりにほかありませぬ！　明らかに戦をけしかけております！」

珍しく阿茶が感情を露わにする。

「上杉は、自分が挙兵すれば、あとに続く者が出てくると踏んでいるのでしょう。乱世を生きてきた武士の骨の髄までしみ込んだ性《さが》としか言いようがござらん」

正信は景勝の気持ちも理解できた。景勝は、上杉景虎《うえすぎかげとら》と長きに渡る家督争いを経験しているし、織田信長と敵対し、あの面倒くさい真田昌幸を一時的にとはいえ配下に置いたこともあった。ここまで生き抜いてきた武士としての矜持があるだろう。

「もはや成敗するほかないのでは？　威信を見せなければ、国はまとまりませぬ」

「だが相手は上杉、半端な軍勢を差し向けて下手を打てば、天下を揺るがす大戦《おおいくさ》になりかねませぬぞ」

阿茶と正信が興奮気味に話すのを聞きながら、家康は徐々に覚悟を決めていた。

「やるとなれば、わしが出陣せねばならぬであろう。天下の大軍勢で取り囲み、すみやかに降伏させる……戦いを避けるには、それしかない」

「殿のお留守は、この男勝りの阿茶にお任せくださいませ。願わくば戦場で戦いたいくらい」

「さすが武勇に聞こえた武田家臣の娘、勇ましいの」

「幼い頃から父に鍛えられております。弓の稽古は今も欠かしませぬ」

阿茶は勇ましく弓矢を射る真似をした。阿茶に任せておけば安心だと家康は思った。

「あとは、上方《かみがた》を誰に託すかじゃな」

そこで家康が思い出したのは、鳥居彦右衛門元忠《とりいひこえもんもとただ》の剽軽な顔だった。

夕方、彦右衛門を西の丸へ呼んだ。

ふたりきりで酒を酌み交わすのは、はじめてかもしれない。恐縮する彦右衛門に家康は酒を注ぐ。

「どうじゃ、あれとはうまくやっとるのか？」

「あれ？」

「千代よ……怖いじゃろ」

「なに、所詮はおなご。言うことを聞かんかったら、バシッと引っぱたきゃあ、おとなしくなりますわい」

「お前が引っぱたかれとるんではないのか？」

「え？　いや、わしが引っぱたいとるんでござる！」

こんな冗談を言い合えるのも、昔からの付き合いだからである。そして、家康が何を彦右衛門に言いたいかも感じていた。

「……ご決断なさったんですな」

「会津へ行く」

「上方を留守にすれば、兵を挙げる者がおるかもしれん……」

「石田治部殿が……？　無謀でござろう」

「治部は、損得では動かん。己の信念によって生きている……。負けるとわかっていても立つかもしれん。信念は人の心を動かすでな、わしを恨む者たちが加わらんとも限らぬ。留守を任せられるのは、最も信用できる者……彦、幼馴染みのおぬしを措いてほかにない」

彦右衛門は酒をぐっと飲み干すと、真顔になり、膳から一歩引いて、伏した。

「そう言われちゃ仕方ありません。殿のお留守、謹んでお預かりいたします」

「すまぬ……兵はおぬしが要るだけ……」

「三千もいりゃあ充分で」

「少ないかもしれぬ……万が一……」

「一人でも多く連れて行きなされ！　伏見は秀吉がこさえた堅牢な城、落ちやしませんわい」

彦右衛門はにやりと笑い、胸を張った。

「殿……わしゃ、挙兵してえ奴はすりゃあええと思うとります。殿を困らせる奴は、このわしがみんなねじ伏せてやります！　わしは平八郎や直政のように腕が立つわけでもねえ、小平太や正信のように知恵があるわけでもねえ……だが、殿への忠義の心は誰にも負けん！　殿のためならこんな命、いつでも投げ捨てますわい！　上方は、徳川一の忠臣、この鳥居元忠がお守りいたしまする！」

「彦……」

「殿……宿願を遂げるときでございますぞ。戦なき世を、成し遂げてくださいませ！」

「彦……任せた」

一世一代の仕事を任され、彦右衛門は感極まりむせび泣いた。

「やめよ……わしまで泣いてしまうではないか」

「まこと……これじゃまるで今生の別れのようだわ」

「縁起でもないことを言うな」

「そうですな、めそめそすると、また千代に引っぱたかれる」

「やっぱり引っぱたかれとるんではないか」

ふたりは涙を流しながら笑った。

「どうぞ心置きなく仕置きに行ってくださいませ」

彦右衛門が家康に酒を注いだ。その酒はこれまでになく全身に染み渡った。


六月十五日、家康は大坂城本丸の主殿に赴いた。秀頼と茶々に会津行きを報告するためである。奉行の玄以、長盛、正家も控える。

「この戦、天下の大乱につながるようなことはなかろうな？」

茶々はふてぶてしく、伏した家康を見下ろした。

「無論のこと。そうならぬため、秀頼様の世を安寧なものとするためのものにございます」

「内府殿自らが出て、ここを留守にすること、憂いはないか？」との問いに、

「我ら奉行衆はじめ、家臣一同がしかと備えまするゆえ、憂いございませぬ」

玄以が答える。

「相わかった」

茶々に目配せされ、秀頼がまだたどたどしい口調で命じた。

「会津上杉の成敗を認める。励むがよい」

「求め通り、黄金二万両、兵糧二万石を授ける」

そう言うと茶々は満足げに微笑んだ。

六月十七日、伏見城に会津遠征軍が集結した。主殿の家康のもとに武装した諸将と家来たちが集まり、挨拶を交わしていると、結城秀康《ゆうきひでやす》が駆け寄った。

「父上、お待ちしておりました！」

「秀康、そなたには大いに働いてもらうぞ」

「お任せあれ！」

つぎに正則、長政、高虎らが我先にと挨拶する。

「内府殿、この福島正則に何なりとお申し付けくだされ！」

「この黒田長政に先陣をお申し付けくださいませ」

「いいや、この藤堂高虎が先陣を切って見せまする！」

「頼りにしておるぞ」

正則は秀吉と従兄弟の関係で、寧々にもかかわいがってもらっていた。長政は、父・官兵衛とともに秀吉に仕えてきたが、三成とは対立していた。高虎は豊臣秀長の家臣であり、秀吉よりも秀長に思い入れを抱いていた。それぞれ歩んできた道は違うが、今は家康とともに戦うことを選択した。

家康は、控えめに離れた場所に立つ刑部に気づいた。

「大谷刑部、参陣いたしました」

「体の具合は？」

「お陰様で。内府殿、私、出陣の折に、佐和山に立ち寄り、治部の三男坊を我が陣に加えたく存じますが、いかがでございましょう？」

「それは結構なこと。わしはな、この戦が終わったら、治部には政務に戻ってほしいと思うておる」

「それはようございます。治部は日ノ本に欠かせぬ男。その旨も治部に伝えまする」

「頼む」

そのとき、「来た来た！」「徳川勢だ！」という声がして、人混みが二つに割れて道ができた。そこを雄々しく通り抜けたのは、長い槍を掲げた平八郎だった。

「本多忠勝だ！」「あの槍が蜻蛉切《とんぼきり》だ」と若い兵たちはざわめく。

続けて、「榊原康政じゃ！」という声があがった。

それから「井伊の赤鬼！」「井伊直政だ！」という声が聞こえる。今は亡き酒井左衛門督忠次を除く徳川四天王は兵たちの憧れの的であった。

そして、「鳥居元忠！　鳥居元忠じゃ！」という声も聞かれた。

最も古くから家康に仕えていた元忠の評判も相当なものであった。

ところが、最後に現れた者には「ありゃ誰だ？」「知らん」など、拍子抜けする声があがる。それを打ち破るように、その者はひときわ大きく吠えた。

「渡辺守綱様じゃ！」

家康、平八郎、小平太、直政、彦右衛門、守綱が輪になって集った。

「またこうしてお前たちと戦場へ出る日が来ようとはな」

「俺はこの時をずっと待っておりました」と平八郎。

「我らの殿が、ついに天下を取る時が来ましたな」と小平太。

「最後の大暴れといきましょう。彦殿、守綱殿、まだ動けますかな？」

直政の挑発に、

「当り前じゃ！　都はわしの手で守って見せるわ。お前らは思う存分、暴れてこい！」

と彦右衛門は肩をぶん回す。

「暴れたくてうずうずしておったわ！」と守綱の鼻息も荒い。

「我ら徳川勢が集まったときの強さを見せてやりましょう！」

直政が自慢の眉毛に力を入れた。

「ん？　おやおや、忠世殿はまだ来とらんのか？」

彦右衛門はあたりを見回した。

「忠世殿はとっくに死んどるだろうが」と平八郎。

「死んだ？　あの御仁が？　わしゃ信じらんなあ」

家康の関東への国替の際に相模小田原城主となっていた大久保忠世は、文禄三年（一五九四年）、六十三歳で亡くなっていた。

「死んだとて、忠世殿のことだ、この面々が集まってじっとしていられようか」と小平太。

「確かに。そのへんにひょっこり顔を出すかもしれんぞ」と家康は笑った。

「三河一の色男、大久保忠世にございます!」

守綱が忠世の真似をして、皆、腹を抱えて笑った。

六月十八日に伏見を発した家康が率いる会津遠征軍は、七月二日に江戸城に入り、徳川秀忠、平岩七之助親吉らの軍勢と合流。二十一日には会津へ向け進軍を開始した。

その間に、恐るべき事態が進行しているとは知るよしもない。

家康と別れ、刑部が佐和山城に着いたのは夕方だった。具足をまとった姿で茶を飲んで三成の三男を待っている。襖の奥で具足の金属音がして、刑部は声をかけた。

「用意はできたか、三男坊……」

「治部?」

ところが、出て来たのは甲冑姿の三成であった。

三成の背後には武装した左近と兵たちも控えている。覚悟を決めた三成の表情を見て、刑部は息を呑んだ。

「やめておけ」

「今しかない」

「無理だ……内府殿は、おぬしを買っておる。ともにやりたいと申された」

「徳川殿のことは当代一の優れた大将だと思うておる……。だが、信じてはおらぬ。殿下の置目《おきめ》を次々と破り、北政所様を追い出して西の丸を乗っ取り、抗う者はとことん潰して政を思いのままにしておる」

「天下を鎮めるためであろう」

「否！ すべて天下簒奪のためなり！ 野放しにすれば、いずれ豊臣は滅ぼされるに相違ない。……それでよいのか」三成は思い詰めた表情をした。「家康を取り除けば……殿下の御遺言通りの政をなせる。今度こそ我が志をなしてみせる」

三成の瞳は一点の曇りもなく、澄み切っている。

「正しき道に戻そう」

その眼が刑部の不安を掻き立てた。真っ直ぐ過ぎる刀は折れやすい。

「我らの手勢だけで何ができる」

「奉行衆と大老たちをこちらにつければ、勝てる」

左近が畳を一枚はがし、床板を開けた。そして中から重みのある箱を取り出した。ふたを開けると黄金がぎっしり詰まっていた。

「どこから出た？ まさか……大坂か？」

三成はその問いには答えず、刑部の飲みかけの茶碗を手に取った。刑部は止めようとしたが、三成は躊躇なく茶を飲み干した。

「うつせば治る病なら、私にうつせ」

刑部が病にかかってから、誰もがうつることを恐れて距離をとっていたが、三成だけは触れることを気にしなかった。それがふたりの友情の証しであった。

七月十七日、一文字三星紋の幟旗をはためかせ、毛利輝元の軍勢が大坂城を取り囲むように行軍していく。町人たちはその迫力に身をすくめた。

西の丸の主殿に、武装した阿茶が駆け込んで来た。

「どこの軍勢か！」

「毛利殿の手勢と思われます！」

「宇喜多殿、小西殿の軍勢もこちらに向かっておると！」

「毛利に宇喜多、小西……！　女房衆をできるだけ逃がせ！　急げ！」

阿茶が廊下に立ち、毅然と指示していると、身元不明の武装兵たちが現れた。阿茶はすかさず腰刀を抜き、構えた。

毛利輝元、宇喜多秀家、小西行長たちの思いがけない行動は、伏見城の主殿、彦右衛門にも届いた。

「毛利の軍勢が大坂に入った？　どういうことじゃ！」

「ほかにもいくつもの大名家の軍勢が大坂に集まっている様子。恐ろしいことが起きておりますぞ」

武装した千代が強張った顔で報告する。

「子細を集めよ！　戦の用意をせい！」

「急げ！」

会津若松城の主殿では、景勝がゆっくり酒を飲みつつ、三成からの書状を読んでいた。家康が出陣したあと、三成は直江兼続に書状を出し、自分の計画を伝えていたのである。傍らに控える兼続に、景勝は不敵に微笑んだ。

武装した三成は、輝元、秀家、刑部、行長、玄以、長盛、正家らと合流し、大坂城に入ると、本丸主殿の広間に向かい、廊下を勇ましく進む。

広間の上座には茶々と秀頼が座って待ち受けていた。一同は礼儀正しく伏した。先頭に立つ三成が文書を茶々に差し出した。そこには「内府ちかひ（違い）の条々」とある。

「無用の戦を起こし、天下を簒奪せんがための不行状《ふぎょうじょう》の数々、許し難し！」と三成。

「これ以上見逃すことはできませぬゆえ、我ら一同決意した次第」と玄以。

「諸国の大名、武将、ことごとく我らのもとに集うものと存じまする」と長盛。

「総大将は、毛利輝元殿に勤めていただきまする」と正家。

毛利元就の孫というだけで苦労知らずではあるが、その家柄もあって、皆から代表に選ばれたのである。

「この毛利輝元、秀頼様の世を安泰なものとするため、徳川家康を打ち払う決意にございます！」

「我ら一丸となれば、太閤殿下へのご恩を忘れた不忠義者、敵ではございませぬ！」と秀家も決意は固い。茶々は満足そうにうなずき、家来に合図して、彼らに盃を配らせた。

「逆賊、徳川家康を成敗いたす！」

三成が乾杯の音頭を取った。

茶々には、武将たちが将棋の駒のように見えた。三成にはすっかり茶々の言葉が毒のように回っている。地図を見て静かに作戦を考えている三成を、茶々は頼もしげに見つめた。

七月二十四日、家康は下野小山《しもつけおやま》に至り、本陣を敷いた。秀忠はさらに会津に近い宇都宮に入っていたが、急きょ呼び返された。二十五日、家康のもとに正信、平八郎、小平太、直政、七之助らが集まって緊急会議が開かれた。

「何事でございます、父上？」

呼ばれてやって来た秀忠に、七之助が書状を渡す。「早馬がこれを」

「三成が兵を挙げた！　なんと無謀なことを……！」

中身を読んで秀忠は青ざめた。

「三成だけではござらぬようで。大老、毛利輝元も」と小平太が顔をしかめた。

「え！」

「となると、宇喜多秀家も……それどころか、すでに多くの大名を引き入れているものと存じます」

と正信は推測した。

「わしは逆臣に仕立てられたか……」と家康は愕然となった。

「そんな馬鹿な……！」と秀忠。

「そもそも上杉と謀っていたのかもしれぬ。我らは罠にはまったんじゃないのか！」と平八郎。

「いや、ついこの間までこのような動きは認められなかった。わずかひと月足らずのうちに何かが起きた」と直政。

「大坂の阿茶様……伏見の彦殿はどうなる！」

七之助の言葉に一同は顔を曇らせた。

「父上、大坂より書状でございます」

秀康が来て、書状を渡す。

「茶々様からじゃ……治部が勝手なことをして怖くてたまらないから、何とかしてほしい……と」

茶々は、家康と三成を操ろうとしている。彼女の邪心によって天下は混乱の渦に巻き込まれていった。

「とんでもない大戦になっちまいそうですな」

正信がため息混じりに呟いた。阿茶と彦右衛門を思って家康は遠い西へ目を向けた。

第四十二章　天下分け目

「逆賊、徳川家康《とくがわいえやす》を成敗いたす！」

凛とした石田治部少輔三成《いしだじぶのしょうみつなり》の声に、毛利輝元《もうりてるもと》、宇喜多秀家《うきたひでいえ》、大谷刑部《おおたにぎょうぶ》、小西行長《こにしゆきなが》、徳善院玄以《とくぜんいんげんい》、増田長盛《ましたながもり》、長束正家《なつかまさいえ》らも雄叫びとともに盃を高く掲げた。勇ましい彼らの姿に、茶々と豊臣秀頼《とよとみひでより》が期待のこもった眼差しを注いだ。

「大一大万大吉《だいいちだいまんだいきち》」の旗印を翻し、三成が挙兵したことを家康が知ったのは、下野小山《しもつけおやま》に陣を構えたときであった。上杉景勝《うえすぎかげかつ》を討伐しようと、会津へ向けて進軍している途上、慶長五年（一六〇〇年）七月二十五日の夜のことだ。下野小山の徳川本陣には篝火《かがりび》が煌々と焚かれ、徳川軍の兵士たちを照らしている。陣の中央に置かれた陣卓子を、家康、本多正信《ほんだまさのぶ》、本多平八郎忠勝《ほんだへいはちろうただかつ》、榊原小平太康政《さかきばらこへいたやすまさ》、井伊直政《いいなおまさ》、平岩七之助親吉《ひらいわしちのすけちかよし》、徳川秀忠《ひでただ》らが取り囲んだ。卓子には大量の書状が集まっていて、それを手分けして読む。密書の数々だ。通常の書状のようなものもあれば、わざとバラバラに裁断してあり、それをある法則に従ってつなぐと判読できるものなど様々である。

「三成が兵を挙げた。家康を断罪する書状が諸国に回っている」「大坂《おおざか》はすでに乗っ取られた。大谷刑部、小西行長、毛利輝元や奉行たちも加わった。宇喜多秀家も三成についた」等々の情報に、小平太は「このぶんだと佐竹《さたけ》、鍋島《なべしま》らも危ういでしょうな……」と推測し、

「あるいは島津《しまづ》、長宗我部《ちょうそかべ》も……」と直政も不安を隠せない。

皆、落胆し、陣卓子に手をついた。

「西の大名はすべてかもな……」

七之助の声に、平八郎は陣卓子の傍らに広げた地図に目をやる。

「三成の挙兵、あり得るとは思っておったが、まさかこれほどの大軍勢をまとめ上げるとは……」

地図には三成側に回った印が多くつけられている。正信だけは、相変わらず肩に力を入れず扇子片手に飄々としているが、さすがに気楽に構えているわけではない。

「これで、前田利長《まえだとしなが》、小早川秀秋《こばやかわひであき》あたりが敵に回ればもうお手上げ。なすすべはありませんな」

「徳川家康、天下を治む能《あた》わず……。多くの者がそう申しておる。民の声、天の声かもしれぬな」

この状況に、揺らぎを見せる家康が、秀忠には歯がゆい。

「父上、弱気なことを仰せにならないでくだされ！」

「だが、数の上では敵が大きく上回ることになろう。勝ち目があろうか……」

「大坂を押さえられたということは、阿茶《あちゃ》様はじめ諸将の妻子が人質に取られたということですしな。彦殿も危うい」

家康の側室阿茶は大坂城西の丸の留守を、鳥居彦右衛門元忠《とりいひこえもんもとただ》は伏見城の留守を預かっている。正信の言葉に家康は思わず親指を嚙んだ。陣幕を上げて、使番《つかいばん》が現れた。

「京より書状にございます」

家康が書状を受け取ると阿茶からであった。

殿、都は数多《あまた》の軍勢が入り乱れ、大乱《たいらん》の様相。なれど、徳川のお味方もおわしまする。阿茶のことは心配ご無用。どうぞお志を果たしてくださいますよう。

書状によると阿茶は、大坂から京都へと逃れていた。

その経緯はこうである。敵兵に囲まれた大坂城西の丸の主殿で、城を任された阿茶が、

「女房衆をできるだけ逃がせ！　急げ！」と指示を出していると、現れたのは、旗印や袖印がなく、どこの者かわからない軽武装の兵たちであった。阿茶はとっさに刀を抜き、構えた。すると、兵たちは攻撃する様子はなく、恭しく阿茶の前に跪いた。

「阿茶様、お迎えに上がりました。お逃がしいたします」

「どこの兵か」

「さるお方のお指図でございます、ご安心あれ」

兵は阿茶に、帛紗に包んだ櫛を見せた。櫛に彫られた図柄から持ち主を察することができた。兵たちを信じて向かった先は京都新城《しんじょう》。ここは豊臣秀次が処刑されたあと、豊臣秀吉が聚楽第《じゅらくだい》を破壊して新しく造った邸宅である。北政所《きたのまんどころ》・寧々《ねね》が大坂城西の丸を出てそこに移っていた。

櫛を受け取った寧々は微笑んだ。「ご無事でようございました。ここなら安心だに」

「ありがとう存じます」

「内府殿《だいふ》から、上方の留守をよろしく頼むと任されておりましたでな」

寧々が阿茶を助けてくれた——寧々のふくよかな笑顔を思い出し、一同は胸をなで下ろした。秀吉の死後、覇権を狙い牽制を続ける家来や諸大名のなかで寧々は中立の立場をとっていた。

「ありがたいことじゃ」

家康は、阿茶の筆跡を愛おしそうになでた。才気ある笹の葉のような鋭い筆跡である。

阿茶無事の報によって、沈んだ士気が上がった。

「彦殿も必ずや伏見を守り通すでしょう！ 何より奴が殿に助けてもらって喜びましょうや！ 鳥居元忠を見くびっては困りますぞ！」と七之助が声を弾ませた。

「確かにな」

「数多の大戦を乗り越えた我らをそのへんの将と一緒にされちゃ困ります。数で劣っていようが関わりない」と直政も持ち前の負けん気を取り戻した。

「いや、敵についた奴らとて所詮、烏合《うごう》の衆。調略すれば必ず崩れます」

小平太は数ではないと主張した。平八郎のやる気に火がついた。

「これに勝てば、殿はまことの意味で天下を手にすることができる……今こそ生きるか死ぬかの大博打を打つ時にほかならず」

主君のために死ぬ。平八郎のかねてよりの目標であった。今こそ、力を尽くす時と腕が鳴る。

大張り切りの直政、小平太、平八郎に、家康の萎えかかった気持ちも上向いてはきたものの、まだ安心はできない。

「難題は、今は我らとともにある福島正則《ふくしままさのり》や黒田長政《くろだながまさ》、藤堂高虎《とうどうたかとら》たちじゃ。三成憎しといえども豊臣臣下、我らに従うかどうか……真田《さなだ》も危ういと見る」

その心配を、正信が受け止める。

「殿、それがしにお任せを。連中の誰か一人、褒美をちらつかせて抱き込みましょう。情に厚いのがよい。……殿は、皆をひとつにしてくだされ」

「よし……明朝、諸将を集めよ」

朝が来るよりも早く、深夜に駆けつけたのは、真田信幸《のぶゆき》だった。平八郎の娘、稲《いな》の夫である。

寝る間もなく、平八郎、直政、秀忠、結城秀康《ゆうきひでやす》が策を考えているところへ、馬のいななきが聞こえ、馬から下りて急ぎ歩いてくる足音がした。

「遅くなってすみませぬ、真田信幸、着陣いたしました」

「よう来てくれた！　真田を信じておったぞ！」

秀忠が歓待の声をあげた。が、平八郎は訝しげな顔をした。

「信幸殿……お一人か？　親父殿は？　真田昌幸《まさゆき》は！」

平八郎の圧に少し怯えたように、信幸は後ずさる。

「義父上《ちちうえ》……我が父と弟信繁《のぶしげ》は、信濃《しなの》に引き返しました。三成につくものと存じます……申し訳ござらぬ！」

家康の要請に従って上杉攻めに加わろうと兵を進めていた昌幸らが下野《しもつけ》犬伏に至ったとき、三成から書状が届いた。三人は議論のすえ、それぞれ道を分かつことにしたというのだ。これが世に言う犬伏《いぬぶし》の別れである。

「婿殿よ……おぬしも気を遣わんでいいんだぞ、俺の娘を捨てたければ捨てろ」

「我が心は決まっております！　徳川様とともに戦いまする！」

ひとり、徳川を選んだ信幸の誠意はありがたい。だが、

「真田が上杉とつながれば取り囲まれる、厄介ですぞ」と直政は冷静だ。

「婿殿には大いに働いてもらう、今のうちに休め」

「は！」平八郎の言葉に、信幸は力を込めて返事をする。

直政の懸念を受けて秀康が背筋を伸ばした。

「上杉のことは、この秀康が引き受けまする。宇都宮の我が陣に戻り、伊達《だて》、最上《もがみ》と力を合わせ、しかと押さえ込みます。父上には左様に伝えてくだされ」

一礼して陣を去る秀康を見送り、直政は感嘆した。

「いやあ、秀康様は頼もしい限り！」

その言葉が秀忠を刺激したことに気づいた直政は慌てて、

「も！　秀康様も！　秀忠様も！　頼もしい！」と取り繕うが、秀忠の表情は少し悲しげだった。

七月二十六日の朝、正則、長政、高虎、山内一豊《やまうちかずとよ》など豊臣諸将たちが到着した。

家康は感謝しながら、彼らに向きあった。

「長く続いた戦乱の世が、信長《のぶなが》様、太閤《たいこう》殿下によってようやく鎮められた。それを受け継ぐことができるのはこの家康をおいてほかにない！　上杉討伐を取りやめ、西へ引き返す。大坂に妻子を囚らわれた者もあろう。無理強いはせぬ……。わしに従えぬ者は今すぐ出て行ってもよいぞ」

毅然と述べる。

「だがわしは、たとえ孤立無援となろうとも、これと戦うことに決めた。もしわしについてくるなら、皆に着せられた逆賊の汚名を晴らしてみせる！　ともに新たな世を作ろうぞ！」

正信に目配せされ、正則が声をあげた。

「おい、みんな！　三成に天下を治められると思うか！　毛利らを束ねられると思うか！　できるのは内府殿だけじゃ！　内府殿とともに……」

「内府殿とともに、この山内一豊、戦いまする！」

「三成になど屈してなるものか！　秀頼様を取り返すぞ！」

一豊、長政が続いた。高虎らも「おおー！」と拳を突き上げる。

諸将たちの気持ちをひとつにできた家康は、さらに声を張った。

「福島正則、藤堂高虎、山内一豊！　急ぎ西へ向かえ！　戦があれば手柄とせよ、褒美は存分に遣わす！」

それから家康は直政から順に、家臣たちに指示を出した。

「井伊直政！　そなたが率いよ！」

「は！」

「黒田長政、豊臣家中を調略せよ！」

「は！」

「平岩親吉！　宇都宮にて秀康を支え、上杉をしかと見張れ！」

「は！」

「秀忠！　初陣《ういじん》につき我が三万の兵を預ける！　本多正信、榊原康政とともに信濃に向かい、真田を従わせよ！　しかるのち、西へ向かえ！」

「は！」

秀忠は初陣に武者震いする。

「本多忠勝！　わしとともに江戸へ入り、軍勢を整えた上で西へ向かう！」

「は！」

全員に指示を出し、最後を締める。

「石田三成より天下を取り戻す！ 皆の者、とりかかれ！」

「おお！」と一同は雪崩のような音をさせて出て行った。

だがひとりだけ動かない者がいた。

七之助だけがぽつんと突っ立っている。その目は家康を感慨深く見つめていた。

「どうした七」

「ようやく来たんじゃ……」

七之助は両の手をぎゅっと握り目に涙を浮かべていた。

「わしらは、あのとき、お方様と……信康《のぶやす》様をお守りできず……腹を切るつもりでございました」

七之助が抱えてきた思いに家康は胸が締め付けられた。

「されど、殿に止められ……おふたりの目指した世を成し遂げるお手伝いをすることこそが我らの使命と思い直し……今日まで……今日まで……」

瀬名《せな》が自害したことを察知した松平信康が後を追ったとき、七之助は止めることができず、ただ、信康の生命《いのち》が尽きていく様を見つめるしかなかった。介錯したのは大久保忠世《おおくぼただよ》だった。

七之助はためにためた思いを吐きだした。「その時が来ましたぞ！」

そして、陣の入り口になびく白地に黒い文字の書かれた幟旗《のぼりばた》を見つめた。

「厭離穢土《おんりえど》欣求浄土《ごんぐじょうど》！ ……この世を浄土にいたしましょう！」

思いはひとつ――家康はぐっと七之助を抱き寄せた。

対する大坂城の本丸・主殿では、茶々と秀頼の前に、三成が跪いていた。

「家康、動きだしました。こちらの思惑通りにございます」

「万事手はず通りに進んでおるようだな」

「これより三成、出陣いたします。必ずや秀頼様に勝利をお届けいたしまする」

幼い秀頼の甲高い声が響いた。「武運を祈る」

茶々は三成のそばに近づくと、思わせぶりに耳もとに唇を寄せた。その仕草を家康が見たら、どこか信長に似ていると思ったことだろう。

「……秀頼を戦場に出す用意はある」茶々はゆっくりと言った。

「必ず家康の首を獲れ」

「は！」と三成は、礼をして立ち上がった。

茶々の傍に控えていた輝元が声をかけた。「後は、任せよ」

三成は強くうなずいて部屋を出た。

七月十九日に秀家、島津義弘らの兵に囲まれた伏見城は、さらに毛利軍が加わり、籠城戦となっていた。

七月二十九日、敵兵の囲みが狭まってきていた。彦右衛門と兵たちが弓矢鉄砲で迎撃している傍らに、武装した千代も加わる。弓を放つ彦右衛門、銃を放つ千代。息が合ったふたりは、ふと顔を見合わせ、薄く微笑んだ。互いに顔が紅潮していた。

予想に反してなかなか落ちない伏見城に大将・宇喜多秀家は「しぶといのう……」と嘆息した。

伏見城のそばに設置した本陣には三成と刑部もいた。

「城を明け渡せば、命を助けるものを」と刑部。

「鳥居元忠……桶狭間《おけはざま》を戦い抜いたと聞きます」と恐れを抱く三成に、

「桶狭間……昔話じゃな」と秀家はせせら笑った。

三成とて、その年に生まれたのだから、実際に戦を見たわけではない。まして秀家は三成よりも十二歳も下である。生きた時代が違い、考え方も違う。

「降伏はすまい」と予想する三成に、

「惜しいものよ……」とうなだれる刑部も三成と同世代である。桶狭間の頃の武士たちは、ただひたすらに愚直なまでに戦い抜いた。自らの生命を賭して城を守り抜くのが勤めと考えていたからだ。

そこへ嶋左近《しまさこん》が、小早川秀秋を連れてきた。

「小早川様、御着陣されました」

「小早川秀秋、参上いたしました」颯爽と跪いた秀秋は、三成より二十二歳も若い十九歳。つややかで張りのある肌をし、柔和な表情をしている。秀秋は寧々の甥で、秀吉の養子となったが、秀頼が生まれると小早川家の養子となった。今は豊臣一門衆として筑前三十五万石を預かる大名である。

「お見えになられたか、心強うござる」と刑部。

「御礼申し上げます」三成は恭しく頭を下げた。

「なに、皆様のご英断に礼を申さねばならぬのは、こちらのほう。私も豊臣一門として、家康の勝手な振る舞いには憤っておりましたので」

「小早川殿の一万五千が加わり、これで我が方は四万を超える。伏見もこれまでかと」

「殿、どうやら松の丸の守りが弱い」

刑部と左近の指摘に、うむ、と三成はうなずいた。

八月一日、左近率いる大軍勢が、伏見城を取り囲んだ。左近の軍は鉄砲が主戦兵器になっている。

左近軍に限らず、彦右衛門の軍も鉄砲が多い。だが、彦右衛門は弓矢を使っていた。

「腕を磨きゃあ、鉄砲よりよう当たる」

しかし、敵の鉄砲が彦右衛門の鎧《よろい》を貫通した。

どっと倒れる彦右衛門に家来たちがすかさず駆け寄り、奥へと運んだ。

「……わしに……かまうな……」

鎧を外し、青息吐息で横たわる彦右衛門のもとに千代が駆けつけ、血止めを行う。

「…おなごどもは……?」

「皆、外へ逃がした」

「お前も出よ」

「たわごとを」

「お前には、生きてほしい」

「お前様が生きるならな」

彦右衛門は、かすかに笑い、仰向けのまま、遠い眼をした。

「お方様がご自害遊ばされるとき……わしゃあ、目の前におって……何もできんかった……ただ、見ておった……情けなかった」

彦右衛門は何もできず、介錯を服部党の大鼠に任せた。それを今でも恥じていたのである。

「ようやく……わしの番が来たんじゃ……うれしいのう!」

彦右衛門も七之助と同じく、あのときのことをずっと抱えて生きてきたのだ。千代もまた同じであった。瀬名の理念に賛同したにもかかわらず、何もできず、瀬名だけ逝かせてしまった歯がゆさ。彦右衛門に惹かれたのは、同じ贖罪《しょくざい》を抱えていたからではなかったか。

千代は彦右衛門を熱っぽく見つめた。

「私も……ようやく死に場所を得た。ありがとう存じます……旦那様」

千代は彦右衛門の血の気の失せた手を取った。

ふたりが顔を見合わせ、微笑んだとき、はっと千代は気配を感じて振り返った。

「……敵が来る」

どこにそんな力が残っていたのか、彦右衛門は立ち上がった。千代に肩を貸してもらいながら、自分の足で立ち、兵たちに命じた。

「者ども！　わしは城を枕に討ち死にいたす！　出たい者は出よ！」

しかし去る兵はひとりもいなかった。

「生きるも死ぬも殿と一緒でござる！」

「同じく！」

「同じく！」

兵たちは彦右衛門のまわりを囲んだ。彦右衛門は、忠実なる兵たちを見回すと、胴に縛ってあった小袋を外した。その中には味噌玉が入っていた。彦右衛門が千代や兵たちに一粒ずつ配ると、三河兵たちからは、「懐かしいのう」という声がこぼれる。

「ほれ、千代も食え、三河の味噌玉じゃ。三河もんはな、これを一粒食えば、たちまち力がみなぎる！」

皆、味噌玉を口に放り込んだ。

「おお……百人力だわい！　……三河の荒れ地で、藁の具足かぶって、こいつを舐めて戦っとったわしらが……天下の伏見城を枕に討ち死にできるんだで……こんな幸せなことはねえわ！」

彦右衛門の言葉に、「おおー！」と皆、声をあげた。

「来るぞ！　殿に後れを取るな！」

千代が叫んだ。城内には火の手が上がり、氾濫した濁流のようにどっと敵兵が押し寄せて来た。

「殿……お別れだわ……浄土で待っとるわ！」

もう一度だけ、彦右衛門と千代は見合った。言葉はもう要らない。弓をもった彦右衛門、銃を担いだ千代、ふたりは硝煙弾雨のなか、笑顔を浮かべ突進した。


筆から墨がぽたりと落ち、文字がじわりと滲んだ。

八月七日、江戸に舞い戻った家康は、江戸城にて書状を書いていた。

「伏見が……落ちましてございます」

守綱から報告を受けて、家康は筆を持つ手をぴたりと止めた。隣で同じく書状を書いていた平八郎は息を止め、顔を歪めた。次の言葉を、家康はわずかの期待を込めて待った。

「彦殿は……いや、鳥居元忠殿は、家臣一同と最後まで見事に戦い抜き、お討ち死にあそばされたる由」

「……わかった」

家康はそっと筆を置いた。隣で平八郎が筆を持つ手を震わせた。

「ただちに西へ向かい、彦殿の仇を討ちましょうぞ！」

怒りに逸る守綱を、

「落ち着け守綱！」と家康は止めた。

平八郎も、ひと呼吸して、冷静さを取り戻す。

「今は誰がどちらにつき、どう動くかをしかと見定めるとき……殿、俺は先に出て直政と落ち合い、西へ進みます。殿は一通でも多く書状を」

家康は強くうなずいた。

「この戦は、わしと三成、どちらがより多くを味方につけるかで決まる。腕が折れるまで書くぞ……彦のためにもな」

家康は自らの初陣のときから、ずっとそばで戦ってきた忠臣を想った。

こうなった以上、勝つしかない。散っていった者に報いるにはそれしかなかった。

平八郎が出てゆくと、家康は再び書状を書きはじめた。黙々と。そして猛然と。

夜になってあたりが静かになり、ぎぃぎぃと機織虫（キリギリス）の声だけがする。その声はまるで家康の嘆きのようでもあった。ぬぐってもぬぐっても彦右衛門の笑顔が浮かぶ。家康は涙をこらえながら書状を書き続けた。

家康が連日連夜、書状を書き続けている頃、八月十一日に三成は美濃《みの》大垣城へ入り、徳川軍を迎え討つ用意を整えていた。三成もまた同じく諸大名へ家康を糾弾《きゅうだん》する書状を書き続けた。

家康、三成、双方合わせて実に数百通の書状が日本全土を飛び交う熾烈な調略戦が行われた。

加賀金沢城の前田利長のもとに、家康と三成の書状がほぼ同時に届いた。利長は右手に家康からの書状、左手に三成からの書状を持ち、読み比べては考え込んだ。家康の書状は豪胆な字で簡素であった。対照的に、三成の文字は繊細で、文面もきわめて長かった。

言葉を待っている家臣たちに、利長は迷いを述べた。

「家康は、気前がいい。三成は家康を断罪するばかり……どちらに賭けるか」

伊勢・関地蔵院の小早川秀秋の陣にも家康からの書状が届いていた。すでに三成と話をつけている秀秋には迷いがない。決断を待つ家来たちに、

「秀頼様こそ主君。我らは、あくまで三成につく！」と断言した。がすぐに、

「しかし、戦は徳川じゃ……。どちらにも転べるようにしておけ」と付け加えて、狡猾そうに微笑んだ。ちゃっかりしたところは戦国武将らしいといえる。

大垣城の主殿では小西行長が、家康からの書状を見つめている。行長は書状を三成と刑部に見せた。

「私のところにも来た。家康の書状、かなり回っているぞ」

三成と刑部は問うように行長の顔色をうかがう。

「無論、私の心は変わらぬ。そなたらとともに戦うと、デウスに誓った」

行長は首から下げたロザリオを握り締めた。彼はキリシタンなのである。

「だが、心変わりする者も出てこよう。……時がたてばたつほど危ういと存ずる」

行長に忠告されるまでもなく、三成もそれを懸念していた。

徳川勢の先陣を勤める直政、平八郎、正則らは、怒濤の勢いで大垣城へ迫っていた。八月の十日

を過ぎた頃には正則の清須城に入り、岐阜城を睨む形となった。二十一日、徳川勢は岐阜城攻めに出陣した。岐阜城主は信長の孫、秀信。かつての三法師である。

岐阜城に平八郎と直政が家来とともに乗り込むと、すでに正則らによって制圧されており、城兵たちの死体が所狭しと転がっていた。

「この岐阜城、わしに任せりゃすぐに落として見せると申した通りでござろう！　内府殿に我が手柄とお伝えくだされ！」そう言うと正則は「ははは！」と高笑いした。

「お見事」と直政は讃えたものの、内心、困惑していた。平八郎も同じで、

「張り切りすぎだ、早すぎる」と懸念を口にする。

「三成のいる大垣城はもう目の前……決戦が早まってしまう」

「それはならん。殿と秀忠様の本軍を待ち、徳川勢の力すべてを集めて戦わなければ」

家康はまだ江戸にいる。直政と平八郎の心配をよそに正則は満足げで、

「徳川勢のお力を借りるまでもないかもしれぬ。三成は所詮、オツムだけの奴よ！　すぐに首を刎《は》ねてやろうぞ！」と家来たちを煽った。

「おおー！」と盛り上がる正則の家来たちを見て直政は、「首輪をつけねば」と警戒した。

江戸城主殿の広間には大久保忠益《おおくぼただます》が報告に来ていた。忠益は三河一向一揆の頃から働きのあった家臣で、今は使番をしている。広間には家康と守綱がいて、報告を聞いた守綱は、

「もう岐阜を落とした！　福島殿、やるもんだわ！　おめでとうございます、殿！」

そう手放しで喜んだ。が、家康は、

「めでたいとばかりは言ってられん。わしと秀忠の本軍なしで決戦となってしまえば、すべてが水

の泡じゃ」と顔をしかめた。

「確かに……徳川抜きで勝っちまっても困るわ！」

ただ勝てばいいものではなく、徳川の圧倒的な力を示す演出が重要なのである。

「だがこれで、福島、黒田が徳川とともに戦うと世に知らしめることができた。我らも出るぞ。秀忠には真田に構わず、西へ急ぐよう伝えよ。九月九日までに美濃赤坂《みのあかさか》へ！」

家康は九月一日、江戸を発った。

その頃、上野沼田城に、上田に向かう途中の真田昌幸と信繁が家来たちを引き連れてやって来た。

「わしじゃ、昌幸じゃ」

「信繁でござる！」

呼べど叫べど、城の門は開かず、誰も出て来る気配がない。

「おーい、じいじじゃぞー」

幼児をあやすような言い方に変えると、ゆっくりと門が開いた。門の隙間から顔を出したのは、きりりと鉢巻をし武装した稲である。薙刀を小脇に抱えている。背後には兵たちが警戒心を剝き出しにし、ずらり横並びしている。

「何用でございましょう？」

「我が城に入るのに、理由がいろうか」

「この城の主《あるじ》は、我が夫、真田信幸と存じます」

「石田三成が何やらやらかしたようでな、真田家が一つとなって事に当たらねばならん。入れてくれ」

「お帰りくださいませ」

冷たい稲に動じることなく、昌幸は歯を見せことさらに親しげに笑いかけた。

「わしを信じられんのか？」

「夫より、入れてはならぬと言われております」

兵たちが弓矢を一斉に昌幸に向けた。咄嗟《とっさ》に昌幸と信繁を守る家来たち。

「姉上！　何たる無礼な振る舞い！」

今にも飛びかかりそうな信繁を、昌幸が右手で制した。

「さすが本多忠勝の娘よ、ここを乗っ取るのはやめだ」

昌幸は眼を伏せた、が、すぐに顔を上げ、「稲、孫の顔を見たい、少しでよい」と懇願した。

そう言われては仕方ない。稲はしぶしぶ子供たちを連れて来た。十歳の女児、八歳の女児、四歳の男児を連れ、腕に二歳の男児を抱え、門前に立った。

昌幸は孫たちを抱き締めるわけでもなく、離れたところからただその顔をじっと慈愛に満ちた目で見つめた。孫たちは不思議そうに祖父の顔を見上げた。

昌幸はそのまま何も言わず向きを変え、もと来た道を引き返す。信繁も後に続いた。

稲はやや拍子抜けして、昌幸の背中に声をかけた。

「戦が終わりましたら、会いにいらしてくださいませ」

昌幸は振り返らずに右手を上げた。心のなかで別れを告げていたことを感じていたのは、信繁だけであろうか。

「秀忠の軍勢三万八千、向かって来ております」と信繁はささやいた。

「降伏の使者を送れ」

九月三日、信濃、徳川秀忠の陣に、昌幸の使者が書状を持って現れた。秀忠が書状の内容を伝えると、正信、小平太、信幸は訝しげな顔になった。

「あまりの兵数の違いゆえ、降伏し、徳川様に従うと申しておる。よかった！　ははは！」と笑い、

「父上に任された役目をしかと果たしたぞ！」と秀忠は満足げである。

「おめでとうございまする」

正信は表向き、秀忠をねぎらったが、小平太に向けた目はいかにも不審だと言わんばかりである。小平太も同じく疑っているようだ。なにしろ、あの食えない男・真田昌幸である。

「信幸殿、ただちに城を明け渡し、ここに参じるようにお伝えくだされ」

正信は、とりあえず、信幸にそう頼んだ。

ところが、上田城では昌幸と信繁はぱちりぱちりと囲碁を打っているだけである。待てど暮らせど、上田城に籠もったままで、動く気配はなかった。

「どういうことじゃ。降伏すると言ったではないか！」

苛立つ秀忠に、正信はけろりと言う。

「嘘をついたんでござる」

「嘘？　……武士が嘘なんかついてよいのか！」

「真田は表裏比興《ひょうりひきょう》の者、勝つためにはどんな手でも使います」

「上田城籠城は真田の最も得意とするもの。かつて我ら徳川は、こっぴどくやられました」

小平太が忌々しそうに両手を組んだ。

「どうすればよい……わしは、真田を従わせねばならん！」秀忠の悲痛な様子に、

「もう一度、説き聞かせて参ります！」

信幸は駆け出して行った。

「いかにも真田父子らしいやり方よ」と正信は笑った。

「え？」と秀忠は正信の顔をまじまじと見る。

「敵味方に分かれ、どちらかは生き残る目論見でしょう」

小平太もそう踏んでいた。

「これも乱世を生き抜くすべ。認めてやりましょう」

正信は陣幕を出て、外を眺めた。真田の所領小諸の青空の下、黄金色した稲穂が頭《こうべ》を垂れて風に吹かれ、その上をすいすいと蜻蛉《とんぼ》が飛んでいる。いつの間にか季節は秋になっていた。

「よう稲が実っておりますな、稲刈りでもしますか」

「よいですな」

正信と小平太の会話に、「何を暢気なことを！」と秀忠は呆れた。

「米がなければ敵は干上がります。稲を守ろうと必ず城から出て来る」と小平太。

「さすれば、稲の代わりに首を刈ればよい」と正信。

ふたりの言葉に乗せられた秀忠は「稲を刈れー！」と家来に命じた。

かつて、家康の家臣団の初のお役目は籠城中の大高城に米を届けることだった。誰がつけたか知らないが皆、めいめい甲冑に藁をつけていた。左衛門督も彦右衛門も忠世も忠吉翁も……。小さな岡崎に暮らす家臣団にとっては、米が、農業が、何より大事なものだった。貧しい彼らにとっての

黄金は稲穂の金色であったのだ。それが誇りだった。当時そこにまだ正信は参加していなかったが、七之助たちが藁を甲冑につけていたことは記憶していた。

突如、勝手に稲を刈り取られた真田勢は、驚いて城を出て応戦をはじめた。真田勢の指揮を執っているのは信繁である。荷車に乗せられた稲をめぐって、徳川軍と真田軍の乱戦がはじまった。

上田城に戻って来た信繁は、ひとりで囲碁を打つ昌幸の前へと座った。

「蹴散らしてやりました！　しかし小癪《こしゃく》な手を使いますな」

「本多正信に榊原康政、知恵者二人がついているだけのことはある。……だが、わしの役目は充分に果たした。あとは、三成と家康、どちらの才が上回るかじゃろう。どちらに転んでも、真田は生き残る」

九月九日、徳川秀忠の陣に大久保忠益が家康の使いでやって来た。やけに小袖が汚れ、疲れ果てた様子で書状を小平太に手渡した。

「決戦が早まるので……真田のことは捨て置き、西へ急げと……美濃赤坂に進軍するように」

だが、今日は九日である。

「もう間に合いませんな」と正信は無念そうに空を仰ぐ。

「大久保忠益、なぜ今頃届けたか！」

「と、利根川《とねがわ》を渡る際……船頭と百姓どもに襲われ……書状を奪われ……取り返して参りました」

それでこんなにも薄汚れ、疲れ果てていたのだ。

「真田の忍びの仕業でしょう……」と正信。

「真田の狙いは、我らをここに足止めすること」と小平太。

「やられましたな」と正信は稲穂を一本、摘んで見つめた。

秀忠はその稲穂を奪うと、八つ当たりをして投げつけた。「くそっ！」

西に向かった家康は十三日には岐阜に至り、十四日、大垣城の眼前わずか一里（約四キロメートル）の赤坂で陣を敷いた。

朝、家康が陣所に入ると、平八郎と直政が跪いて迎えた。

「秀忠が来ていない？」

「まだ信濃におられるようで……」と直政。

「まんまと三成と真田にしてやられたようですな」と平八郎。

ううむと家康は考え込んだ。

大垣城の主殿では、三成が外を見つめていた。横には行長と秀家が控えている。

遠方に無数の三つ葉葵の旗が立つ陣が見えている。

「真田の蜘蛛の巣にかかったというわけか……」と秀家はしてやったりと言う顔をした。

「これで家康は本軍なし。我らは、秀頼様と毛利殿の本軍をお迎えする」と三成。

「兵力の差は歴然」と行長。

「見事よ、三成！　さあ決戦じゃ！　かかってこい家康！」と秀家は赤坂の方角を見ながら息巻いた。

「いえ……おそらく決戦の地は、ここにはなりますまい」

三成は地図に目を落とした。「より大きな蜘蛛の巣を、もう一つ張っております」

赤坂でも家康、平八郎、直政が地図を見ていた。

「おそらく治部の狙いはここに誘い出すことじゃろう」

家康が指し示した場所には「関ヶ原」とあった。

美濃国関ヶ原は大垣より西、近江との国境には伊吹山があり、周囲を小高い山に囲まれた盆地で、中山道と北国街道、伊勢街道が交わる交通の要所である。理論派の三成なら確実にここを選んでくるだろう。

家康はぐっと顎を引き、上空を睨んだ。

「その手に、乗ってみるかのう。治部よ……これは、天下分け目の大戦《おおいくさ》じゃ」

第四十三章 関ヶ原の戦い

いよいよ天下分け目の大戦《おおいくさ》がはじまろうとしていた。京の町もざわつくなか、京都新城にだけは静謐な空気が流れている。素朴な茶室で、寧々は茶をいれ阿茶にすすめた。

阿茶はやや緊張気味に、寧々の人柄の出た美しい器を受け取った。

「私をおかくまいなさって、北政所様にご迷惑はかかりませぬか？」

「私はべつに、どちらかの肩を持っとるわけでもあれせん。この戦は、もとをただせば豊臣家中の喧嘩だわ。日ノ本じゅうの大名が巻き込まれておる。申し訳ないと思うとるだけ」

寧々は眉を八の字にして嘆息した。

「正直なところ……私は、豊臣と徳川が一体となって天下を治めてゆくのが最もよいと考えとる……乱世に戻さぬためにゃあ、それしかないわ」

それを聞いた阿茶は、ぐいと前のめりになった。

「……北政所様、お願いがございます」

慶長五年（一六〇〇年）九月十四日、大垣城の石田三成、赤坂の陣の徳川家康は一里（約四キロメートル）の間をおいて睨み合っていた。

大垣城の主殿では三成、小西行長、宇喜多秀家らが、三つ葉葵の旗が翻る赤坂の陣を見つめ、赤坂の陣では家康、本多平八郎忠勝、井伊直政らが大一大万大吉の旗がなびく大垣城を見つめる。お互い小さな虫一匹の動きでも見逃すまいと。それが戦いの雌雄を決するのである。

「ここからは一手でも打ち間違えた方が負けるぞ」

家康は全身に神経を行き渡らせた。

寧々の認識の通り、目下、家康と三成の戦いは、多くの諸大名がどちらにつくかにかかっていた。それぞれが調略を行い、その結果いつどこで誰がどちらにつくかで戦況は変わる。その駆け引きは、大垣から琵琶湖を隔てた西の大坂城・本丸でも行われていた。

豊臣秀頼は、少年の体ながら甲冑を身にまとい床几に腰掛け、出陣のときを待っていた。茶々は総大将の毛利輝元を呼んだ。神妙に伏す輝元に、

「余は、出陣しなくてよいのか？」と秀頼が念を押す。

「時が至ればご出陣いただきまする」と淡々と答える輝元に、茶々は眉をひそめる。

「三成から矢のような催促が来ておる。私は今ぞその時と思うが」

総大将・輝元の采配にいささか頼りなさを茶々は感じていた。

「我が子秀頼には、いかなる戦場にも赴く覚悟がある」

ところが輝元は、

「心強いお言葉。それがし、しかと戦の動きを見定めておりますゆえ、お任せくださいますよう」

とのらりくらりとかわしているようにしか見えない。茶々は苛立ち、

「そなたが総大将の器であるか否かが問われておる。機を見誤るなよ」

脅しの意味を込めて、声を低くした。

「はは」と輝元はただただ伏すばかり。実はその下げた顔には茶々への不満を滲ませていた。八歳の秀頼に何ができようかと。

赤坂の陣では、家康が陣卓子の上に広げた地図を穴の開くほど見つめていた。武将たちの軍の配置を見て、先を読もうと神経を集中する。その傍らで平八郎と直政が腹ごしらえをしていると、福島正則、黒田長政、藤堂高虎らがやって来た。岐阜城を落としたあと、彼らも赤坂に来ていた。

「内府《だいふ》殿、奴らは籠城を決め込んどる。さっさと取り囲んで攻めましょう」

張り切る正則に、

「だが大垣は堅牢。城を崩すには兵が足らん」と高虎は異を唱えた。

「……殿、秀忠様の御本軍が来るまで待つべきかと」

直政の意見に、

「本軍がいまだ到着せぬは敵も同じ。万が一、毛利勢が秀頼様を戴いて敵三成勢に加われば、この戦、危うい」と平八郎は言う。

「たしかに。その前にけりをつけたいですな」と直政も考え直した。

家康は長政に訊ねた。

「兵が足らなければ相手の兵を削ぐほかない。黒田殿、調略の具合はいかがか」

「すでに内応《ないおう》を約束している吉川広家《きっかわひろいえ》を通じて、小早川秀秋、毛利輝元に調略を繰り返しております。されど、最後にふたを開けてみるまでは……」

「直政、小早川に文を書け。何枚もな。そして各陣所にばらまき、小早川はすでに家康に内応しておると言いふらせ。それで充分じゃ」

その頃、徳川秀忠率いる軍勢は街道を西へ西へと急いでいた。榊原小平太康政と本多正信が同行している。

「急げ！　急げー！　戦がはじまってしまうぞー！」

秀忠は汗をかきかき、馬を足で蹴ったり、鞭で打ったり必死である。

「秀忠様、馬を休ませねば死にますぞ！」

小平太は馬を横に並んで走らせると、冷静に忠告した。

その反対側に回った正信は、薄目でぼそり。

「……どうせ間に合わんじゃろうな」


一方、三成たちが大垣城の主殿で首を長くして待っているのは、小早川秀秋の到着であった。

「小早川殿はいつ来る？」と宇喜多秀家が問う。

「今宵には」と行長。

「かの者、家康の誘いを受けているとの噂で持ち切りじゃぞ」

「我らにつく決意は変わらぬと申しております」

「気弱そうに見せて狡猾《こうかつ》な奴じゃ。油断ならんぞ」

秀家が不信感を露わにするなか、三成は静かに床几に座っている。

「噂を妄信すれば敵の手の内に陥ります。……秀頼様と毛利勢三万がじきお見えになれば、誰も寝返ることはできませぬ。いずれにせよ、我が軍は十万。数では大いにまさっておる」

三成は、赤坂の陣を睨み、挑発的に呟いた。

「どうする……家康」

刻一刻と時が過ぎていく。赤坂の陣では、家康が微動だにせず地図を見続けている。少し距離をとって、平八郎や正則たちが家康の判断を待っていると、ついに家康が口を開いた。

「……秀忠は諦める」

それは苦渋に満ちた声であった。

「大垣城を、放って行く」

「放ってゆく？」と正則は耳を疑った。

「三成たちを相手にせぬと？」と長政も信じがたいとばかりに眉間に皺を寄せた。

「西の関ヶ原には、大谷刑部がいるばかり。我らが西へ進み、大谷刑部を攻めれば、三成たちは城から出て追って来るほかない」

「なるほど……野戦に持ち込める！」

長政は家康の策に感心し、愁眉を開く。平八郎には家康の判断に覚えがあった。

「かつて我らはこれを武田信玄にやられ、この上なく痛い目に遭った」

信玄の大軍に大敗した三方ヶ原の戦いの記憶が、苦痛とともにまざまざと蘇る。

「されど、後ろを三成に塞がれ、小早川や大坂からの軍勢が敵に加われば、我らは袋の鼠……」

と直政は懸念を述べる。

「それが三成の狙いであろう。だが大軍勢を率いるとは、思い通りにいかぬもの……。わしと三成、どちらが人の心をつかむか……勝負はそこで決まる」

どれだけの者が家康につくか、あるいは三成につくか。やるだけのことをやってあとは運を天に任せるしかない。家康が空を仰ぐと、ぽつぽつと大きな雨粒が落ちてきて、またたく間に激しく降りだした。遠くで稲妻が這うように光り、不安を煽る。

家康に続いて、平八郎たちも順々に灰色の雲に覆われた空を見た。

「この空模様、大高城《おおだかじょう》の兵糧入れを思い出すの……出るぞ」

家康は、かの桶狭間を思い浮かべていた。今川義元《いまがわよしもと》の大軍を若き織田信長《おだのぶなが》が破った戦である。あの戦で一瞬にして状況が変わった。家康の運命はそこから大きく動きはじめたのである。

「決戦の地、関ヶ原へ」

「いざ、出陣!」

平八郎と直政の声はいつにも増して重みがあった。

夜になっても雨は降り続き、すり鉢状の盆地に流れ込んでいく。戦場はぬかるみ、兵士の士気を削ぐ。大垣城の主殿から三成、行長、秀家らは雨にけぶった外を見ていた。そこへ、びしょ濡れの斥候が陣幕を上げて現れた。

「申し上げます! 徳川勢、赤坂の陣を出て、西へと進軍をはじめましてございます!」

「動きはじめた……先手《さきて》がゆっくりと西へ」と行長。

「この城を捨て置いて、刑部を攻め、我らをおびき出す手か……」と秀家。

「食いついた」と三成が薄い唇の片端を上げた。

今度は使番が飛び込んで来て、跪く。

「申し上げます、小早川勢、松尾山《まつおやま》に着陣したとのこと!」

「松尾山? 勝手に陣を敷きおったか!」と秀家。

「関ヶ原を見渡せるよい場所をお取りになった」と行長。

松尾山は関ヶ原盆地の西南にあって、関ヶ原を見下ろす場所である。三成は使番に命じた。

「刑部に、小早川から目を離すなと伝えよ。我らも出陣する」

「先回りするぞ！」との秀家の声に、「おお！」と吠えながら、兵たちは大きな足音をたてて出て行く。三成も続こうと兜を抱えたとき、行長が呼び止めた。

「治部《じぶ》……」

行長は三成の顔を見すえ語りだした。

「豊臣を危うくしたのは……唐入《からい》りをうまく収められなかった私の責めだと思うておる……おぬしのおかげでここまでこぎつけた。感謝しておる」

「感謝など要らぬ。役目を果たせ」

「知恵ばかりの戦嫌い……おぬしのことを皆そう言う。だが、これほどまでに燃えたぎる熱き心がおぬしにもあったのだな。紛れもない乱世の武将ぞ」

行長は首にかけたロザリオを強く握った。

「デウスのご加護を。……小西行長勢、出るぞ！」

三成を追い越して先に出ていく行長に、三成はふっと笑ってから、呼吸を整え、声をあげた。

「石田三成勢、出陣！」

一夜が明けると雨は上がった。一晩中、盆地に降り注いだ雨は深い霧となって浮遊し、あたり一面、香をたきしめたような景色を作り出した。

九月十五日、朝霧で見晴らしの悪いなか、関ヶ原に向けてそれぞれ進軍する徳川軍（東軍）と石田軍（西軍）。かくして両陣営あわせて十五万を超える兵が関ヶ原に集結した。互いの姿は霧でよく見えない。が、ただならぬ殺気だけは感じとれた。

家康が布陣したのは、中山道沿いに西進した桃配山《ももくばりやま》と呼ばれる小さな丘である。本陣の上座に立つ家康のそばに守綱が控えた。平八郎隊は本陣に最も近いところに陣取った。中山道の南側には福島正則隊、藤堂高虎隊らが、中山道の北側の前線に井伊直政隊、黒田長政隊らが陣取る。全軍、いつでも討って出られるように構えている。

敵陣と向かい合う形の福島隊の陣では馬が激しくいないないた。正則が馬上でいきり立っており、それが馬に伝わったのだ。彼は一番槍を狙っていた。

大垣城を出た三成は、笹尾山《ささおやま》に陣取った。中山道から北国街道に入ったところであり、関ヶ原を一望できる好立地である。北国街道を挟んで天満山《てんまやま》に秀家、行長が陣取る。関ヶ原の最西の山麓に大谷刑部の陣がある。西南の松尾山に小早川秀秋。徳川軍が西に向かうことを徹底的に阻む布陣であり、かつ、家康の陣の後方、関ヶ原の東側には南宮山《なんぐうさん》に吉川広家率いる毛利勢、栗原山に長宗我部盛親と、徳川軍を挟み討つように布陣されていた。西軍勢は濃い霧に包まれて、旗印も兵の像もぼやけている。霧が晴れたとき、見事な鶴翼《かくよく》の陣で圧倒させ一網打尽にできる。ただし、広家が家康についたことを三成は知らない。彼の気がかりは、別にあった。

「まんまとかかりましたな、大きな狸が」

笹尾山から、霧に隠れた東方面に目を凝らす左近に、

「形の上では我らの勝ち……と言いたいところだが……」と三成は口ごもった。

「小早川秀秋様……」

三成の心配を察した左近は、秀秋の布陣する松尾山の方角へ視線を動かす。

「どちらにも転べるようにするには、賢い場所……。最後の最後まで見極めるつもりでしょう。秀頼様と毛利本軍がお着きになれば、勝利は見えてくるかと」

松尾山は中山道の南、東軍が向かって来た場合、立ち塞がる位置にある。が、万が一、東軍に寝返った場合、西軍の脅威になるだろう。

「勝ってみせる……勝たねばならん」

三成は武者震いした。珍しく、激しい感情が顔を出す。文治派の三成も、戦場の極限のなかで徐々に感情をたぎらせていた。

桃配山からも関ヶ原は霧にけぶり、ぼやけている。

家康の本陣に一旦、平八郎と直政が戻って来た。

「おふたりとも、持ち場を離れては困りますぞ」と守綱が咎めると、

「霧が晴れるまでは、双方動けやせぬ」と直政が反論した。とりわけこの霧では鉄砲は湿気にやられて役に立たない。

「見事に取り囲まれたようですな……このままやれば……」

平八郎は見えない霧の向こうに、目をこらした。

「ここが我らが果てる地じゃ」家康まで覚悟を決めたように言うので、

「そんな弱気なことを！」と守綱は目を剝いた。

「だが、不思議と気分は悪くない」と家康は顔を上げ、霧の間から漏れる陽光を見た。

「同じく。不謹慎ながら……俺はやはり殿とともに戦うのが好きでござる。胸が弾む」

平八郎も顎を上げて笑った。

「同じく。殿、ここまで来たらじたばたしても仕方ない。思う存分楽しみましょう、ここにいない皆の分も心ゆくまで！」と直政の声にもなんの憂いもない。

「そうじゃな」

本陣の中にも霧が流れ込んでくる。家康はそれを鼻から吸い込んだ。

「わしは感じるぞ！　先に逝った者たち……今は遠くにおる者たち……その心が皆、ここに集まっていると！」

「確かに」と直政。

「間違いない」と平八郎。

ふたりとも仁王立ちして霧を深く吸い込んだ。

「……皆とともにおる」

家康の腹が大気で満たされたとき、ゆっくりと霧が晴れてきた。まるで、集まってきた仲間たちが道を開くように。

「晴れてきましたな」

守綱は目を遠くにやった。伊吹山を背にした盆地に、色とりどりの旗が見えてきた。

「ぼちぼち行くか、直政。福島殿が先陣を切ると息巻いておるぞ」平八郎が顎をしゃくった。

「先陣は徳川でなければならぬ！　この井伊直政にお任せを！」

「では直政、先陣を任せる。思う存分、暴れて参れ！」

家康の命令に平八郎と直政は勢いよく駆け出していく。ふと直政が立ち止まり、振り返った。

「……殿」

「何じゃ」

「おいらを家臣にして、よかったでしょう？」

「ああ」

「おいらもでございます。……取り立ててくださってありがとうございました！」

ずいぶんと傷だらけの直政の赤備えの背中を、家康はいつもより長く見つめた。

直政は自身の陣に戻ると、馬上から号令をかけた。

「我ら井伊直政勢、この戦の先陣を切る！　放てー！」

まだ霧は晴れきってはいない。あたりがかすむなか、待機していた鉄砲隊が勢いづいて天満山の宇喜多隊に撃ちかかった。

「かかれー！」

手を緩めず、断続的に突撃する井伊隊。それに焦ったのは、正則である。自身が先陣を切るつもりだったからだ。

「ぬ、抜け駆けを……！　後れを取るなー！　かかれー！」

にわかに戦闘開始を知らせるほら貝や鐘がそこここで鳴った。

ここに天下の大戦《おおいくさ》がはじまった。時刻は辰の刻（午前八時頃）。井伊隊と福島隊が競い合うように猛攻をかける。が、戦いは、用意周到に地の利を活かし、巨大な翼で東軍を包囲するように陣取りしていた西軍が優位だった。三成の陣では左近が、

「その意気じゃ、かかれ、かかれー！」と太い声をあげた。

巳の刻（午前十時頃）を回り、霧はすっかり晴れていた。三成は松尾山の小早川隊、南宮山の吉川隊へ合図を送ったが、何の動きもない。三成は松尾山の方を見る。

「小早川殿、動かぬな」

松尾山では秀秋が、慎重に戦況を見計らっていた。直政が流した、秀秋は徳川についたという噂が広まっていたが、秀秋はまだどちらにつくか決めていない。心配する家来に、

「気にするな。戦の成り行きのみを見極めよ。今のところ、五分と五分……」と余裕を見せていた。

三成の陣では、

「吉川広家様が敵の背後を突けば、小早川も動きましょう」と左近は予測していた。

とそこへ家臣が報告に来る。

「吉川様、動きませぬ！」

「何をしておられる！」

「腹ごしらえをしておるとか」

「何を……？」

「吉川様が動かぬゆえ、その後ろに陣取る長宗我部様も動けぬご様子！」

家臣と左近の会話を聞いて、

「家康……ッ」と三成は唇を噛んだ。広家が寝返ったことをここで悟ったのである。

「焦らぬことです。今日はこのままでよい」と左近がなだめた。

「ああ……双方昨夜から一睡もしておらぬ。早々に疲れが出る。さすれば兵を引き、立て直す」

「秀頼様と毛利本軍が来れば必ず勝てる。それまでじっくりと時を稼ぎましょう」

「……うむ」

南宮山では、広家率いる毛利隊がにぎり飯を貪っていた。

「ゆっくり食えよー！」と広家がおおらかに声をかける。

「長宗我部様が早く出ろとうるさく申しておりますが」と家臣が気にするが、

「腹が減っては戦ができぬと言っておけ」とぬけぬけと返した。腹ごしらえとは方便である。広家は毛利輝元が西軍の総大将になったことも気に入らず、家康に賭けることにしたのである。

広家寝返りの知らせは、たちまち大坂城・西の丸の輝元のもとに届いた。

「吉川殿、勝手に家康と結んでおります。ここを動かなければ、所領を安堵すると約束を取り付けたそうで」と家臣が輝元に告げた。

「勝手なことを……この戦、勝てば我らの天下も夢ではないというに」

「小早川秀秋殿も家康と手を結んだという噂……」

「小早川も……？」

「どうなさいますか？」

「様子を見よう……どうせすぐには決着はつかぬ……我らは、しかと様子を見る！」

本丸では茶々が苛々と、打ち掛けを乱暴に翻しながら部屋のなかを歩き回っていた。

「毛利はなぜ出陣せぬのか！　ただちに秀頼を出す！　毛利を呼べ！」

そこへ「御客人でございます」と家臣が報告に来るが、「追い返せ！」と声を荒らげた。

「それが……北政所様のお使いで」

廊下を武士の一団がやって来る。それを出迎えたのは茶々の側近である片桐且元《かたぎりかつもと》であった。

「片桐且元にございます。北政所様よりお話はうかがっております。どうぞ」

広間に入って来た武士団の先頭にいる人物に茶々は見覚えがあった。それは、髷を結い肩衣姿で武士のいでたちをした阿茶だった。阿茶の頼みで寧々が且元に話を通してくれていたのである。

上座に茶々、そのそばに且元が座っている。秀頼は退室していた。

武士姿の阿茶はその前に伏した。

「お目通りかない、恐悦至極に存じまする」

「徳川殿のご側室がこのようなところに乗り込んでこられるとは、なんと豪胆な……。毛利に見つかったら捕まってしまいますぞ」

慇懃無礼な言い方をする茶々に阿茶は毅然と返した。

「その時は命を絶つ覚悟でおります。なれど以前、茶々様は私と気が合いそうと仰せになってくださったので、お言葉に甘えて参りました」

「……話とは？」

「いらぬお世話と存じましたが、北政所様も同じお考えであらせられるもので……。秀頼様におかれましては、この戦にお関わりにならぬがよろしいかと。徳川の調略はかなり深くまで進んでおり、すでに勝負も決する頃合いかと。毛利様がいまだご出陣なさらぬのがその証し。我が殿は信用できるお方。秀頼様を大切にお守りいたしますので、どうぞ御身を徳川にお預けくださいませ」

立て板に水のごとく語る阿茶に、茶々の顔はみるみる歪んでいく。

「それは過ぎたる物言いじゃ。身の程をわきまえよ！」

茶々の怒りの声に、護衛兵たちが刀に手をかけ阿茶を取り囲んだ。覚悟を決め、目を閉じる阿茶だったが、「お控えなされ」と且元が右手で制する。

茶々も眉間のしわを緩め、声を和らげた。

「なかなかはったりがうまいようじゃ。秀頼のことを案じてくれて、礼を言うぞ」

「どういたしまして」

「北政所様にもよろしくお伝えくだされ」

「はい」

茶々の嫌味に、阿茶はまったく動じない。

「やはり気が合いそうじゃ。私も気が強く、しゃしゃり出るたちでな……」

茶々は親しみを込めたかに見せたが、次の瞬間、顔つきが豹変した。

「まことに不愉快なおなごよ。二度とお見えにならぬがよろしい」

冷ややかに言うと、それからまた、艶やかな笑顔になった。

「帰り道には気をつけよ」

目まぐるしく表情を変える茶々に、且元や周囲の者はひやひやしているが、阿茶は一歩も引かない。まっすぐ目を見据え、

「ありがとう存じます」と深く礼をして部屋を出た。


桃配山では、銃の炸裂音、馬のいななき、突進する兵と馬による地響き、剣戟のぶつかり合い、雄叫び、それらが絶え間なく響く。家康と守綱は各所で激しい戦闘が繰り広げられている様子を見つめた。

「前へ出る」家康は決意した。

「敵に時を与えてはならぬ。今この時、一気に勝負をかける！　行くぞ！」

家康の声に守綱たちは「おお！」と勇んで出て行った。

進軍する家康軍を、三成と左近は笹尾山から目視した。

「何という奴……目の前に出て来おった」と左近はあ然となった。

「目にもの見せてくれる……！　総がかりじゃ！　家康の首を獲れー！」

家康の怯まない態度に、三成も刺激されますます激昂していく。

「総大将が戦場のど真ん中に入って来るとは。おかげで敵はひるみ、味方は士気が上がっております」家康の本陣に平八郎が喜々として駆け込んで来た。

家康は松尾山に向かって、念を送った。

「決断する時ぞ、小早川」

「思い出しますな、姉川《あねがわ》で、信長に鉄砲を撃ち込まれたのを」

「やりますか、大筒《おおづつ》なら届くかもしれん、ドーンと！」

鼻息荒く両腕をぶん回す守綱を、家康は止めた。

「逆なでするな。天に向かって空撃ちせい」

鉄砲隊が一斉に天に向けて空砲を放った。松尾山から空にたなびく硝煙に目をこらした秀秋は、

「さすが戦巧者《いくさこうしゃ》よ」と感嘆し、床几から立ち上がり、ついに軍配を振った。

「我ら小早川勢、山を駆け下り、一気に攻めかかる！　目指す敵は……大谷刑部！　かかれー！」

ほどなく、刑部の陣に兵が転がり込んで来た。

「小早川勢、こちらに攻めかかってきます！」

刑部は三成の陣の方を万感の思いを込めて見つめた。刑部はこのとき、病がさらに進行し、視力が損なわれており、移動にも輿を使っていた。霧があろうとなかろうと眼の前は薄ぼんやりしているが、そこに確かに大一大万大吉の幟旗を見たように思った。

「……治部、さらばだ。小早川秀秋勢を押し戻す！　かかれー！」

秀秋が家康についたことで戦況は一気に変わった。

三成の陣には兵が入れ替わり立ち替わり来ては、報告する。

「小早川秀秋に続き、脇坂安治《わきさかやすはる》、寝返りましてございます！」

「小川祐忠《おがわすけただ》、赤座直保《あかざなおやす》、朽木元綱《くちきもとつな》、寝返り！」

大谷隊と中山道と挟んで布陣していた各隊が秀秋の寝返りで一気に転んだ。もう鶴翼の陣は跡形もない。

「小西行長勢、総崩れ！　散り散りに逃げております！」

「申し上げます！　大谷刑部殿、奮戦の末、ご自害遊ばされたる由！」

次々と入ってくる報告に呆然としている三成に左近は「お逃げくだされ」と早口で勧めた。

「そうは……いかん」

「生き延びさえすれば、いずれまた機はめぐって参ります……。秀頼様のそばには、殿がおらねば」

秀頼の名前を聞いて、三成はまだやるべきことがあると思い返した。同時に反省もよぎる。

「左近……私は、打つ手を間違えたか？」

「……いいえ。惚れ惚れする采配でございました」

「左近……そなたは、私には過ぎた家臣であった。礼を申す」

「こちらこそ、よい死に場所をお与えくださいました」

左近は清々しく礼をすると、家来を率いて出て行った。

三成は戦場を見つめ、座して伏す。そしてひとり、背後の伊吹山に向かった。

三成が敗走した報が家康本陣にもたらされた。

「これだけの兵が一斉に逃げ出すと、えらいもんですな」と守綱は満足そうに戦場を眺めた。

「おめでとうございまする」と平八郎が家康のそばにそっと近づいた。

「うむ……皆、大儀であった」と家康もほっとして床几に腰掛けた。

「とうとう最後の戦まで、かすり傷一つ負わずに生き延びてしもうた」

平八郎も両腕をぽんぽん叩きながら、どかりと床几に腰掛けた。

「直政も無事だろうか？」

「聞くまでもございますまい」

と言っていると、

「申し上げます！　敵、島津勢、我が方に向かってきております！」と兵が駆け込んで来た。

「慌てるな、放っておけばよい。後ろがつかえて逃げられず、やむを得ず前を蹴散らして逃げるつもりだ。行かせてやれ」

「されど……井伊直政勢、これを討ち取らんとしております！」

「直政が……？」

「相変わらず向こう見ずな！」と言うと、平八郎は陣を飛び出した。

戦場では真っ赤な井伊隊が島津勢を追撃している。

「逃がすな！　目の前を素通りさせれば徳川勢の名折れぞ！」

「直政、構うな！　深追い無用！　戻れー！」

平八郎が駆けつけてそう言うが、直政は言うことを聞かず、勢いよく敵兵を追って馬を走らせた。

そのとき、一発の銃弾がうなりを上げて直政を襲った。直政は弓形にのけぞって落馬した。

「直政！」平八郎は敵兵を蹴散らし、直政のもとへと走る。右腕を撃たれた直政は、平八郎の腕のなかで意識を失った。

戦いの趨勢は未の刻（午後二時頃）には決していた。

終戦の報告が京都新城に届いたのは夕方だった。

客間で阿茶は、武士の装束を解き、浴衣に着替え畳に寝転がっていた。

「はぁ……おっかないおなごだわ」

何度思い出しても、茶々とのやりとりを思い出すと震える。あのときは必死で平静を装っていたが、内心では心臓が破裂しそうだった。と、そこへ寧々がやって来た。慌てて起き上がった阿茶に、

「……終わったみたいだわ」と寧々は伝えた。

大坂城の本丸では三成軍が負けたと聞き、輝元が右往左往していた。

「何かの間違いでござろう……かように早く決着がつくわけがない！　み、三成め！　奴がしくじりおったんじゃ！　あの能無しめが！」

傍らに座っている茶々は驚きも怒りも悲しみも見せず、妖艶に微笑んだ。おもむろに立ち上がり、輝元に向かう。びくりと肩をすくめる輝元の頬を、ぴしゃりとはたいた。

「そなたを頼った私の過ちよ。去れ」

輝元はうなだれて去った。


家康の本陣では撃たれた直政が意識を取り戻した。家康が直政の銃創《じゅうそう》の手当てをしている。平八郎や守綱たちも周りで心配そうに見守っている。

「殿……」

「気が付いたか」

「へへ……ほんのかすり傷、どうってことない！」

直政は起き上がろうとするが、よろめいて尻もちをついた。

「あれ……へへへ」

「おとなしくしておれ」

家康は、直政を介抱し、丁寧に薬を塗ってやった。

「本陣の前をただ行かせたら……殿の名に傷がつきますからね……おいら、しっかり打ちのめしてやりました」

「うん……ようやった」

「殿……」

「もうしゃべるな」

直政は仰向けに寝て、ふうと一息ついた。

「ついにやりましたな……天下を取りましたな」

「……ああ」

「おいらのおかげだ」

「……ああ、そうじゃ」

「信長にも……秀吉にもできなかったことを……殿がおやりになる。これから先が……楽しみだ」

直政は笑うのも辛そうではあったが、持ち前の負けん気で笑顔をつくった。そして目を瞑り、眠った。家康は直政の血の気のない顔を見つめ、立ち上がると、戦場をあらためて見渡した。関ヶ原は、おびただしい数の戦死者であふれ、千切れた旗や鉢巻などが風にむなしくはためいていた。

家康は、佐和山城を落とすと、二十日に大津城へ入った。大津城主は京極高次で、その妻は茶々の妹・初《はつ》である。三成方の立花宗茂らに攻められた高次は、城を明け渡して高野山に入ってしまっていた。

二十二日、琵琶湖に面した大津城に家康はいた。湖を見ながら家康がざわめく心を抑えていると、庭に引き出されてきたのは、捕縛された三成である。伊吹山に逃れたのち、伊香郡古橋村にて捕えられたのだ。三成の顔はやつれていたが、白装束を着たその姿は誇り高く堂々としていた。

しばらく家康は三成と見つめ合ったのち、声を絞り出した。

「戦なき世で出会いたかった。このような形で相まみえることとなり、残念である」

三成は後ろ手で縛られ正座したまま、じっと家康を見つめているが、その表情からは感情を読み取ることはできない。家康は続けた。

「ともに星を眺め、語り合った我らは、確かに同じ夢を見ていた。これからともに戦なき世を築いてゆく友と思うておった。それがなぜ……このようなことを引き起こしたのか……。死人は八千を超える未曽有の悲惨な戦を……何がそなたをそうさせた？　わしは、それを知りたい」

三成は特徴的な半眼で家康を見ていたが、ふっと笑みをこぼした。でもそれはどこか嘲りの感情がこもっていた。

「白々しい……。きれいごとで片付けられてはたまらぬ」

三成は一度、苦々しそうに顔を背けた。が、すぐにまた顎を引き家康を見据えた。

「これは我が信念によってなしたること。その志、今もって微塵も揺らいでおらぬ」

三成の強く恨みに満ちた眼差しを、家康は黙って見つめ返す。

「この私の内にも、戦乱を求むる心は確かにあった。一度火が付けばもう止められぬ、恐ろしい火《ひ》種《だね》が。それは、誰の心にもある。無論、あなたにも。この悲惨な戦を引き越したのは、私とあなたの戦を求める心！　すべて承知の上のはず！」

家康は三成に心を覗き込まれたように感じた。

「戦なき世などなせぬ。……まやかしの夢を語るな」

三成の半眼の瞳はまるで刃のようで、家康の胸を突いた。ああ、それでこそ、三成は心を割って話せる人物であったのだ。家康は鏡を見るように、三成を通して自己の欺瞞に向き合った。

家康が返す言葉を見つけられないでいると、三成は、傍らの兵に声をかけた。

「のどが渇いた、湯を所望《しょもう》したい」

兵はあたりを見回すが、家来もいず、自身も水すら持ち合わせていなかった。思案したすえ、思い出したように懐にしまっていた干し柿を取り出し、差し出した。

「柿は痰《たん》の毒である。腹を壊すかもしれぬ」

三成は丁重に断った。

「たとえ首を刎ねられる身であろうとも、志ある者は、最期の時までそれをなし遂げるため、その身をすこやかにせねばならぬ。湯を所望する」

家康は自ら湯を手渡すことなく、三成の意地を見届けた。

三成は二度と家康を見ることはなく、そのまま京都に送られた。

石田三成　京・六条河原《ろくじょうがわら》にて斬首

ほか、西軍の主な諸将の処罰は次のようであった。

毛利輝元　徳川方との交渉の上、九月二十五日、大坂城西の丸退去。減封《げんぽう》
宇喜多秀家　改易配流《かいえきはいる》
上杉景勝　減移封《げんいほう》
真田昌幸　高野山に配流、のち紀伊九度山《きいくどやま》に蟄居《ちっきょ》
小西行長　京・六条河原にて斬首
大谷刑部　自害
嶋左近　行方知れず

第四十四章　徳川幕府誕生

石田三成率いる大軍を、関ヶ原にて見事打ち破った徳川家康は、三成の居城、近江佐和山城をはじめとする西軍の拠点を次々に降《くだ》して上洛を遂げた。

慶長五年（一六〇〇年）九月二十七日、家康は徳川秀忠を伴い大坂城の本丸に登城した。豊臣秀頼に戦勝報告を行うためである。

片桐且元に案内され謁見の間に入ると、上座に茶々と秀頼が待ち構えていた。能面の増女《ぞうおんな》のように、白い茶々の顔は感情が読めない。様子をうかがいながら、丁重に伏す。ゆっくり顔を上げると、茶々は口角を上げ、頬を少し紅潮させて機嫌の良さそうな表情をつくっていた。だがそれは、伏した家康からは、傲慢そうにも見えた。

「逆賊、三成をようお討ちくださった。礼を申します」

まず茶々が慇懃に礼を述べ、その後を、秀頼が続けた。

「重ね重ね大儀であった」

少年特有の甲高い声を抑えめにして、大人びようと努めている。

「秀頼様、茶々様におかれましては、争乱に巻き込まれ心苦しく存じておりました。どうぞご安心くださいませ」

家康が挨拶すると、家来が御膳に酒器を載せ運んで来て、盃に酒を注ぐと茶々の前に置いた。茶々はそれをすぐさま飲み、「さあ」と家康に差し出した。和睦の盃である。家康は膝を進め、笑顔で盃を受け取り、ぐいっと飲んだ。

「秀頼、お受けなさい」と茶々が促し、家康はかしこまりながら秀頼に盃を差し出す。盃を受けた秀頼を茶々は、たっぷりと間をとって見つめ、言葉に力を込める。

「家康殿は、そなたの新たなる父と心得なさいませ」

「はい。いただきます、父上」

秀頼は屈託なく、家康を「父上」と呼び、盃に口をつけた。

「父上」という言葉に、家康はいささか引っかかりを覚える。が、秀忠はそんな秀頼を嬉しそうに見つめている。迷いをふりきり、言葉を続けた。

「天下の政《まつりごと》は引き続き、この家康めが相勤めまするゆえ、何とぞよろしくお願い申し上げまする」

「まことに結構」

茶々は満足げに微笑むと、もったいをつけてぐるりと部屋中を見回した。そして、いかにも、ふと気づいたふうに一本の柱に目を留めた。茶々の視線につられ、家康たちも柱を見る。すると、柱には床と平行するように横向きに、引っ掻いたような傷がいくつもついていた。

「毎年正月にお背丈をあそこに刻んでおりましてな」

茶々が懐かしそうに目を細めると、且元がすかさず柱に近寄り、説明をはじめた。

「これが今年の秀頼様の背丈でございます」と一つの傷を指さした。その上に朱色に塗った傷が一本ある。「ちなみに、これが太閤殿下」と聞いて、家康の脳裏には、秀吉のやや小柄な体軀が蘇った。

「あと十年もすれば太閤殿下に追いつこう。さすれば、太閤殿下の果たせなかった夢を秀頼が果たすこともできましょう」

茶々は柱を愛おしそうに眺め、ゆっくりとまばたきをする。

「それまでの間、秀頼の代わりを頼みまする」

「頼りにしておる」と秀頼も言葉を重ねた。

「はは！」と家康は冷静に、「ははー！」と秀忠はやや感じ入ったように伏すと、立ち上がった。すみやかに部屋を出ようとする家康を、茶々が呼び止めた。

「ときに、お孫はおいくつになられた？」

家康がすぐに返事をしないので、茶々は秀忠に矛先を向けた。

「秀忠殿の姫君、千姫《せんひめ》」

「は。四歳になりました」

「姫と秀頼の婚儀、太閤殿下の御遺言通り、しかと進めましょう。両家が手を取り合うことが何より大事でありますからな」

「承知いたしました！」

茶々の誘導に素直に答える秀忠を横目に、家康は茶々がこちらに向けている視線に圧を感じていた。が、気づかないふりをして穏やかな表情を崩さずに立ち去った。

家康と秀忠の足音が聞こえなくなると、茶々の顔からふいに笑顔が消えた。瞳には侮蔑の色が宿っている。そして、ひんやりとした声で秀頼に言い聞かせるように囁いた。

「わかっておるな……あの狸を決して信じるでないぞ」

「はい」と返事する秀頼からも、さっきまでの屈託ない笑顔は消えていた。

長い廊下を進み、謁見の間からだいぶ離れた頃には家康の笑顔も消えていた。それに気づかず、並んで歩く秀忠は、上機嫌だ。むしろ、肩の荷が降りたとばかりに、

「いやあ、ようございましたな父上！　茶々様も徳川と豊臣がしかと結ばれることを望んでおられる、これで安心じゃ！　よかった、よかった！」

と素直に喜ぶ。だが家康は、声を落とし手短に言った。

「早う人質を寄こせと言っておるのじゃ」

「……え？」

これ以上のことをこの場で話すわけにもいかない。察しの悪い秀忠にかまわず、家康は歩を早めた。家康はそのまま毛利輝元が退去した西の丸に入った。そこで家康は戦後処理や政務に当たることになったのだ。秀忠は二の丸に入った。

数日経過しても家康は今後に関する答えが見えずにいた。西の丸の居室の縁側で、晩秋の高い空を眺めた。空には鰯雲が広がっている。

「いよいよ難しくなりますな、あちらとのお付き合いが」

いつの間にか本多正信が隣に座り、同じように空を見上げていた。

「いかがでございましょう、いっそ将軍になるというのは？」

「将軍……」

「足利家がだいぶ値打ちを落としちまったので打ち捨てられているようなもの。それでも幕府を開けばやれることはずいぶん増えます」

「徳川は武家の棟梁《とうりょう》。豊臣はあくまで公家。……棲み分けられるかもしれんな」

「将軍職、どの辺に落ちとるか探してきます」

正信は、ポンと扇子で肩を叩き、立ち上がると肩で風切るように立ち去った。

その後も家康は戦後処理を粛々と進めた。

慶長六年（一六〇一年）、家康は拠点を大坂城から伏見に移した。慶長七年（一六〇二年）、正月を江戸で過ごした家康は、二月に伏見へ帰った。この年の五月、家康は母の於大《おだい》を伏見に招いた。

寧々も招き、家康はふたりに茶室で茶を振る舞った。於大は今は伝通院《でんづういん》と名乗っている。七十五歳となり、かつてふっくらと張りのあった頬の肉は落ちている。それでも陽気なところは変わりなく、寧々と茶を飲みながら、明るい声で談笑している。

ふたりのたわいない会話を家康は横で微笑みながら聞いていたが、於大が思いがけないことを言いだしたので、顔色を変えた。

「だからこの子は寅年生まれの武神の化身じゃとでたらめを言って、一同を欺きましてなあ。がおー、がおーと」

伝通院の語る家康誕生秘話に、寧々は目を丸くして聞き入る。

「皆、内府《だいふ》殿は寅の生まれと思っとりますに」

「この子は兎だわ」

けろりとして、於大は「家康、そなたはいつ頃まで寅と信じておったんだったかのう?」と訊く。

家康はごくりとつばを飲み、答えた。

「……こんにちまで」

「え？」

「今の今まで信じておりました……」

茶室の時間が一瞬止まった。ほどなく、於大と寧々はけたたましく笑いだした。

「なら聞かなかったことになさい、今となってはどうでもよいことじゃ」

「そうもいきますまい……」

「やはり将軍様は寅のほうがようございますものなあ」

気の毒そうに家康を見つめる寧々に向かい、於大はきっと眉間に力を入れた。先程までの暢気な表情はすっかり鳴りを潜めている。茶碗を脇に置くと、居住まいを正し、手をついた。

「息子が大それたお願いをしまして、まことに恐れ多いことながら、天下のためを思ってのことでございますれば、どうかよろしくお願い申し上げます」

於大の気持ちを察した寧々も、きりりと顔を引き締めた。

「今度こそ乱世を終わらせなければなりませぬ。豊臣家中への根回しはお任せいただきましょう」

「御礼申し上げます」

「ありがとう存じます、ありがとう存じます、ありがとう存じます」

家康は寧々に頼み事をするために於大を呼んだのだ。こういうときは同性、それも年上の人物がいたほうが話は進めやすい。

身を小さくして伏す於大のやせ細った肩に、家康は母の老いを見た。

寧々が帰った夕方、家康は、母のために薬研で挽いて、薬を煎じた。

「怖いお方ではとどきどきしておったが、愉快なお方でほっとしたわ」

「向こうもそう思っておいででしょう」

「都に招いてくれて、ありがとうのう。天子様にまでお目通りできるなんて、夢のようだわ……。もう思い残すことは何もない」

「左様なことを言わず、精をつけて長生きしてくだされ」

家康は薬湯をいれ於大に差し出した。

「すまなんだのう」於大は、一口飲んでから言った。

「国のためにすべて打ち捨てよと……そんなことばかりを私はそなたに言ってきた……されど、それは正しかったのかどうか。戦を怖がって逃げ回っていた頃が、そなたにとっては、一番……」

「母上のおかげで……寅に仕立ててくださったおかげで、ここまで来られたのでござる」

「もう捨てるでないぞ。そなたの大事なものを、大切にしなされ……ひとりぼっちにならぬように な」

於大の脳裏に走馬灯のように、家康が生まれたときのこと、家康を残して松平家を出たときのこと、再会したときのこと、家康の最愛の瀬名との別れのことが浮かんだ。息子に寅の責務を背負わせ、ずいぶんと苦しい目に遭わせたものだ。今日の寧々との会談に、自分は役に立てただろうか。そんなことを思いながら、これまでのすべての出来事を呑み込むように、伝通院は薬湯を飲んだ。

「苦い薬だこと……苦くて……涙が出るわ」

七月に入ると於大は体調を崩し、八月二十八日、伏見城で亡くなった。

年が明けて、慶長八年（一六〇三年）二月、家康は伏見城で、朝廷の勅使から征夷大将軍《せいいたいしょうぐん》の宣下を受けた。徳川幕府の開幕である。

幕府を開くにあたり家康は、若く知恵の優れた者を大いに登用し、念願の泰平なる世の政《まつりごと》を着々と推進した。若い文官たちを統率する人物は、本多正信の息子・本多正純《まさずみ》である。

「置目をより整えることが何より急務。また、朱子学をもって正しき人の道を広く説かねばなりませぬ。乱れた世は、乱れた心から」

姿勢良くそう語る正純の態度に家康は感心した。

「正純、そなたはイカサマ師の息子とは思えぬ律義さよのう」

「ああなってはならぬと躾《しつ》けられて参りました。父のような不埒な生き方を許さぬことこそ、これからの世でございます」

「かもしれぬな、そなたらに任せる。進めてくれ」

若い者たちの時代が来たことを家康は清々しく感じながら、平八郎や小平太はどうしているだろうと思いを馳せた。

本多平八郎忠勝は慶長六年（一六〇一年）に上総大多喜《かずさおおたき》から伊勢桑名《いせくわな》に移封となっていた。そこへ、榊原小平太康政が訪ねて来た。ふたりは同い年で、ともに五十六歳である。

小平太は出された蛤に舌鼓を打ちながら、客間の床の間に飾ってある、いかつい武将の姿絵を訝しげに眺めた。「また描き直させとるのか」

「前のは、強そうでなかったのでな。今度のはどうじゃ？」

黒々とした甲冑を着た武者絵は平八郎の肖像画だった。

「前のほうが似ておった」

「似とるかどうかはどうでもよい。強そうかと聞いとる」

「まあ、強そうではあるが……」

「ならばそれでよい。わしが死んだ後もにらみを利かせるであろう。で、何用じゃ？」

「桑名は蛤がうまいと聞いたんでな、立ち寄ったまで」

「館林《たてばやし》もよいところであろう。関ヶ原の褒美の少なかったこと、不満か」

「まさか。福島殿ら豊臣恩顧の大名に、より多くの所領を与えてやらねばならなかったのは道理」

「だから俺はここに移った。西に睨みを利かせるためじゃ」

未だ血気盛んな平八郎を小平太は頼もしく思う一方で、

「だがな、平八郎、もう我らの働ける世ではないのかもしれんぞ」と本音を漏らした。

「ん？」

「殿の周りには、新たな世を継ぐ者たちが集まっておる。戦なき世を作る若く知恵の優れた者たちだ。私も秀忠様をご指南申すのが最後の役目と心得ておる。戦に生きた年寄りは、はや身を引くべきだ。……おぬしもわかっておろう？」

平八郎とて、小平太の言うことは理解できる。

「関ヶ原の傷がもとで死んだ直政は、うまくやりおったわ」

「そういうことだ」

「井伊の赤鬼」と恐れられた井伊直政は、関ヶ原合戦で島津勢に受けた鉄砲傷がもとで慶長七年（一六〇二年）、四十二歳で亡くなっていた。

戦場でしか生きられない切なさをふたりは感じていた。

若い文官たちとの協議を終えて、一息つく家康のもとに、七歳になる孫の千姫が母・江に連れられてやって来た。

「おじじ様！」と全力で飛び込んで来た千姫に家康の目尻は自然と下がる。

「お江、お千、よう来たのう！　少し見ぬ間に大きく……」

ふと見れば、千姫は目に涙を浮かべている。

「これ、お千！　義父上、申し訳ございませぬ！」

「よいよい……どうしたどうした？」

「千は……参りとうございませぬ……」

「なにゆえじゃ？」

「……怖い……あちらのお家が」

「怖いことなどあるものか、豊臣の家はな、そなたの母上の姉《あね》さまのお家じゃ」

「だから怖いのです！　母上がいつも、茶々お姉さまは怖い怖いと！　何をお考えかわからぬと！」

千姫の率直な物言いに、江は「ほほほほ！　この子ったら！」と笑ってごまかしたが、すぐに咳払いをして言い聞かせる。「お千や、母のお姉さまはもう一人おってな、二番目の初というお姉さまはとてもおやさしい。その方もそばにいてくれるはずじゃ」

「一番上のお姉さまは怖いのでしょう？」

「……おやさしい時もある。そなたにはやさしくなさるに違いない」

江の話に千姫は納得せず、「おじじ様のおそばにいとうございます……」と救いを求める。すがるいたいけな瞳に、家康は決意がぐらつくが、気を取り直し、言い含めた。

「よいか、そなたはわしの孫、徳川の姫じゃ、それを片時も忘れるでないぞ。何かあればこの爺がすぐに駆けつけよう」

「まことでございますね？」

「ああ、まことじゃ」

「さあ、お輿入れの支度をしますよ。ご無礼いたしました」

江は千の手を引いて部屋を出た。

千は振り返り、大きな瞳を見開いて、

「おじじ様、まことでございますね？」と念を押した。

「まことじゃ」

「まことでございますね？」

「まことじゃ」

千は何度も振り返っては訊ねる。

「……まことじゃぞー！」と声を大にして見送るものの、家康は胸が痛んだ。

七月二十八日、大坂城で十一歳の秀頼と七歳の千姫の婚儀が行われた。

明けて、慶長九年（一六〇四年）正月。大坂城の本丸には、大勢の武士たちが年賀の挨拶に訪れた。

上座には、茶々、秀頼、千姫が並んで座り、傍らには大野修理亮治長、加藤清正、福島正則らが控えている。秀頼と千姫は幼く、雛人形のようだ。茶々は、柱に秀頼を立たせ、頭部の先端の位置に小刀で柱に傷をつけた。秀吉の線まではだいぶあるが、昨年よりも成長していることに満足気である。

「すこやかにお育ちであらせられる！　めでたきことじゃ！　我ら豊臣家中ひとつとなって秀頼様を支えてゆこうぞ！」

修理が音頭をとり、武士たちが一斉に喝采する。

「そなたが戻って来て心強い限りぞ、大野修理」

一時、家康暗殺計画の罪で流罪に処せられていた修理は、関ヶ原の戦いで東軍についたため罪を許され、現在は大坂の茶々のもとに戻っていた。やはり乳兄弟、茶々は修理を頼りにしていた。

この年の正月を江戸で迎えた家康は、江戸城の主殿に、平八郎、正純らとともに向かった。定期的に行っている、家臣や大名たちの報告を聞くためである。廊下を歩いていると、途中に秀忠、正信、小平太、結城秀康たちが待ち構えていた。正純は正信と目を合わせるが、素っ気なく行き過ぎる。正信は、苦笑いを浮かべた。

一方、家康は秀康と秀忠に声をかける。

「秀康、そなたも来ておったか」

「は！　父上に政務のご指南賜る機会と存じまして」

「うむ。秀忠、しかとやっておるか」

「は！」と返事した秀忠だが、「お千は大丈夫でしょうか？」と心配そうに訊ねた。

言い淀む家康の代わりに正純が「うまくやっておられるようで」と答えた。

「それはよかった」と安堵する秀忠に、家康は眉をひそめた。

「真っ先に聞くことが、娘の心配か」

「ただ両家の仲がうまくいっているかどうかうかがったまでで」

「身内のことしか考えぬ主君と思われるぞ」

「はあ……すみませぬ」

「関ヶ原に遅れたときから何も成長しておらんな」

「あの折も申し上げましたが……あれは、私のせいではありませぬ……私は精一杯急ぎました」

「多くの兵を置いて、己の供回りだけで先を急いだな」

「少しでも早くと」

「お前は全軍を率いて来なければならんのじゃ！」

「正信も康政もそうしてよいと……！」

どこか緊張感に欠けた秀忠が、家康には歯がゆくてならない。

「人のせいにするなっ！　すべてお前のせいじゃ！」

声を荒らげる家康を、小平太と正信が心配そうに見つめた。関ヶ原の一件は、彼らもついていながらの出来事で、責任の一端を感じていたからである。

家康は秀忠を叱りつけると、脇目もふらず主殿に向かった。広間には、家康への報告の番を待つ家臣たちが伏して待っている。そのなかに、イギリス人のウィリアム・アダムズもいた。

上座に家康が座ると、正信が真っ先にアダムスを指名した。

「は！　お指図いただきました船造りについてでございますが、南蛮船の造りを取り入れ、かような船を造っております」

アダムスは前に進み出て、船の図面を広げ、流暢な日本語で語った。

「すっかり言葉が巧みになったのう。任せる、やり遂げれば武士の位と所領を与えよう」

「ありがたき幸せに存じまする！」

　次々と家臣たちが家康に報告をする。活気に満ちたなか、秀忠だけが、端に座りうつむいていた。

小平太は秀忠の心情を慮った。

　夕方、家康は平八郎とともに書状に目を通していた。平八郎は文字が読みにくいようで近づけたり遠ざけたり手こずっている。その姿に「お互い年を取ったのう」と、家康はからかう。すると、平八郎が「殿……」とにじり寄った。

「ん？」

「申されませ。戦しかできぬ年寄りはもういらぬとお思いなら、包まず仰せくだされ……ただちに隠居を……」

　平八郎はぐいと顔を近づけて真剣に言い募る。家康が困惑し後ずさると、

「殿、よろしゅうございますか」と小平太が現れた。

「かまわん」と許可すると、彼もまたいつになく眉間に皺を寄せ険しい顔をしている。

「どうした、小平太？」

　小平太はすっと前に出るなり、論語の一節を引く。

「子《し》のたまわく、欺くことなかれ、しかしてこれを犯せ！　榊原康政、生涯最後の諫言《かんげん》と思い、申し上げます」

「……うむ」

「皆の面前で、あのようにお叱りになるべきではござらぬ！　秀忠様の誇りを傷つけることでございますぞ！」

「……迂闊《うかつ》であった」

「しかも、関ヶ原のことをいつまでも！　秀忠様に落ち度はござらぬと何度も申し開きしたはず！　殿のお叱りようはあまりに理不尽！　秀忠様はもう子供ではありませぬ！　そりゃあ殿からすれば、頼りなくも見えるでしょう。されど殿とて、あのくらいの御年の頃は、どれほど頼りなかったか！　お忘れあるな！」

小平太の言葉はいちいちもっともで、家康はぐうの音も出ない。家康は自分が秀忠の年齢くらいの頃のことを思い返した。確かに何もできず、弱音ばかり吐いていた。

「……だが、わしにはお前たちがいた。左衛門、数正、鳥居の爺様、皆がわしをこっぴどく叱り続けた。わしには父親がいなかったからじゃ」

家康には家康なりに叱る意図があるのだ。

「あいつのことを誰があのように叱ってくれる？　わしは、生きるか死ぬかの戦場を何度もくぐり抜けねばならなかった……耐え難い苦しみも何度も味わった……あいつにはそれもない」

「苦しみを知らぬことは、ご本人のせいではありませぬ。悪いことでもありませぬ」

小平太は返す。

「その通り……人としては幸せなことじゃ。ただし、上に立つ者としては、不幸よ。わしも人を叱るのは苦手じゃ。どうか厳しくしてやってくれ」

すると、平八郎までもが小平太に味方をしはじめた。

「これから時をかけて、様々なことをさらに学ばれることでございましょう」

「それでは間に合わん。すぐにでも手を打っていかねばならん……時は待ってくれんでな」

「というと？」と小平太。

「関ヶ原はまだ終わっておらん、ということじゃ。あれは所詮、豊臣家中仲たがいの戦。それが鎮まり、再びひとつになって秀頼殿のもとに集《つど》っておる。今年の正月は大いに賑わったようじゃ。もっと難儀なのは、敗れて改易《かいえき》、減封《げんぽう》となった家中よ。多くの牢人《ろうにん》があぶれておる」

例えば、高野山麓の九度山《くどやま》では、蟄居中の真田信繁が大勢の牢人たちと槍の稽古をしているという。ほかの者たちに関する情報も集まっている。関ヶ原で三成側として戦った者たちをはじめ、牢人となった者たちは、徳川を恨んでいるに違いない。その者たちが頼るのが大坂の秀頼なのだ。

「食い扶持は、与えておるはず」と平八郎。

「多くの者が徳川を恨み、その扶持を食《は》むのを拒んでおる。……奴らが求める食い扶持の元はただ一つ、戦じゃ」

家康の認識に平八郎と小平太はどきり、となった。

「このまま秀頼殿が成長されたら、そのときは……」

「二つに一つ。おとなしく天下を豊臣に返してやるか」

「それとも……」

顔を見合わせる小平太と平八郎に、家康は発破をかけた。

「平八郎……隠居など認めぬぞ。小平太もまだ老いるな。わしにとってお前たちふたりは常に飛車と角であった。これからも欠かせぬ。厭離穢土《おんりえど》、欣求浄土《ごんぐじょうど》……穢《けが》れたこの世をこそ浄土に。そう解釈せよと言ったのは小平太、そなたじゃ。まだなしとらんぞ」

小平太にそう言うと、次は平八郎に訊く。

「平八郎、いまだわしを主君と認めておらんのだろう?」

平八郎が小さくうなずくものだから家康はふ、と笑った。

「まだお前たちの力が要る」

「手の焼ける主じゃ」と小平太。

「まったく、いつになったら認められることやら」と平八郎。

笑い合う三人は岡崎にいた頃とちっとも変わっていない。

翌日、家康は秀忠を呼んだ。正信、平八郎、小平太、秀康、正純らも同席し、家康が何を語るか固唾《かたず》を呑んで見守る。

「秀忠」

「は」

家康は秀忠に問うた。

「関ヶ原の不始末、誰のせいじゃ」

「私の落ち度にございます」

そう答えながらも、秀忠の声は不服そうである。家康はそれを聞き流した。

「そうじゃ、そなたのせいじゃ。理不尽だのう。この世は理不尽なことだらけよ。わしら上に立つ者の役目は、いかに理不尽であろうと、結果において責めを負うことじゃ。誰が言ったとか、やったとか、何の意味もない。うまくいったときは家臣を讃えよ、しくじったときは己がすべての責めを負え! それこそがわしらの役目、わかったか!」

「心得ましてございます!」

「征夷大将軍、一年のうちにそなたに引き継ぐ。用意にかかれ」

「は！」と反射的に伏した秀忠だったが、少し考えて「……え！」と顔を上げた。

　が、家康は、呆気にとられる秀忠を残し、すたすたと部屋を出て行った。平八郎と正純も後に続く。

　残った正信や小平太に「わしが……？　将軍？」と秀忠が助けを求めたが、ふたりはにやにやしているだけ。そこへ、「おめでとうございまする、秀忠様」と秀康が声をかけた。

「……兄上」

「この秀康、しかとお支えいたしまする」

　何の裏心もないふうに爽やかに微笑む秀康が、秀忠には釈然としない。あんなに家康は自分を叱っていたのだから。

　夕方、秀忠が文机の前で、ひとり思いつめていると、心配した小平太がやって来た。正信もひょいと後ろから顔をのぞかせた。

「あまりに突然なこと、戸惑われるのも無理はない」と小平太。

「皆、騒いでおろう……なぜわしなのかと」

「跡取りには秀康様こそふさわしい、という声も多ございますからな」

　と正信は包み隠さない。

「皆、口をそろえて、兄のほうが才があるという」

「確かに秀康様のほうがはるかに」

「はっきり言ってくれるな……わしを選んだのは、兄が正当な妻の子ではないからか」

「殿が左様な理由でお決めになるとお思いで？」と小平太。

「才があるからこそ、秀康様を跡取りにせんのでござる」と正信。

「……え？」

「才ある将が一代で国を栄えさせ、その一代で滅ぶ……我らはそれをいやというほど見てきました」

「将ひとりの才に頼るような家中は長続きせんということでござる」小平太が補足する。

「その点、あなたはすべてが人並み。人並みの者が受け継いでゆけるお家こそ長続きします。いうなれば、偉大なる凡庸といったところ」

正信の歯に衣着せぬ物言いに、

「褒められているのか、けなされているのかわからん」

と秀忠は困惑するが、嘘がないほうが気が楽なのは確かだ。

口さがない正信に比べ、小平太は気遣いがある。

「何より、於愛様のお子様だけあって、おおらか。誰とでもうまくお付き合いなさる。豊臣家ともうまくおやりになりましょう」

「関ヶ原でも恨みを買っておりませぬしな。間に合わなかったおかげ」

「確かにそうじゃ、かえってよかったのかもしれんな」

「これを見越して、わざと間に合わなかったのでは？」

「実はそうなんじゃ」

そう言って笑い合う秀忠と正信と小平太。家康家臣のなかでも知性派のふたりに励まされ、秀忠は少し前向きになった。

慶長十年（一六〇五年）四月十六日。伏見城にて徳川秀忠は徳川二代将軍に就任した。この後、家康は「大御所《おおごしょ》」と呼ばれることになる。

朝廷の勅使から征夷大将軍の宣下を受ける秀忠を見つめる家康、正純たちには少し複雑な気持ちがよぎった。将軍職を息子の秀忠に譲るという決断を茶々たちが快く思うわけがないからだ。

大坂城の本丸・主殿では茶々と修理が正則や清正たちを集め、話し合いをしていた。

「秀忠殿に譲ったということは、天下は徳川家が受け継いでゆくというにほかならぬ。これは明らかな太閤殿下との約定破り！」

修理は息巻く。

「図々しくも秀頼にも挨拶に参れと言ってきおった。無論、断ったわ、秀頼を行かせるくらいなら、秀頼を殺して、私も死ぬとな」

茶々もこめかみを怒りで引きつらせている。

茶々や修理の激しさに感化され家臣たちもいきり立つ。そのなかで、正則や清正はどうしたものかと困惑していた。

その頃、伊勢の桑名城では、平八郎が小刀を用いて道具に名を彫っていた。が、誤って自分の左手を切った。はじめての出来事に平八郎は動揺を抑えながら、血の滲む左の人差し指を長いこと見つめた。

数日後、平八郎が絵師に姿絵を描かせているところへ、小平太が訪ねて来た。小平太をひと目見て、ずいぶん痩せたなと平八郎は思った。小平太は絵師の描いている絵を覗き込み、顔をしかめた。

「しかし何度描き直させるんだ?」

「もっともっと強そうでなければ」

「もう別人だ。絵師もお前を見ずに描いておる」

「何の用じゃ」

平八郎がぎろりと目を剝くと、小平太は口ごもった。

「……ただ、方々に挨拶に回っておる」

「何のために?」

「意味はない、すぐに発つ。邪魔をした」

平八郎は小平太の腕をつかんで、引き寄せた。その顔を近くで見つめると、ずいぶんとくすんでいる。

「どこが悪い?」平八郎の詰問に、小平太はためらいがちに「はらわたじゃ」と答えた。

「たあけ……まだ老いるなと言われたろうが」

小平太は負けじと、平八郎の左手を取り、切り傷の痕を目で指し示す。平八郎は隠そうとするが、小平太は手を離さない。仕方なく平八郎は、

「迂闊なことよ……戦でかすり傷一つ負わなかった俺が、笑いぐさじゃ」

自嘲気味に笑った。

「見えとらんのだろう」と小平太。「老いにはあらがえん。無念だが、我らはここまでのようだ
……役目は終えたのだ」

小平太はそれを言うために病をおして平八郎に会いに来たのである。

「用は、それだけじゃ」と言って、平八郎に背を向けた。そのまま部屋を出て行こうとすると、後ろから平八郎が叫んだ。

「許さんぞ、小平太！」

平八郎は小平太を抜き去って、そのまま庭に飛び降りた。縁側に立てかけてある練習用のたんぽ槍を二本を持ち、一本を小平太に投げる。弧を描いて飛んできた槍を、ぱしっと快音を立てて、小平太は受け止めた。と、同時に庭に飛び降りた。老いて、病んでいる身とはいえ、鍛錬はまだ怠っていない。

「俺は認めん」西日に紅く照らされた平八郎は目をぎらつかせ、たんぽ槍を構えている。ふうと深呼吸して、ゆっくりと小平太も槍を構える。ふたりとも裸足だ。

「戦はまた起きる……殿を守って戦場で死ぬのが俺の夢だ。老いなど認めんぞ！　穢れたこの世をこそ浄土に。見届けるまで死ぬな！」

平八郎は、小平太に発破をかけた。それは同時に、自分にも活を入れているのだと小平太は感じた。だからこそ、この試合、受けて立たなくてはいけない。

電光石火、平八郎が打ちかかって来た。小平太はそれを受けた。カーンと抜けるような良い音が響く。小平太は素早く反撃に出る。

「やれるではないか、大樹寺の小僧」

「おぬしもな、礼儀知らずのあほたあけ」

にやりとする両者、声をあげて槍を交える。ふたりは全力で槍を振るった。勝負はつかない。大きな西日がゆっくりと山裾に落ちてゆき、ふたりの影は長く伸びてゆく。いつまでもいつまでも、永遠にこの時間が続いてほしいとふたりは思った。彼らにとって戦うとは、己の限界まで殿と歩むこと。ただそれだけ――。

慶長十一年（一六〇六年）五月十四日、「無」を信念とした者、榊原康政、五十九歳。慶長十五年（一六一〇年）十月十八日、ただ勝つことだけを目指した者、本多忠勝、六十三歳。果てなき夢の途中で果てた。

徳川家康は、慶長十二年（一六〇七年）、江戸城を出て駿府城へ移っていた。

慶長十六年（一六一一年）正月、駿府城の家康のもとに、絵師から完成した平八郎の姿絵が届いた。その絵に描かれているやけに筋骨たくましい姿は家康の知る平八郎とは似ても似つかない。ただ、情熱的にぎらついた眼《まなこ》だけは面影があるような気もする。これでは在りし日の平八郎に思いを馳せることはできないではないかと家康は嘆息した。しかし、それが平八郎の望んだ英雄の姿なのだと受け止めることが、長らくともに歩んだ大事な家臣への手向けになると思い直した。

頃合いを見て、阿茶が正信を連れて来た。

「大坂が牢人どもを集め、施しをしておるとか」正信がため息をつく。

「徳川が上方から去るや否や、あからさまに動きだしました」阿茶も顔を曇らせた。

「おいくつになられたのでしたかな、あのお方は」

正信の問いに家康は答えた。「……十九じゃ」

大坂城の本丸・主殿では、十九歳になった秀頼が背筋をぐっと伸ばして柱に背をつけている。茶々は精一杯背伸びして、柱に傷をつけた。秀吉の赤い線よりはるか上である。見事な体軀に育った秀頼。その秀頼をうっとりと見つめているのは、十五歳になった千姫だった。

「どこからどう見ても、見事なる天下人であることよ。のう皆々」

茶々が集まっている家臣たちに語りかけると、皆が歓声をあげた。

「のう、お千」

「はい、義母上」

茶々が誇らしそうに顎をくいっと上げて微笑んだとき――。

駿府城では、家康のまなざしがすっと変わった。

「時が満ちた」

その時、家康は七十歳になっていた。

第四十五章 二人のプリンス

慶長十六年（一六一一年）一月、どこからか、梅の香りがする。駿府城の居室、愛用の文机の前に座り、読書をしていた家康は、しだいに物思いにふけりはじめた。

秀吉との様々な思い出が浮かんでは消え、浮かんではまた消えていく。出会い、共闘、対立、臣従。そして臨終――。

「あの世で……信長様の草履あっためて、待っとるわ」

そう言ってにかっと笑った顔を思い出し、うつらうつらしはじめたとき、

「殿。……殿」と女の声がして、はっと我に返った。

「……ああ」と顔を上げると、阿茶が心配そうに見つめていた。

「江戸より秀忠様、お着きでございます」

「うん……」

「憂いごとでございますか？」

「ただ、ぼんやりしておっただけじゃ」

そう言いながらも、つい本音が漏れる。

「昔のことばかり思い出す……わしも、そろそろだろうのう」

いつの世も世代交代が行われるものである。大坂城では豊臣秀頼の成長が著しい。

本丸の主殿にある能舞台で、奏者たちを従え、秀頼が雅楽を舞っている。父・秀吉は能がこよなく好きだった。その父に似たのか、秀頼も芸事の素養があった。

仮面をつけ鉾を持ち『貴徳《きとく》』を勇壮に舞う秀頼の姿に、茶々と千姫はうっとりと見とれている。

その後ろでは大勢の家臣たちがかしこまって見ていた。

「お千や」茶々は、秀頼の舞から片時も目を離さず、千に話しかけた。

「この天下を艱難辛苦《かんなんしんく》の末、ひとつにまとめられたのは、どなたじゃ？」

「亡き太閤殿下にございます」千姫は迷いなく答えた。

「そなたのお爺様は、殿下のご家臣として、その代わりを任されていただけ。秀頼が成長した暁には、天下をお返しくださる約束じゃ。ようわかっておろう？」

「はい」

「御覧なされ。あれこそ真の天下人のお姿じゃ」

舞台上では秀頼が優雅に舞を続けている。

「そなたのお爺様は、盗人ではあるまい？」

「お爺様は約束を守るお方と存じます」

「我らも信じておる。じきここに、天下を返上しにお見えになると」

「はい！」

「なれど……もしその約束をお破りになるなら、そのときは戦《いくさ》になっても仕方のないこと。欲しいものは力で手に入れる……それが武士の世のならわしなのだから」

茶々のいささか物騒な言葉に千姫の顔は曇った。やさしい祖父・家康は約束を破ることはないと信じているが、万が一のことがあったら戦になる。そう思うと少し怖かった。

大坂方の心構えは、おのずと家康の耳にも入ってくる。駿府城の主殿に家康、徳川秀忠、本多正信、本多正純が集まり、阿茶が出す茶を飲みながら、深刻な顔で対応策を考えていた。

「大坂は、関ヶ原で敗れ、牢人となった連中をかくまって施しを与え、また武具兵糧を集め、戦に備えております。世間は、徳川と豊臣がぶつかるとの噂でもちきり」と正信が報告すると、秀忠は、

「この十年、天下の政務を執ってきたのは我ら徳川。父上のもと政《まつりごと》をしかと進めてゆくことこそが世の安寧の根本」といきり立った。

「仰せの通り。もうはっきりさせるべきでござる、今や徳川が上、豊臣が下であると！」

正純も賛同する。

家康は茶を飲みながら、皆の考えをじっと、一言も漏らさず聞いていた。

「秀頼様には、今度こそご挨拶に来ていただきましょう。三月の天子様の御譲位にからめ、二条城にお出まし願い、大御所様に跪いて臣下の礼をとっていただく」

「おとなしくおいでくださるとは思えませぬが」

若さゆえ気忙しい正純に阿茶が冷静に意見する。が、正純は収まらない。

「もし従わぬのなら、そのときは、力をもって……」

「ならん」ついに家康が口を開いた。

「それは、避けたい。太閤秀吉は、今も多くの者の心に生きておる……このわしの心にもな」

家康は率直に述べた。「あのすべてを見透かした目で、にやにやしながら見張っておるようじゃ。

すさまじい力で世の頂きへと駆け上がり、天下を一統した。今も多くの者の憧れであり、大志を抱く者の夢そのもの……永遠に語り継がれるじゃろう。その遺児、秀頼殿に下手な仕打ちをすれば、万民の怒りは我らに向く……信用を失い、名を汚すだけ」

家康の心情に、秀吉を知っている正信だけは共感した。

だが、秀忠にはわからない。なぜ、それほど気にかける必要があるのかと、むしろ苛立った。

「では、どうすれば……よもや天下をお返しになるおつもりではございますまい」

「うまくやらねばならんと申しておる」

「力で跪かせては、危のうございましょうな」と阿茶。

「秀頼様には、二条城にお出まし願い、大御所様とお会いしていただく。ただしその際、上段にお座りいただいて、しかと崇め奉る」

正信の考えに正純は目を丸くした。

「豊臣を上にするのですか！」

「ああそうじゃ、徳川は武家の棟梁。その将軍家が敬うべきものとはすなわち何じゃ？」

「公家……」と阿茶。

「左様。豊臣は武家ではなく公家ってことにしちまう。公家ならば、城だの武力だの持つべきではありませぬなぁ」

つまり上段に座らせれば、豊臣は公家としての立場を受け入れたことになり、武力を捨てさせる大義ができると、正信は考えたのだ。

「尊敬を大いに与えてやって、力は奪う！」

正信は得意満面である。その冴えた弁舌には家康も正純も舌を巻いた。

「正信、お前と言う奴は相変わらずのイカサマ師よ」と家康。

「父はこんな屁理屈ばかり才がある……!」と正純。

「お褒めにあずかりまして」と正信はにやりとした。

家康は「寧々様に間に立っていただこう」と、さっそく寧々に大坂へ行ってもらうよう要請した。

大坂城、本丸の主殿に寧々が登城した。寧々は慶長八年（一六〇三年）に落飾し、朝廷から高台院の号を賜っていた。広間の上座の中央に茶々と秀頼が座り、秀頼の隣には千姫が座っている。下座には大野修理亮治長、片桐且元、加藤清正らがやや緊張の面持ちで同席している。

「私は、悪くない申し出ではないかと思うが。いかがかの?」

寧々の話に茶々は口を歪めた。

「つまり、天下は返さぬ。正々堂々と戦もせぬ。頭をなでてやるからおとなしくしておれ、ということでございますな」

「情けない盗人よ……」

あからさまに眉間に皺を寄せる修理を寧々は睨みつける。

「左様な言い方は控えよ」

千姫はいたたまれず、

「我がお爺様と父上が……申し訳ございませぬ……」と平謝りした。

「そなたの謝ることではない」

秀頼はやさしく千姫の肩に手を置いた。

「いま、天下を治めているのは徳川殿。豊臣家は、徳川殿の庇護のもとにあることを忘れてはなりませぬに」

と寧々は説得を続けるが、

「出て行けば何をされるかわかりませぬ」と修理。そこへ、

「だが前にも一度断っておる。また断れば仲が壊れる」と且元が口を挟んだ。

「片桐殿、どちらの味方か」

「秀頼様の御ためにと申しておる」

にわかにいがみ合いをはじめた修理と且元を収めようと、年長の清正が膝を進め、秀頼の前で伏した。「恐れながら秀頼様、お出ましにならぬままでは、お心の弱い君と思われるやもしれませぬ」

「無礼な！」とさらに感情を高ぶらせる修理を、清正は声を大きくして制した。

「この加藤清正、秀頼様のおそばを片時も離れず、命に代えてお守りいたします！　万が一不穏な動きあらば、幾万の敵であろうと片っ端からなぎ倒し、再びこの城にお連れいたしまする！　……この老人に最後のお役目をお与えくださいませ」

深くひれ伏す清正に、秀頼の心が動く。決意の顔つきで、茶々にうなずいて見せた。

茶々も心を固めたようだ。

「そろそろ世にお披露目するかの、そなたを」

茶々の言葉に秀頼は静かに微笑んだ。

駿府城に寧々からの報告が届いた。

「とりあえずは、ほっとしたわ」

家康は、居室でうつぶせになり、阿茶に背中を揉んでもらいながら言った。どうなることかと全身を強張らせていたのである。阿茶はがちがちに固まった家康の背中を力いっぱいほぐす。

「どんなふうにお育ちか楽しみでございますな。聞くところによると、太閤殿下には似ておられぬ偉丈夫だとか」

「茶々様似であれば、お市様、浅井殿《あざい》……」と家康は浅井長政のさわやかな笑顔を思い出した。

「浅井長政殿……すずやかで義を重んじるお方であったと聞きます。そういうお方なら、秀忠様もうまくやっていけるのでは」

「そうだとよいな……。しかと見定めよう」

三月二十八日、遅咲きの桜が舞う京都、二条城の広場にて、豊臣秀頼はその姿を民衆の前に現した。秀頼にとっては慶長四年（一五九九年）に大坂へ移って以来の京である。

厳重警備のなか、秀頼の姿をひと目見ようと、民衆が集まっている。「見えるか?」「押すな押すな!」「秀頼公や!」「なんと麗しい!」「我らのお殿様じゃ」と大騒ぎ。熱狂のあまり、泣きだす者もいた。そのなかに、ひとり、冷めた目をした山伏が紛れていた。九度山に幽閉されていた真田信繁である。

家康は二条城の広間の入り口で待機していた。大勢の家臣や公家もいて、期待の大きさがうかがい知れる。さすがの家康も緊張の色が隠せなかった。

「外はえらい騒ぎでございますな……やはり上方の豊臣人気はすさまじい」

正純は群衆の多さに圧倒されていた。やがて、ざわめきとともに、「お見えになりました!」という家来のうわずった声がした。見れば、秀頼が広間に向かって廊下を歩いて来る。後ろに清正、修理、且元ら大勢の家臣がついている。やや笑みを浮かべ、堂々と、かつさわやかに秀頼は近づき、家康の前で立ち止まった。

　家康はすかさず「ようこそおいで……」と挨拶をしようと頭を下げたところ、秀頼が声を大きくして、言葉を被せてきた。

「大御所様！　わざわざのお出迎え、恐悦至極に存じます！　秀頼にございます！」

　先手をとられた。家康はそっと秀頼を仰ぎ見た。が、にこにことさわやかに微笑んでいる。家康は、気を取り直して、「ようこそおいでくださった。さあ、お入りくだされ」と、今度こそと先を譲るが、秀頼もまた笑顔で遠慮する。

「大御所様からどうぞ」

「いえ、お先に」

「大御所様は我が妻のおじじ様、なぜ私が先に入れましょう。ささ、いざ！」

　遠慮合戦の末、やむなく、家康は先に入ることにした。つづいて秀頼が入る。ふたりの様子を双方の家臣たちや観衆がじっと見守っている。

　広間に入ると、寧々が待ち構えており、上段を指し示した。

「秀頼殿、上段へどうぞ」

　ここでもまた譲り合いがはじまった。

「滅相もない、大御所様こそが」

「いえ、そういう取り決めでござる」

「取り決め通りになさいませ、さあ秀頼殿」

寧々に促されても笑顔で首を振る秀頼を、家康は説き伏せようと試みる。

「豊臣は関白に任じられる高貴な家柄、われら徳川は及びませぬ。上段に座られるのがしきたりというもの。さあ」

だが、秀頼は動かない。笑顔で見合ったままの家康と秀頼に、困った寧々は「ほんなら、おふたりとも上段にお座りになっては？　こう向かい合うて」と提案した。

家臣が即座に上段に茵《しとね》を二つ並べた。

「誠に恐れ多い、秀頼殿こそ上段に……」

「意地を張るのも大人げのうございますので、横並びにいたしましょう」

秀頼はにこやかに家康の手を取って、並んで上段へ上がり、まず、家康を茵に座らせた。次の瞬間、秀頼は自分の茵を外して、機敏に伏した。

「大御所様、長らくの無沙汰、大変ご無礼いたしました。秀頼、心よりお詫び申し上げまする。何とぞお許しくださいますようお願い申し上げまする。武家として、徳川殿と手を携えて、ともに世を支えて参りましょう」

年長で権威ある老人を、若者が礼儀正しく立てたように見える。が、ことはそう単純ではない。ざわつく双方の家臣たち。微笑ましく見ている公家などもいるが、修理はにやりとほくそ笑んだ。且元や清正らは戸惑っている。いま、この場で何が起きたか、わかっている者がどれだけいただろうか。顔を上げた秀頼の余裕の笑みを家康は見逃さなかった。痛恨の一事だった。

情報は一気に京の町を駆け巡った。あるいは、秀頼側の者が情報を意図的に流したのかもしれない。

「跪かせた！ 徳川様が秀頼様を跪かせたそうやで！」

「なんじゃと！ なんで秀頼様が家康にひれ伏すんじゃ！」

「徳川、何様ぞ！ 天下の主は秀頼様じゃ！」

民衆の反応を観察していた信繁は、不敵に微笑むと、どこへともなく立ち去った。

家康と秀頼の会見の様子はすぐに江戸城の秀忠のもとに、書状として届けられた。

江戸城の主殿で書状を読んだ秀忠は顔をほころばせた。

「秀頼殿が父上に跪いてくれたそうじゃ！ これで徳川が上！ 豊臣が下と、はっきり世に示すことができた！ いやあ、よかった、よかった」

だが江は怪訝な顔で「よかったのでございましょうか？」と訊く。

「よかったに決まっておろう、のう、正信」

しかし、正信は「えらいことじゃ」と憮然とした。

江と正信の認識は正しく、駿府城の主殿では、家康が敗北感にさいなまれ、脇息《きょうそく》に全身を委ね脱力していた。その脇で正純は憤り、阿茶が出した茶を一気に飲み干した。

「秀頼は慇懃、徳川は無礼、秀頼はご立派、徳川は恥知らず……世間はそう沸き立ち、大坂には前にも増して牢人が集まって来ております……してやられました」

「秀頼様というお方、どう御覧になりました？」と阿茶は冷静な態度で家康に訊ねた。

家康は茶を一口飲んで、秀頼の顔を思い浮かべた。その横に、狡猾な秀吉の笑顔を並べる。そして、「すずやかで様子のいい……秀吉じゃ」と顔をしかめた。

その頃、大坂城、本丸の主殿では、大役を無事に終えた秀頼が涼しい顔をして書物を読んでいた。

その凛々しい横顔を、千姫が愛おしそうに筆を動かし写生している。仲睦まじいふたりの姿を茶々は少し離れた場所からじつに満足そうに見つめていた。

慶長十七年(一六一二年)四月。家康はウィリアム・アダムス改め三浦按針《みうらあんじん》を呼びつけた。三浦は、相模の三浦郡逸見《へみ》に領地が与えられたところから、按針という名は、彼が航海長であったところから名付けられたものである。

家康は昨年、エスパニア国王フェリペ三世の答礼使節セバスチャン・ビスカイーノからエスパニア製の金の置き時計を献上された。が、使い方が皆目わからない。そこで按針を呼んだのだ。

「これはクロックと申しまして、時を示す道具。この国と南蛮とは時の表し方が異なりますが……」

按針は説明しながらゼンマイを巻く。すると、時計の針がカチカチと音をさせ動きだした。家康の傍らに正純もいて、興味津々で覗き込む。

「おお、動きました!」

「ほう……」

喜ぶ正純と家康に、按針は少し用心深く、声を潜めた。

「拙者をお呼びくださったのは、このためだけではございますまい?」

「そなたに用意してもらいたいものがあってな」

「新たな船でございますか?」

「……大筒《おおづつ》じゃ」と家康は言った。「エゲレスには優れた大筒があるそうじゃな」

「カルバリンでございますか……かなり値が張ります」

「かまわぬ、できるだけたくさん揃えたい」

「あれは、恐ろしい道具でございます……私は、戦の手伝いをするためにこの国に来たのではありませぬ……私は……」

ためらう按針に家康は言い含めた。

「異国同士が商いをして、互いに豊かになるため……わしも同じ思いよ。大筒は、戦を防ぐためのものじゃ。大いなる力を見せつければ、攻めて来る者もおらぬだろう」

按針はしばし考えて、答えた。

「承知いたしました」

カルバリンとは、十六世紀から十七世紀にかけて欧州で用いられた弾丸の重量が八キログラムほどの中口径前装式大砲である。青銅や鉄で鋳造された砲身は長く、軍艦にも搭載され、海戦でも活用されたという。家康はこの史上最強の武器の噂を聞きつけ興味を持っていた。

世界の技術革新は目覚ましい。家康は、夕方、金の置き時計をまじまじと眺めた。文机の前に座り、目器《めき》（めがね）をかけて、様々な角度から見つめる。目器もまた、技術のひとつである。いっそ分解しようかと考え、何か道具はないかと文机の引き出しを開けたとき、家臣が廊下に跪いた。

「お見えになりました」

「お通しせい」

家臣が去るのと入れ違いに、ゆっくりとした足取りで白髪頭の品の良さそうな老人が入って来た。

「何をやっておる？」と老人は笑顔で、家康に気安い口をきいた。

「時を刻む道具じゃそうじゃ。仕組みを知りたくてな」

「子供の頃から、そういうことが好きであったな。木彫りで生き物や人形を夢中で作っておった」

「隠れてやっておったつもりだが」

「皆知っておったわ」

「あの頃のわしを知っているのは、今やあなただけじゃ」

家康は、若い頃のように素直に感情を顔に出した。家康のこんな顔を知る者はもう片手で数えるほどしかいない。

老人は、今川氏真《いまがわうじざね》。今は出家して宗誾《そうぎん》と名乗っている。七十五歳の氏真は緩慢な動作で家康の隣にあぐらをかくと、持参した酒を、家臣が用意した盃に注いだ。

「こうして、駿府でおぬしと酒を飲む日が来ようとはな」

今川家の没落後、氏真は、家康の庇護のもと流転の日々を過ごした。家康が関東に国替になった頃から京に住んでいたが、最近江戸品川に屋敷を与えられ、妻・糸と悠々自適に過ごしていた。

「達者そうじゃな」

「ああ、品川の屋敷の礼を言おうと思うてな。申し分ない終の棲家よ、糸も気に入っておる」

「奥方と歌を詠む日々か」

「歌とはつくづく奥深いものよ、技やしきたりに果てがなく、どこまでやっても極められん」

「技より心のままに詠めばよいのでは」

「糸にもそう言われるがな、それが一番難しい」

「うらやましい限りじゃ」

家康の横顔に孤独が見える。

「わしはかつておぬしに……まだ降りるなと言った。だがまさかこれほどまで長く降りられぬことになろうとはな」氏真は気の毒そうに言った。「だが、あと少しじゃろう。戦なき世を作り……我が父の目指した王道の治世、おぬしがなしてくれ」

氏真の言葉に、家康は石田三成の最期の言葉を思い出した。

「この悲惨な戦を引き起こしたのは私とあなたの戦を求める心」「戦なき世などなせぬ……まやかしの夢を語るな」という手厳しい言葉が今もなお家康を刺す。家康は泣きそうな顔をした。弱虫泣き虫の殿の顔である。

「……わしには……無理だと思う」

「何を言うか」

「その器ではない」

「おぬしは見違えるほど成長した。立派になった。誰もがそう……」

家康は氏真の言葉を乱暴に遮った。「成長などしておらん！」

そして、絞り出すように言った。

「平気で人を殺せるようになっただけじゃ」

氏真だから言える本音であった。

「戦なき世など来ると思うか？」

家康は瞳を振るわせ、氏真に問うた。

「関ヶ原の敗者たちは、戦を求めて大坂に集まっておる。戦はなくならん。わしの生涯はずっと……死ぬまで戦をし続けて……」

氏真は家康の苦しみを知って胸を痛めた。家康は、氏真の顔を見てはっとなった。

「すまぬ……こんなことを言うつもりは……」

「いいさ……そのために来た……弱音を吐きたいときは、この兄がすべて聞いてやる。おぬしに助けられた命もあることを忘れるな。本当のおぬしに戻れる日もきっと来る」

氏真に胸の内を話して、少しだけ楽になった。家康は金時計の針を見つめた。

「時は……わしに、あとどれほど残されておるのか……」

カチカチカチと規則正しく時を刻む音は、泣いても笑ってもその時が近づいていることを物語っていた。

それから二年後の、慶長十九年（一六一四年）春、二条城での会見以降、秀頼の活躍は目覚ましく、豊臣の威光を復活させる大事業を進めていた。

そのひとつが大仏殿建立である。京都東山、三十三間堂のそばにある方広寺に、かつて秀吉が建てた大仏殿を再建したのだ。完成したばかりの立派な大仏殿を、秀頼は片桐且元たち家臣とともに悠々と進む。中には銅製の巨大大仏がそそり立っている。高さ六丈三尺（約十九メートル）ほどもある立派な大仏を見上げ、満足げにうなずくと、秀頼は神妙に手を合わせた。家臣一同もかしこまって、それに続いた。

その後、大坂城に戻った秀頼は、茶々たちの前で「且元、見事な出来である。よう作り上げた」とねぎらった。「かの京大仏の再建は、亡き父の悲願であった。その十七回忌に開眼供養《かいげんくよう》ができること、父もお喜びに違いない」

秀吉の十七回忌は八月十八日である。だが修理は、

「その日取りでございますが、八月三日とするのはいかがでございましょう」

と提案した。

「秀頼の生まれた日であるな、それは結構なことよ」と茶々は満足げにうなずいた。

「諸国の大名、公家、商人に至るまで上下の別なくお招きいたします。無論、徳川様も」

且元の言葉を聞いた千姫は、祖父に会えると少し心を浮き立たせた。

「これまでに例のない、盛大な催しとしよう」と秀頼。

「天下の万民が、豊臣の名のもとに集い、これまでの戦、疫病にて失われたすべての命を供養し、来るべき安寧の世を祈念する。まさにこの日本国の新たなる船出を表すものとなろう」と茶々。

「しかと進めようぞ」と秀頼は皆に命じ、且元らと打ち合わせをはじめた。

「徳川が言いがかりをつけてくるかもしれませぬ」と修理は茶々に懸念を述べる。

「戦の備えだけは怠るな、もっとも向こうに戦を仕掛ける度胸があるかはわからぬが」

「これからますます輝きを増してゆく旭日の若君と、齢七十を超える老木……。時が否応なく勝負をつけましょう。老木さえ朽ち果てれば、あとに残る凡庸なる二代目は、比べるべくもない」

修理の言葉に茶々は自信たっぷりに言った。

「世の人々がおのずと決めるであろう、誰が真の天下人か」

じわじわと秀頼が力を強めていることを、江戸にいながら秀忠は感じていた。ある晩、秀忠は不安で眠れず、虚ろに目を見開いたまま天井を眺めていた。横で寝ていた江は、気配に気づき、小さな声で尋ねた。

「またお眠りになれないので?」

「明日、父上のもとにうかがう」

数日後、秀忠は、正信を伴い駿府城に登城した。正純と阿茶も同席している。

「相談とは何じゃ?」と家康は口を開くなり、「将軍はお前であろう、いちいちわしを頼るな」と咎めた。秀忠を鍛えようという親心である。

「されど、あの京大仏の開眼供養だけはどうにかしてくだされ! 間違いなく豊臣の威光、ますます蘇ります! 正信にもそう申しておるのに……!」

秀忠の心配に正信は「立派な大仏を作っておるだけですからなあ」とのんびりしたものだが、秀忠の心は収まらない。

「せめて日取りを変えるか、規模を小さくさせるか……!」

「迂闊なことをすれば、かえって徳川の評判を落とすのでは? 自信をお持ちになって堂々となさっていたほうがよろしいかと」

「諸国の大名は、秀忠様に従うよう誓書を取り交わしております」

阿茶と正純が秀忠を落ち着かせるように気遣うが、

「そんなもんが何の役に立つ!」

秀忠は振り払うようにして、家康に詰め寄った。

「父上、世間ではやりの歌をご存知ですか」

家康が、はて、と首をかしげると、秀忠は真剣な目で言った。

「御所柿は、ひとり熟して落ちにけり。木の下にいて拾う秀頼」

その歌の意味を正信が引き取って説いた。

「大御所様という柿は、勝手に熟して落ちる。秀頼は木の下で待っていれば、天下を拾える」

「なんと無礼な」と正純はいきり立った。

「だが言い得て妙じゃ」

「父上！」

だが、秀忠には正信父子のやりとりも耳に入っていない。

「この歌に、私は出て来てもいない。取るに足らぬ者と思われておるのです。父上が死んでしまったら……私と秀頼の戦いになったら……私は負けます！　負ける自信がある！」

秀忠は悲壮な表情で家康に言い募る。「秀頼は、織田と豊臣の血を引く者……私は凡庸なる者です……父上の優れた才も受け継いでおりませぬ」

秀忠が長らく抱えていた思いに触れて、正信と正純、阿茶は言葉もない。

「父上がいつ死ぬのかと思うと……夜も眠れませぬ」

秀忠の弱き心を家康は受け止めて、「秀忠……」とやさしく呼びかけた。

「そなたはな、わしの才をよう受け継いでおる」

「……まさか」

「まことじゃ」

「どこが？」

「弱いところじゃ」家康ははっきり指摘した。「そしてその弱さをそうやって素直に認めることができるところじゃ」

秀忠は自身の欠点と思っていたことが、尊敬する家康から受け継いでいると聞いて、耳を疑った。家康は続ける。

「わしもかつてはそうであった。だが、戦乱のなかで、それを捨てざるを得なかった」

そのことをよく知る者は正信だけである。

家康は、ふ、と笑い、目を伏せた。「捨てずに持っていた頃のほうが、多くの者に慕われ……幸せであった気がする」それから、呆然と聞いている秀忠を少し目を細めて見つめた。

「わしは、そなたがまぶしい。それを大事にせい。戦を求める者たちに、天下を渡すな」

秀忠はまだ、家康の言う意味が理解できていない。そう感じた家康は、一度緩めた表情を引き締めると、声を張って問うた。

「王道と覇道とは」

「徳をもって治めるが王道、武をもって治めるが覇道……覇道は王道に及ばぬもの」

「そなたこそが、それをなす者と信じておる！　わしの志を受け継いでくれ」

家康と言葉を交わすうち、秀忠はこみあげるものをこらえきれなくなった。慌てて立ち上がると、顔をそらしながら足早に部屋を出る。その後を正純が慌てて追った。

残された家康は、正信と阿茶と顔を見合わせ、若者の繊細な心を慮って微笑んだ。

「秀忠様のためにも戦乱の火種は取り除いておきたいところでございますが……」と阿茶。

「うーん……上手に豊臣の力を少しずつ削ぐ策を考えるしかありませんな……」と正信。

「何がうーんでございますか、一番お得意でしょう」

「たとえば京大仏は、徳川も金を出しておるわけですから、ここから先は我らがなんやかんやと口を出して取り仕切り、いつの間にか徳川の催しであるかのようにしてしまうとか」

嬉々として知恵を絞り出す正信を家康はからかう。

「こんなにもお前の悪知恵を頼りにする日が来ようとはな」

「気づくのが遅うございます」

大坂城では、本丸の庭先で、秀頼が修理と槍の稽古をしている。茶々と千姫は縁側に座って見学しているが、秀頼が見事な槍さばきで修理を圧倒したにもかかわらず、この日の茶々は浮かない顔をしていた。

「……参りました」と修理が膝をつくと、千姫は秀頼に駆け寄って手拭いで汗を拭いた。

すっかりくたびれた様子の修理に対して、秀頼はまだまだ元気が有り余っていて、「よし、次！」と待機している家来に声をかけた。汗を拭きながら、近づいてきた修理を、茶々は睨む。

「手加減しておらぬだろうな」

「残念ながら。槍も囲碁も、もうかないませぬ。まこと逸材をお育てになられたものよ。今は亡き、乱世の名将たちを思わせまする」

稽古を続ける秀頼を見つめ、茶々は呟やいた。「惜しいの」

「何がでございます？」

「柿が落ちるのをただ待つのが。家康を倒して手に入れてこそ、まことの天下であろう？」

茶々の瞳はあやしく燃えるようだ。その強烈な攻撃性に修理はぞくりとなる。

そこへ且元がやって来た。

「御免。鐘の銘についてご意見を」

手には何枚もの紙を持っている。

「京大仏とともにお披露目する、梵鐘《ぼんしょう》でござる。どんな銘を刻むか、精韓文英《せいかんぶんえい》がいくつか案を出してきまして」

文英は秀頼が帰依している東福寺の僧である。茶々が、銘の候補の書かれた数枚の紙を受け取って目を通しているのを見て修理が文句を言う。

「おてまえが勝手に決めるがようござる。茶々様を煩わせるまでもなかろう」

「だが一応な」

茶々はふと、一枚の銘に目を止めた。

「面白いの」

「ああ、それは少々長くありませぬか？　意味も難しい」

だが、茶々はその漢文に心惹かれたようで、しばし見つめる。

「……面白い」

茶々の瞳は、炎が風に煽られるようにゆらり、大きく燃えた。

七月、京大仏殿に、完成した梵鐘が吊るされた。そこに刻まれた一五二文字の銘文は、すぐに駿府城でも問題になった。家康のもとに正純ら家臣たちが集まって騒然としている。正純が泡を食ったような顔で家康に紙を差し出した。

「鐘？」

「はい、鐘でございます。このような銘が刻まれているとのこと。まったく聞かされておりませぬ」

紙には長い漢文が書かれ、一文を朱色で丸く囲んであった。それを家康は読み上げた。

「国家安康……君臣豊楽」

「家康の諱《いみな》を刻み、二つに切り分けている。さらに豊臣こそが君であると」

正純に指摘され、なるほどと思う。

「今、江戸より皆さまがこちらに向かっております」

さっそく秀忠がやって来た。顔は青ざめ、不安の色を隠す様子がない。正信のほか、儒者の林羅《はやしら》山《ざん》と家康に招かれて駿府にいた金地院崇伝《こんちいんすうでん》といった知識顧問の面々も一緒である。

家康は本心を腹の内にしまい、落ち着きはらった様子で訊ねた。

「羅山、崇伝、そなたらの意見を聞きたい」

正信が家康のそばに寄り、囁いた。

「とんでもない一手を打たれたようで。上手に少しずつ力を削ぐ……ということは、もはやできぬかと」

家康も内心ではざわつくものを感じていた。

「おそらく、避けられませぬ」

おしゃべりな正信だが、これだけは明言を避けた。だから家康が言葉にするしかなかった。

「とうとう……戦か」

第四十六章　大坂の陣

パチリ、と碁石を打つ音が部屋に響く。大坂城では、本丸の居室の中央で豊臣秀頼と大野修理亮治長が差し向かいで囲碁をしている。茶々と千姫は傍らに座り、扇子でふたりに風を送りながら見ている。

「そろそろ騒ぎはじめる頃かもしれませぬ」

石を慎重に置きながら、修理が切り出した。

「どう出て来るであろう?」と秀頼。

「どう出て来るにしても、我らが望むところ」

「もし、そうなったら……」

「この時を待っていたと、多くの者が秀頼様のもとに集いまする」

顔を見合わせほくそ笑む秀頼と修理に、不穏なものを感じた千姫は、とぼけたふりをして「何の話でございます?」と茶々に訊ねた。

「もうすぐ豊臣の世が蘇るという話じゃ」

茶々は誇らしげにぐいっと顔を上げ、扇子で自身をあおいだ。

慶長十九年(一六一四年)八月、豊臣の威信を懸けて秀頼が再建した方広寺大仏殿。その鐘に刻んだ文字が、徳川に大きな波紋を投げかけていた。

駿府城では徳川秀忠、本多正信、本多正純らと、林羅山、金地院崇伝ら知識顧問たちが、「国家安康 君臣豊楽」の文字についての議論を白熱させているところである。

「家康を首と胴に切り分け、豊臣を主君とする世を楽しむ。明らかに呪詛の言葉でございます。徳川を憎む者たちはこれに快哉を叫び、豊臣の世をさらに望むことでしょう」

そう羅山が指摘すると、

「それは言いがかりというもの。言葉通り、国家の安康と、君臣ともに豊楽なる世を願うものであって他意はございませぬ。と、豊臣は申すでしょう」と崇伝が反論した。

「大御所様の名が刻まれていることに気づかないわけはない」

「あくまで大御所様をお祝いする意図で刻みました。と、豊臣は申すでしょう」

「諱《いみな》を刻むこと自体が禁忌」

「それは五山の習いであって、武家では諱を禁忌とは……」

しばらくふたりの会話を黙って聞いていた秀忠が、我慢できなくなって、

「お前はどっちの味方なんじゃ崇伝！」と肩を怒らせた。

崇伝にしてみれば「あくまで豊臣の言い分を推量しているばかり……！」というわけで、心外とばかりに顔を背ける。

みるみる空気が悪くなるのを見かねた正信が助け舟を出した。

「要するに、これを見逃せば幕府の権威は失墜し、豊臣はますます力を増大させてゆくでしょう。されど処罰すれば、徳川は豊臣を潰すために卑劣な言いがかりをつけてきたと見なされ、世を敵に

回す。……実に見事な一手」

「褒めてる場合ではござらぬ！」

生真面目な正純が父を叱りつける。正信は首をすくめ、秀忠は、

「どうすればよいのじゃ……」と頭を抱えた。

一同は家康の顔色をうかがう。家康はというと、ひとり上座に座り、阿茶に手助けされながら泰然自若と薬を調合していた。

正信がそっと家康のそばに寄って、声を落として提案した。

「腹をくくられるほかないでしょうな……世を敵に回すことを」

「そのようだな」

と答えながら、家康は砕いた薬を小さな紙片に乗せる。

「私にはわかりませぬ……おとなしくしておられれば豊臣の立場は安泰であろうに、なにゆえこうまでしてあのお方は天下を取り戻そうと……」と阿茶は水差しから水を器に注いで家康に手渡す。

「倒したいんじゃろう……わしを」

家康は粉末の薬を水で流し込んだ。

それから家康は且元を駿府城に呼びつけた。加藤清正ら豊臣恩顧の古参家臣たちは相次いでこの世を去り、今や且元のみがかろうじて徳川と豊臣の仲をつないでいた。だが、ことはうまく進んでいない。

「国家安康 君臣豊楽」の件は重く、且元は、家康と正純らの前に深刻な顔で伏した。

「すべて私の不手際。鐘はただちに鋳潰しまする」

「それで済む話ではございますまい。度重なる徳川への挑発、もはや看過できませぬ。秀頼公には、大坂を退去し、国替《くにがえ》していただく」

正純の要求に且元は青ざめた。

「もしくは、他の大名と同様、江戸に屋敷を持ち、参勤していただく。もしくは……茶々様を江戸へ人質に差し出していただく。いずれかをお選びいただく」

「それを……持ち帰ることは、私には……」

「嫌も応もなく申し付けられ、家康は会ってもくれなかった。それほど怒っている。そう伝えればよい」

家康に言われ、且元は冷や汗をかきながら、必死で保身に走る。

「千姫様もお心を痛めておられます。秀頼様とも仲睦まじく……」

千姫の名前を聞くと家康の目に鋭さが宿った。

「左様なことは関わりない。三つのうちのいずれかを呑むよう何としても説き聞かせよ！」

「はは」

且元は重い要求を携え大坂城に戻った。早速、茶々、秀頼、千姫に報告すると、案の定、修理から怒号が飛んだ。

茶々も嘆いた。「左様な求め、どれ一つ受け入れられるわけがない……祝いの言葉を刻んだだけなのに、ひどい仕打ちよ」

「これは徳川の謀略である！　祝いの言葉を呪いであると言いがかりをつけ、豊臣を潰す企てにほかならぬ！　古狸の悪辣なる仕打ち、断じて許すべからず！　諸国の大名諸将に呼びかけようぞ！

秀頼様のもとに集えとな！」

修理のやけに芝居がかった様子に、且元はようやく悟り、修理を睨んだ。

「修理！　……こうなるとわかって、あの文字を刻んだな」

「片桐殿が頼りにならんのでな」

「戦《いくさ》をして豊臣を危うくする気か！」

「徳川に尻尾を振って豊臣をあやうくしておるのはお手前であろう！」

剣を打ち合うような修理と且元の激しい言葉のやりとりに、それぞれの家臣たちが一斉に腰を浮かせる。今にも刀を抜きそうな雲行きである。

「控えよ！」と茶々が声を張り上げ「落ち着け」と皆を睨みつける。その迫力に広間はしんと静まりかえった。すかさず、且元が膝を進める。

「秀頼様、引き続き徳川様との談判を私に勤めさせてくださいませ」

「無論、頼りにしておる。ひとまずは屋敷にて充分に休むがよい」

秀頼に許可を得て、ほっとしたように退室する且元の背中を、修理は刺すように見た。

「あれはもう狸にからめとられております。害しようとする者もあらわれるでしょうな」

「よくないな」と茶々も眉根を寄せた。

秀頼は沈黙し、千姫は沈痛な面持ちでうつむくしかなかった。

夜、奥の居室で、秀頼と並んで布団に入った千姫は、まんじりともできず、我にもなく訊ねた。

「あれは……片桐殿を亡き者にすると……。戦になるのですね」

「お千……余は、徳川から天下を取り戻さねばならぬ。それが正しきことなのだ。わかってほしい」

そうは言うものの、秀頼は千姫が、何を気に病んでいるかに気づいていないわけではない。

「案ずるな、そなたのおじじ様や父上がそなたに手出しできようか？　そなたは安全じゃ」

千姫は秀頼を横目で見て、問うた。

「あなた様は……本当に戦をしたいのですか？」

秀頼は天井を見つめたまま、何も答えない。

「本当のお気持ちですか？　千は……あなた様の本当のお心が知りとうございます」

問い詰められた秀頼は、こう返すよりほかなかった。

「余は……豊臣秀頼なのじゃ」


駿府城の居室で、家康は文机に向かって大坂城の陣地図を描いていた。その手には筆とは違う、鉛筆という筆記具が握られている。

阿茶が部屋にそっと入り、茶器の載った盆を家康の傍らに置いた。

「あの大きなお城を攻めるのは、難儀なことでございましょうな」

「まあな」と言いながら家康は、手を止め、小刀で先が丸まった鉛筆の芯を削りはじめた。みるみる芯が尖ってゆく。阿茶は筆とまるで違う道具に注目した。

「面白き道具でございますな、按針様の土産で？」

「ペンスウ。墨がいらん筆じゃ」

家康は細く削った鉛筆で陣地図の隅にいたずら書きをした。赤樫の軸のなかに鉛の芯が入っていて、筆とはまるで違う書き味があり、独特の濃淡が出た。

「絵を描くのも面白そう」

「確かに。お千は絵を描くのが好きじゃったのう、あの子にくれてやったら、喜んだろうに……」

家康は、遠く離れた千姫を思って、ため息をついた。

「まだ片桐殿が話をまとめてくださる望みもありましょう」

阿茶はそう言うが、ことはそう容易にはいかないだろうと家康は想像していた。思いを募らせ、尖った鉛筆で、紙に「千」と強い筆圧で書いた。


江戸城の一室では、秀忠が江に酌をされて酒を飲んでいる。脇には二人の息子——十一歳の長男・竹千代はねそべって筆で絵を描いていて、九歳の次男・国松は背筋をしゃんと伸ばして書物を読んでいる。

「まあ、やることになったとしても、兵力の差は歴然じゃ。少し懲らしめてやれば、向こうはこっちの求めを受け入れるじゃろう」

のんびりした秀忠に、呆れた江は、

「今度は、関ヶ原のときのように遅れぬようにしませんとな」と皮肉った。

「馬鹿にするな、わしはもう将軍として十年やっておる。あの頃とは違う」

「ならば、殿がこの戦の総大将をお勤めになっては？　……大御所様には、お休みいただいて」

江の目は真剣である。「そうなさいませ！　ね！」とすがった。

「お千のことを案じておるのか？」

「見捨てる覚悟はしております……しておりますが」

「父上は、孫を殊の外かわいがってくださる……酷い仕打ちはせんさ。なあ、竹千代、国松」

秀忠は、ふたりの息子に声をかけた。

「はい、父上」と国松は活発に返事をするが、竹千代は返事もせず黙々と絵を描き続けていた。

江は顔を曇らせた。

「そうでしょうか。戦となれば、鬼となれるお方では？　姉も一歩も引かぬたち……何が起きても不思議はありませぬ。あなたが指図なさいませ」

「……父上におうかがいを立ててみる」

関ヶ原から十四年もの時が経ち、戦場で大軍を指揮した経験を持つ武将は貴重な存在となっていた。間に合わなかったとはいえ、あの戦を知っているだけでも秀忠は貴重な体験をしていたのだ。

大坂城、本丸の主殿では茶々、秀頼が、関ヶ原合戦で牢人となった、長宗我部盛親《ちょうそかべもりちか》や毛利吉政《もうりよしまさ》をはじめとした武将たちを呼び、酒で接待していた。「この時を待っていた」「関ヶ原の借りを返す時」と盛親、吉政は奮起するようにぐっと酒を飲み干した。

酒盛りの席には、出家して今は織田常真《じょうしん》と名乗る織田信雄《のぶかつ》も、生き残りのひとりとして招かれていた。若い家臣たちに囲まれて、いい気分で昔話に花を咲かせている。

「気づかれぬように堀を掘って、そこから出陣して長久手にて敵を討ったわけじゃ！　太閤殿下にあれほど見事に勝ったのは後にも先にも、わしくらいじゃろうなあ。あのときは徳川もようやったがな、でも総大将は、まあ、わしであったわ、うんうん」

調子のいい信雄の話に若い家臣たちは感嘆し、酒を注ぐ。それを見ていた秀頼は、茶々に小声で聞いた。

「母上のいとこにあたる方ですよね、すごい方のようで」

「すごくはない。だが場数は踏んでいる。何より機を見るに敏じゃ。それなりには頼りになろう」

そこで秀頼は信雄を呼び「そなたには、我が家老を勤めてもらう所存じゃ」と盃を差し出した。

「恐悦至極！　励みまする！」

信雄は酒を得意満面に飲み干した。皆の注目を浴び、ますますいい気分でいたところ、遠目に千姫が塞ぎ込んだ顔をしていることに気づいた。思い詰めた様子でそっと立ち上がり部屋を出て行く。

信雄は、群がる若い家臣たちに厠《かわや》に行くと言って立ち上がった。

廊下の隅で、千姫がひとり隠れて袖で涙を拭っていた。

「おお、これは千姫様、えーと厠は……ああ、あっちか」

信雄は酔ったふうをよそおい、右に左にふらふらとしながら、千姫の前を通り過ぎる。その瞬間、そっと千姫にささやいた。「戦は避けましょう」

びくり、と千姫は縮こまった。

「あなたのお爺様には世話になった、やりとうない。……わしの最も得意な兵法をご存知かな？　和睦でござる」と信雄は言い「へへへへ」と笑いながら、

「大丈夫、わしと片桐で何とかします」そう言ってまたふらふらと千鳥足で歩きだす。

その袖を千姫は思わずつかんだ。

「か、片桐殿は……おそらく……明日……大野殿に」

千姫の手も声も、震えていた。信雄は顔色を変え、酔ったふりも忘れて早足で立ち去った。

信雄の活躍は、翌日の夕方、家康の耳に届いた。駿府城の居室で家康は今日もまた文机に向かっていた。料紙に細かい字で「南無阿弥陀仏」と繰り返し書いている。そこへ、正純と阿茶が報告に

現れた。家康は手を止めた。

「片桐が大坂から逃げ出した？」

「騙し討ちにされるところを、織田常真殿が危機を知らせ、間一髪で助かったとのこと」

「織田常真……信雄か」

「同じく大坂を出て、今は伏見におられます。京の岡崎殿が手助けなさったようで」

「五徳か。あの気の強さで兄をかくまったわけじゃな」

阿茶に言われ、家康は五徳の信長に似た鋭い眼差しを思い出した。

「いずれにせよ、これが豊臣の返答。大坂の町はすでに牢人どもで埋めつくされております」

「とうとうはじまるのですね……」

「諸国の大名に大坂攻めの触れを出せ」

「は」

「大筒の用意もな」

それだけ言うと家康は文机に向かい写経を続けた。最後に「南無阿弥家康」と記した。

数日後、主殿に家康の甲冑が用意された。兜の前立には、歯朶《しだ》、輪貫《わぬき》、獅噛《しかみ》があしらわれている。

歯朶は勝草と呼ばれる縁起ものである。黒く輝く甲冑は派手さはない質実剛健なもので家康の性分が表れている。家康があぐらをかいてそれを眺めていると、「本多佐渡守《ほんださどのかみ》殿、お見えでございます」と家来の声がして正信が顔を出した。

緩慢な足取りで部屋に入り、家康の隣にあぐらをかく正信。ともに甲冑を眺める。

「年寄りがこんなものつけて、笑われんかのう」

「重さで腰が折れんように気をつけなされ」

「お前も出るんじゃぞ」

すると正信は急に足をさすりはじめた。この男、昔から都合が悪くなると足をさする。

「わしとて、あちこち痛いわ」と家康は笑った。

正信は手を足から離して言った。

「秀忠様は、ご自分が総大将として全軍を率いると仰せでございます……七十を超えた大御所様を戦場に立たせるわけにはいかんと」

家康の顔から笑顔が消えた。

「されど本音は、お千様のことを案じておられるものと。秀忠様にお任せしてみては？」

「秀忠は、戦を知らん」

「我らがついております」

「そうではない……知らんでよいと言っておる。戦は思い通りにいかん。耐えがたい決断もせねばならんかもしれん……あれには酷じゃ。人殺しのすべなど覚えんでよい」

戦うことはもう自分のみで終わりにしたい。

「この戦は、徳川が汚名を着る戦となる……汚れるのは、わし一人で充分じゃ」

家康は、重量感のある具足を見つめた。黒い鉄の板をこげ茶色の糸で結んで作ってある。

「腹黒い狸は……白兎には戻らん。わしは……信長や秀吉と同じ地獄を背負ってあの世へ往《ゆ》く……

それが最後の役目じゃ」

正信は静かに目を伏せ言った。

「それがしもお供いたします」

しばし間を開けて、付け加えた。

「こっちはもともと汚れ切っておりますもんで」

「いやな連れじゃな」

家康は顔をしかめた。でも少し気楽になった。そしてふたりは顔を見合わせて笑った。

大坂城・本丸の庭の一角は大勢の牢人であふれかえっている。彼らは庭に腰をおろし、飯を食ったり、武器の手入れをしたり、思い思いに動いている。と、そこへ修理、盛親、吉政らが来て、壇上に上がった。

「我らの殿、秀頼様、並びにお袋様、千姫様、お見えである」

修理の声に一同どよめき、一斉に膝をついた。

「豊臣に忠義を尽くしてきた皆々……苦しく、ひもじく、恥辱に耐える日々を送ってきたことであろう。よくぞここに集《つど》ってくれた、心より礼を言う！」

秀頼の言葉とその輝かしい姿、さらに茶々の姿に心打たれ、感涙する者もいた。

修理は秀頼に、集まった牢人たち何人かを紹介しはじめた。

まずは大谷刑部の息子、吉治《よしはる》。

「大谷吉治！　我が父、刑部少輔吉継《ぎょうぶのしょうゆうよしつぐ》の無念を晴らしに参りました！」

「よう来てくれた！」

次に黒田家に仕えた暴れ馬、後藤正親《ごとうまさちか》。

「後藤又兵衛正親！　卑劣なる古狸を退治いたしまする！」

それから、関ヶ原の武功の者、明石全登《あかしてるずみ》。

「明石全登！　秀頼様の御ため大暴れいたしまする！」

最後に、「一度ならず二度までも、徳川に勝利したる者！」と修理が紹介した者は、真田信繁である。彼は、ひとり離れた木の下で、坐禅を組んで瞑想していた。それでも、武田ゆかりの赤備えの具足はひときわ目立つ。信繁はゆっくり立ち上がり、跪いた。

「真田信繁にございます。我が真田家が武田信玄より受け継ぎし兵法のすべて……お見せいたしまする」

「頼りにしておる」と秀頼。

精鋭が集まった。満を持して茶々が一歩前へ歩み寄り、ぐるりと一同を見渡した。

「世を欺いて天下を掠め取った卑しき盗人が、言いがかりをつけて豊臣を潰しにきた。かような非道、許されてよいものか。そなたらは皆、我が息子である。豊臣の子らよ、天下を一統したのは誰ぞ！」

「太閤殿下！」

「正しき天下の主は誰ぞ！」

「秀頼様！」

「今この時、徳川家康を討ち滅ぼし、天下を我らの手に取り戻そうぞ！」

「おおー！」

茶々に煽られ、牢人たちが熱くなったところで秀頼の出番である。

「亡き太閤殿下の夢は、唐《から》にも攻め入り、海の果てまでも手に入れることであった。余はその夢を受け継ぐ！　ともに夢を見ようぞ！」

「おおー！」

ますます牢人たちは昂ぶっていく。戦いを前に荒ぶる男たちの姿を千姫は受け止めきれず、うつむいた。思わず涙がこぼれ落ちそうになった。苦しむ千姫の気持ちに構わず、茶々は「そなたも豊臣の家妻として皆を鼓舞せよ」と勧める。

今、声を出すと泣き声になってしまいそうだったが、千姫はそれをぐっとこらえ、

「豊臣の……ために……励んでおくれ」と無理矢理絞り出した。

「おおー！」

千姫の心を知らず、盛り上がる牢人たち。茶々は真っ赤な唇の端をにっと上げて満足げに微笑んだ。

慶長十九年、冬。十四年ぶりの大戦《おおいくさ》――大坂の陣がはじまった。徳川方は総勢三十万に及ぶ大軍勢をもって、天下一の城塞都市、大坂へ進軍。対する豊臣方は十万。数としては徳川が圧倒的に有利だった。

十一月十八日、大坂城の南、一里（約四キロメートル）ほどにある茶臼山《ちゃうすやま》に、馬のいななきが威勢よく響く。徳川軍はそこに本陣を敷いていた。

重たい甲冑を身に着けた家康は家臣に肩を借りながら陣にたどり着いた。三つ葉葵が染め抜かれた陣幕の中に入る前に、茶臼山の山頂から大坂城を見下ろす。周辺には三つ葉葵の旗が大量に立ち、大坂城を攻撃する瞬間を今か今かと待っている。本陣の中央では、すでに秀忠、正信、正純、渡辺守綱ら大勢の家臣が甲冑姿で家康を待ち受けていた。

家康は本陣に入ると「よっこらせ」と陣卓子の中央に用意された床几に腰を下ろした。そこへ且元が素早く近づき膝をついた。

「この度はお助けくださり、御礼申し上げます。この命、徳川様の御ため、尽くしまする！」

「片桐、大坂の内側、大いに教えてもらいたい。期待しておる」

そこへ、正純が守綱を連れて来た。

「こたび、戦が初めての若い兵が多ございますゆえ、渡辺守綱殿に若い奴らを仕込んでいただいております」と紹介された守綱は、

「いやあ、近頃の若ぇ衆はどうしようもねぇわ。戦を知らんくせに血気盛んでいうことを聞かん！おまけに礼儀も知らん！」とふんぞり返る。すっかり白髪頭ながら態度の大きさは若い頃と変わっていない。

「お前に言われれば世話はないな」と家康は茶化した。

「皆、この守綱爺はな、若い頃、わしの頭を思い切りぶっ叩いたんじゃぞ」

「あ、あれは、間違いで……！そ、それでも殿はお許しくださった、おやさしい殿じゃ！」

「一度たりとも許した覚えはない」

「え……！」と慌てた守綱は「ぶっ叩いてくだせぇ」と大きな白髪頭を家康に向かって突き出した。

パシンと頭を強くはたく音がした。守綱をはたいたのは家康ではない。正信だった。

扇子で思い切り叩かれ目を丸くする守綱に家康は声をかけた。

「守綱、そなたのような兵がわしの宝であった。すべてを若い兵に伝えてやれ！」

「ははー！」と張り切って、よろめきながら戦場へ駆け出していく守綱を、家臣たちは呆気に取ら

れて見送る。

一方、家康と正信は、慣れっこというふうに笑って見ていた。こんなふうに上下の隔てのない気安さが徳川流であった。しばし、感慨にふけっていると、のどかな空気を断ち切るように、正信が声を潜めた。

「……敵に、真田が加わっておるそうで」

「真田昌幸《まさゆき》？」

「あれは九度山で死にました。息子の信繁でございます。親父ほどではないでしょうが、気をつけましょう」

秀忠が陣卓子に布陣図を広げた。

「父上、前方に伊達、前田、藤堂らを配しております。東は上杉、北の備えには片桐。四方から取り囲んで……」

張り切る秀忠を家康は片手で制した。

「指図はすべてこのわしが出す。そなたはそれに従え」

秀忠の眉がぴくりとなる。が、家康は無視して「よいな」と念を押した。秀忠は「……は」と不服そうだ。家康は老体に鞭打って腹から声を出した。

「この戦の責めはすべてわしが負う。おのおのの陣へ！」

秀忠と旦元たちが去り、正純だけが残った。

「ある程度叩いたら、こちらに従うよう働きかけます」

「うむ」とうなずきながら、家康は手指をさすった。手甲《てっこう》をしていてもなお冷える。手指はすっかりしわしわで爪の色も白い。ふうと漏らした息も白い。見上げると陣を覆う空は灰色だった。

大坂城の周りを囲んだ徳川軍は、大坂城の周辺に築かれた砦を順に攻略していった。木津川口をはじめとして、鴫野《しぎの》、今福《いまふく》、博労淵《ばくろうぶち》、木津川の対岸の野田、福島……と、徳川勢はじりじりと包囲を狭めていった。鴫野の戦場には、修理を中心に、大谷吉治、後藤正親らがいたが、家康軍は数の力もあって難なくなぎ倒していく。圧倒的に徳川勢が有利であったが、豊臣は決して話し合いに応じることはなかった。

十二月四日、大坂城・本丸の広間で秀頼、茶々、千姫、修理たちが話し合っている。

「何も案ずることはない。この大坂は難攻不落、我が父が築いた天下一の名城。籠城すれば、落ちることはない」

強気の秀頼に、修理も同調する。

「仰せの通り。備前島《びぜんじま》に大筒を並べておるが、あんなこけおどしに頼るようでは徳川も落ちたもの。ここに届きもせんでしょう。長引けば困るのは向こう。徳川に愛想をつかし、我らに寝返る大名も出て参りましょう」

〝徳川〟の名前が出るたび千姫は身を小さくしていく。茶々は駄目押しするように酷な予言をした。

「何より、家康は七十を過ぎた老人。この冬の寒空の下で、どれほど戦場にいられよう？　風邪でもこじらせれば、命取りであろうのう」

「まさしく」と修理は同調し、大きくうなずいた。

「それに、敵は大軍といえども、長らくの泰平をむさぼってきた、飼い慣らされた犬。翻って我らの兵は、この時のために鍛錬を積んできた、手柄に飢えた虎よ。負けるわけがない」

茶々の予測どおり、茶臼山の徳川本陣では、家康が寒さに懸命に耐えていた。最近の家康は心を落ち着かせるために毎日写経をしている。料紙に細かい文字で一文字、一文字、祈りをこめる。手がかじかんで文字が乱れ、そのうち、せき込みはじめた。

「大御所様」と正純がやって来て、心配そうに声をかける。

「大丈夫じゃ……どうした？」

「前田勢ら、合わせて数千が討ち死にいたしました」

正純が陣幕の向こうを指し示す。

「あの出丸で」

家康は緩慢に立ち上がり、前方を見据えた。

「……また真田か」

大坂城は川と海に囲まれた天然の要害であったが、南側だけはただ空堀があるだけだった。この大坂城の東南に信繁は出丸を築き、堀や柵をめぐらして鉄砲隊を配置していた。「真田丸」である。指揮をとるのは信繁。「この真田丸より先、一歩も城に近づけるなー！」と声を張り上げている。対して徳川軍は塹壕を掘って進み、攻略を試みた。が、突撃しようとすると、真田の鉄砲隊が火を噴く。「放て！」「放て！」と信繁が叫ぶたび、多くの徳川兵がせん滅されていった。たまらず、兵たちは散り散りに逃げだした。

信繁は自ら鉄砲を撃ちながら、豪快に笑う。

「乱世を泳ぐは、愉快なものよ」

夕方、大坂城・本丸の秀頼、茶々、千姫、修理らのもとに盛親と吉政がやって来た。

「真田の息子、やりおるわ」と盛親。

「敵は堀を掘って進んでおるが、顔を出せば真田の鉄砲の餌食。面白いように死んでおる」と吉政。

秀頼も誇らしげに言う。

「父上が残してくださった素晴らしい城と、素晴らしい兵のおかげじゃ」

「これこそまさに、真に力で天下を獲った豊臣と、卑劣に掠め取った徳川の力の違い。どちらが天下人にふさわしいかは自明の理」

茶々もそう言って秀頼と顔を見合わせ、うなずき合った。

修理もさらにやる気になり拳を強く握る。

「家康は再三和議を申し入れてきておるが、応じることはない。我らは戦い続ける……家康に死が訪れるその日まで！」

ただひとり、千姫だけは心労が増し、日に日にやつれていった。

日がたつにつれ寒さが募っていく。茶臼山の徳川本陣では家康は咳をしながら写経を続けていた。隣で正信は足を懸命にさすっている。このときばかりは偽りではなかった。

「織田常真殿が、和議の仲介役を買って出ると申し入れてきました。和議の名手だとかなんだとか。無論、断っておきました」

足をさすりながら正信が言っているところへ、秀忠と、具足を着け鉢巻をきりりと締めた阿茶がやって来た。

「ずいぶん手こずっておられるようで」と心配する阿茶に、

「何せ鉄砲が飛び交うなか、鉄の盾も、竹束《たけたば》すら持たずに戦場に出て行っちまう若い衆もいるとか。

さすがは、戦を知らぬ世の兵たちでござる」と正信は皮肉った。

「和議をこれ以上拒み続けるならば埒が明かないので、私が呼ばれたのでございますね」

阿茶に訊かれて、「まあ、そんなところじゃ」家康はうなずいた。

「なれど、私とて向こうが応じるでしょうか。真田の砦も粘っているようでございますし」

「あんなものは、放っておけばよい」

家康は幾度めかの「南無阿弥家康」を書き、秀忠を呼んだ。

「あれを使うこととした」

「あれ?」と聞いてから秀忠ははっと悟った。

「父上、あれは脅しのために並べておるのでは?」

「正純いわく、次の世の戦道具だそうじゃ」

「本丸には、届かんでしょう」

「秀頼を狙う」

「さ……されど……そうなれば……」

もちろん、千姫の命も危うくなるのだ。

「戦が長引けば、より多くの者が死ぬ。これがわずかな犠牲で終わらせるすべじゃ」

家康の強い決意に秀忠は言葉を失った。

「主君たるもの……身内を守るために、多くの者を死なせてはならぬ。……わかるな」

家康は大坂城の方を見つめる。秀忠、阿茶、正信も続いた。

「……卑怯で……卑劣な戦道具よ。だが……戦にきれいも汚いもない」

家康は淀川の中洲・備前島に、数百門ほどの大砲を設置した。城の北側からなら本丸が近いからだ。そこでは正純が指揮を執っている。その隣に且元もいた。

「今頃ならば秀頼は本丸の主殿に。おなごはその奥におられると存じます。が、届きますかな」

「カルバリンなら。大坂城本丸に狙いを定めー！　放てー！」

この頃の大砲は、鉄球を飛ばすだけで爆発はしないながら、破壊力だけは大きかった。一斉に火を噴く数百門の大砲の轟音は、茶臼山の徳川本陣まで届き、家康たちを慄《おのの》かせた。それほどの威力であるから、大坂城の本丸での被害はいかほどか。

砲弾が降り注ぎ、堀に落ちて水しぶきを上げ、塀などが崩れていく。

主殿の秀頼と修理もすさまじい音と激しい振動に焦りを隠せない。

「卑劣な奴らよ」と修理は備前島の方を睨みつけた。

秀頼は冷静に「女たちを天守へ逃がせ！」と指示した。

備前島の砲台では且元が「おそらく天守へ逃げるでしょう」と予測していて、天守を狙って情け容赦なく大砲を放った。

天守では、轟音と振動で右往左往し逃げ惑う侍女たちに、茶々は「落ち着け！　まやかしの脅しにすぎぬ！」と怯まず気丈に声をかけ続ける。

千姫はなにもできず、ただ隅でしゃがみこんで怯えていた。

茶臼山の徳川本陣では、鳴りやまない轟音と城から上がる噴煙を、家康、秀忠、正信、阿茶らが息を呑んで見ている。地獄絵のような状況に秀忠はついに耐えかねて、

「父上……お……おやめくだされ……！　父上！」とすがりついた。

だが、家康は仁王立ちしたままぴくりとも動かない。

「やめろ！ こんなものは、戦ではない！」

秀忠は家康から離れ、前方に進み出て唯にともなく叫んだ。

家康の瞳からも涙が一筋、流れた。

「これが……戦じゃ」

どれだけ写経したところで救われることはない。

「この世でもっとも愚かで……醜い……人の所業じゃ」

この酷い光景をこれまでどれだけ目にしてきたことか……。

備前島の砲台から発砲される砲弾は、まるで龍のようにうなりをあげて、大坂城の天守を直撃した。

激しい破壊音と同時に天井がバラバラと崩れて落ちる。大きな破片が、ちょうどうずくまっている千姫に向かって落ちてきた。そのとき、茶々が咄嗟に飛び出した。

これまでにない鈍く大きな破壊音のあと、あたりは静寂に包まれた。

固く目を瞑り身を小さくしていた千姫が、おそるおそる目を開けると、世界は一変していた。あれほど華やかだった天守は見る影もなく破壊され、瓦礫と化している。砂埃のなか、崩落した天井の下敷きになって多くの侍女たちが息絶えていた。

恐怖に身じろいだとき、手が柔らかいものに触れた。横に誰かが倒れている。艶やかな打ち掛けの柄に見覚えがある。茶々であった。天井が崩落したその瞬間、茶々が身を挺して千姫をかばったのである。

「は……義母上……義母上！」

千姫は茶々の体を慎重にゆすったが、それは意思のない人形のように動かなかった。

第四十七章　乱世の亡霊

大坂城から灰色の噴煙が立ち上るさまを、徳川家康は本陣から静かに見下ろしていた。傍らで徳川秀忠、本多正信、阿茶は息を呑む。秀忠はこの残酷な光景に怒りを感じ、家康に詰め寄った。胸ぐらを摑むほど至近距離で見つめた家康の、かすかに震える白い顎髭。壊れそうな心を懸命に保っているのだと気づいて、秀忠は戸惑い気味に手を離した。

その頃、天井が崩落した大坂城の天守では、意識を失っている茶々の耳元で、千姫が必死に呼びかけていた。「義母上《ははうえ》……義母上！」

しばらくすると、茶々がうっすらと目を開けた。

「義母上……！」

「……大事……ないか……？」と茶々はいたわるように、千姫の頰に手をそっと触れた。

思いがけない愛情に打たれ、千姫は茶々を両腕で抱き締めた。

茶々は本丸の被害の少ない場所に運ばれ、千姫と侍女たちが手当てを施した。

その晩、茶臼山の徳川本陣に豊臣が和議に応じるとの報告が届いた。

「おめでとうございまする」と言う正信に続き、

「ちなみに、千姫様はご無事とのこと」と本多正純が気を利かせ付け加える。

「そうか」

「何よりのことじゃ」

家康と秀忠は、安堵の笑みを浮かべながら、顔を見合わせた。

家康はふうっと床几《しょうぎ》に座り込み、阿茶がその背中をさする。

「阿茶、和議を頼む」

「いかに計らいましょうや」

「肝心なのはただ一つ。二度と大坂が戦えなくすることじゃ」

和睦交渉には、徳川方からは阿茶、豊臣方からは茶々の妹・初こと常高院《じょうこういん》が任された。初の嫁ぎ先の京極家が、徳川方として参戦しており、中立地となり得たからでもあった。

初は気が進まない様子で、大坂城の本丸にのろのろと入って来た。尼僧姿ではあるが形ばかりの出家で、ほんとうはキリシタンである。手のひらにロザリオをお守りのように握っている。

入り口で、襖から顔を半分だけのぞかせていると、茶々が気づき、

「早う入って参れ」と声をかけた。

「お久しゅうございます……なんで私が」と初は深くため息をついた。

「向こうがおなごを寄こすのだから仕方なかろう」

茶々の言葉を、大野修理亮治長が補足する。

「まず何より豊臣家の所領安堵。秀頼様、茶々様ともに江戸には出さぬ。そして牢人たちに所領を与えること。この三つを約束させていただきたい。さすれば、我らの勝利も同じ。難儀な役目であるが、よろしく頼む」

「お初や、相手の阿茶というおなごは狡猾《こうかつ》ぞ。菓子だのを持参して、いいように丸め込もうとするかもしれぬ。一切その手に乗るな。よいな」

修理と茶々の圧に押されながら、初が大坂城下にある京極家の陣に向かったのは、慶長十九年（一六一四年）十二月十八日のことである。陣には阿茶と、修理の母・大蔵卿《おおくらきょう》もいた。

三人の前には、茶菓子が置かれている。初は菓子を一つつまむと、しみじみと言った。

「ほんにおいしい菓子じゃ」

「お気に召しましたか、ささ、どうぞもう一つ」

初は阿茶に勧められるまま、菓子をもう一つ口にしながら念を押した。

「あの……申し上げた三つのこと、約束してくださいませぬか？……でなければ私は……」

「所領の安堵と、秀頼様を江戸に出さぬことはお約束できるやもしれませぬ。されど、牢人に所領を与えるのは到底無理な話かと」

「姉に叱られてしまいます……」

「せめて罪に問わず召し放ち、というのが精一杯かと。ただし、お堀を埋め立て、本丸以外は破却するということならば」

阿茶は友好的な態度をとりつつも、決して譲らない。

「我が主《あるじ》が、おなご同士での話し合いを望んだのは、殿方のように意地を張り合うては、決してまとまらぬからです。お互い、上手に譲り合いましょう」

「では……お堀を埋めるのも、本丸以外を破却するのも豊臣にお任せくださるのなら」

「お堀を埋めるのは徳川がお手伝いいたしましょう」

「豊臣のことは豊臣にお任せくださいませ」

「では、外堀だけでも」

菓子は甘いが、交渉事は甘くない。

初は阿茶から菓子を手土産にもたされて、大坂城にすごすごと戻った。

「まんまと丸め込まれおって！　本丸のみとなれば、もう戦うことはできぬではないか！」

「申し訳ございませぬ！」

怒る茶々に平謝りする初。それを豊臣秀頼がとりなした。

「されど、内堀の埋め立て、二の丸、三の丸の破却を我らの手で行う約束を取り付けてくれたのは大きい」

「左様、なにせ大きな城ですからな、じっくり時をかけることになりましょう、二年、三年とかかるやもしれませぬ。老いぼれ狸はいつまで生きられましょうや」と修理も初と大蔵卿をねぎらった。

「うむ。叔母上、あらためて礼を申しまする」と秀頼はできるだけ事を荒立てないように気遣うが、茶々は相変わらず不機嫌そうだ。

見かねた千姫が、初をなぐさめた。

「お初殿。……あの……義母上はずっと……秀頼様と所領の安堵さえ勝ち取ってくれれば上出来だと、そう仰せだったのです。ですから、ご満足されているものと存じます」

「余計なことは言わんでよい」すかさず茶々が遮る。

「わかっております。私も形の上でのみ謝っただけでございますから。まこと、面倒な姉で」

千姫に心配をかけまいと、初はその手を握った。素直ではない茶々の扱いはほんとうに気を遣う。

千姫と初は苦労を分かち合うように、微笑み合った。

一方、茶臼山の徳川本陣に戻った阿茶は、家康、正信、秀忠、正純らの前で初を讃えた。

「のんびりしてそうに見えて、なかなかに賢いお方でございました。丸め込まれたのは私のほうかもしれませぬ」

「まあ、堀をどっちが埋めるなんざ、どうにでもなりましょう。城さえ丸裸にすれば、もう戦えませぬ」

「おのずと豊臣は無力となり、あとは我らに従うのみ。再び抗うほど愚かではありますまい。これで進めましょう」

正信と正純は、交渉は成功したと考えている。話を聞いていた家康は正信父子に「……頼む」とだけ言うのが精一杯。最近は、集中力がもたず、座っているだけでもしんどいのだ。

「奥でお休みくださいませ。和議が相成ったらすぐ駿府《すんぷ》にお帰りになるがよろしいかと」

と阿茶が背中をさすった。

「だがな……」とためらう家康に、秀忠も「お帰りなされ、あとは我らだけで充分」と気遣った。

「では、そうさせてもらうかの……」

皆が心配そうに家康を見送るなか、背後でゴホゴホと咳き込む声がする。見れば、正信が「わしも帰らせてもらおうかのう」などと言っている。が、むろん誰も相手にしなかった。

和睦の結果を聞いた秀頼と修理は、城の一角に設けた牢人たちの待機場に向かった。そこには長宗我部盛親、毛利吉政、大谷吉治、後藤正親、明石全登ら牢人たちがたむろして、飯を食べたり、騒いだりしている。鬨《とき》の声をあげている者もいる。その輪から外れて真田信繁だけは、冷めた目でひとり槍の稽古をしていた。愛用の大千鳥十文字槍である。

　牢人たちの勇ましい声が城中に響く。茶々を見舞いに訪れた寧々は顔をしかめた。目の前には、すっかり回復した茶々がすんと澄まして鎮座していた。

「和議が相なった上は、もう抗う意思はないと、徳川殿にしかと示すべきだに。牢人たちは召し放ったほうがええわ。あの者たちは己の食い扶持のために集まっとるにすぎん」

「武力を捨て去ることになります」

「戦ったって、勝てやせんがね。そなたもようわかっとろう」

　和議を結びながら、なおも戦う準備をしている茶々の真意が寧々にはわからない。

「秀頼を見事な将に育ててくれたこと、そなたには感謝しとる。なれど今の豊臣家が、徳川に代わって天下を治められると思うか？……また乱世に戻ってまう」

「豊臣の正室であらせられるお方の物言いとは思えませぬ」

「そなたは豊臣のためにやっとるのか？」

　寧々はずっと胸にあった疑問をぶつける。

「何のためにやっとる？　己の野心のためではないのか？」

　茶々は答えたくないのか、答えがないのか押し黙っている。

「そなたがその野心を捨てれば、豊臣は生き残れる。秀頼を、豊臣を守ってくりゃーせ。この通りだわ」

　寧々が頭を下げると、その刹那、茶々の瞳が少し揺らいだようだった。しかしすぐ無表情をよそおった。

「私は……世のため、この国の行く末のためにやっております。秀頼が天下人であることこそ、人々のためであると信じております」

茶々がきっぱりと言うやいなや、秀頼が現れた。

「母上」

「いかがした？」

「やはり、約束を守らぬ狸でございましたわ」

大坂城の内堀では、徳川の兵が「どっこい、どっこい」と歌いながら、堀を埋めていた。

指揮を執っている正純のもとへ、後藤正親、明石全登ら、豊臣の兵が血相を変えて駆けつけた。

「やめい、やめい、内堀はわしらが埋める取り決めじゃ！」

正親が強引に止めようとするが、正純は怯まない。

「なかなか進まぬようなので、お手伝い申し上げております。力を合わせれば早う済みます。埋めろ！　埋めろー！」

「徳川、卑怯なり！　くそ狸が！」

刀を抜いて斬りかかろうとする全登を、修理がすんでのところで押さえた。

「埋めたければ、埋めさせてやれ。あとから掘り返せばよい」

そう言って正純を睨みつけた。

「掘り返してはいかんと取り決めてはおらんからな。徳川が卑怯なことをすればするほど我らの味方はどんどん増える！　諸国から同志が集まって来ようぞ！」

それを聞いた牢人たちは、ますます声をあげ、騒ぎたてる。こんな調子で、大坂では徳川と豊臣の一触即発の状況が続いたまま年が明けた。

慶長二十年（一六一五年）三月、初が駿府城にやって来た。最初は億劫がっていた初だが、今や、この危うい関係性を少しでも和らげようと奔走するようになっていた。

今度は初が阿茶に、土産を差し出した。

「丹波のあずきでこしらえたぼた餅でして」

「たいそうなものを」

阿茶と初がぼた餅を食べながら語らっていると、気忙しい数人の足音と衣擦れの音が聞こえて来た。「あ、お見えになったようで」

やって来たのは大勢の侍女たちを連れた江であった。

「……姉上！」

「お江！」

思いがけない再会に、初と江はしかと抱き合った。しばし、手を合わせてはしゃいだが、はっと我に返り、顔を赤くして離れた。

「なにゆえこちらに？」

「大御所様がお招きくださったんです。姉上にお会いしたかろうと」

「そのような理由で？」

初は驚いたように阿茶を見るが、阿茶はにっこり微笑むばかりである。

その頃、駿府城の別の一室には、江戸から正信が来ていた。正純も同席している。家康は「南無阿弥陀仏」と写経しながらふたりの話に耳を傾けた。

「大坂は鎮まるどころか、いっそう危うくなっとるようで。ま、覚悟の上ではありますがな」

「相変わらず兵糧を集めており、十万の牢人は減るどころか、増えております。秀頼は、牢人どもを抑えきれていないのかもしれませんな。もはや、大坂は牢人に乗っ取られておるのやも」

「腹黒い狸を討ち取って出世をしよう。乱世の夢よ再び、というわけですな」

いささかうんざりしたように言う正信。

「戦で飯を食うのが武士である以上、勝ち目が薄くともそこに賭けるほかないということでしょう」

正純の見解に、家康は言葉を挟んだ。

「飯を食うために戦をする奴はまだいい、米を与えてやればすむ。真に厄介なのは……ただひたすら戦うことそのものを求める輩《やから》じゃ」

「戦うことそのものを求める……」

「百年にわたる乱世が生み出した恐るべき生き物……。今やわしも……その一人なんじゃろう」

家康は自嘲気味に口を少し歪めた。時代のなかで、数多の武将たちが泡のように現れては消えていった。今は、大坂城に秀吉の血を受け継ぐ秀頼、信長の血縁の茶々、そして、武田の残党・真田信繁が残っている。

「それが滅ばぬ限り、戦はなくならぬ」

家康は飾り棚に置いた金の置き時計に目をやった。カチカチと規則正しく時を刻む音がする。

「わしに残された時は、あとわずかじゃ」

そこへ家臣が勢いよく現れ、正純に書状を差し出した。

「都より知らせが参りまして、牢人どもが京の町に火を放ち、死人がだいぶ出たそうでござる」

「やはり、起きましたな」と正信。

家康は急ぎ、初と面会することにした。江と、手と手を取り合い震えを抑えている初に家康は重たい口ぶりで宣言した。

「これは、和議を反故《ほご》にしたと見なすほかない。我が軍勢をもって、豊臣を攻め滅ぼす」

「お待ちくださいませ……！　牢人どもが勝手にやっていることと存じます」

「ならばただちに牢人どもを召し放ち、大坂を出て我が配下の大名となることを受け入れてもらわねばならぬ」

有無を言わせない口ぶりの家康に、初は、

「と、説き聞かせまする……！　私が……！」と、とりすがった。

「大御所様、私も姉と一緒に行かせてくださいませ！」と江も必死の形相で訴える。そして初の手をぎゅっと握った。

「姉上、ふたりで茶々姉《ねえ》さまに説いて聞かせましょう、それしかありませぬ。大御所様、そのために私をお呼びになられたのでございましょう」

「だが、秀忠が許すかどうか」と家康は困ったように髭を触った。

「うちの人なら心配いりませぬ、私には口答えなさいませぬので」

江は胸を張る。阿茶も「大御所様。千姫様の母君が同席するとあらば説得にも好ましいかと」と太鼓判を押した。

「これが最後の通達であるぞ」

「はい」

「ありがとう存じます」

江と初はひれ伏した。

四月、徳川軍は西へ進軍を開始した。家康は京の二条城へ向かった。会っておきたい人がいたからである。

上段の間に家康、下段に初と江が座って待っていると、そこへ入ってきたのは寧々であった。

「大変恐れ多いことながら……寧々様には筋を通すべきと存じましてお越しいただきました。我らの求めに応じてもらう、それが、豊臣が生き残る最後の機会。寧々様にもお力添え願えれば……」

だが、寧々はいささか疲れたように答えた。

「私にできることは……もうありゃしませぬ。茶々に伝えるべきことは、伝えましたに」

温情派の寧々が、珍しく突き放すようなことを言う。

「世のためにやっとると、あの子は言いましたわ」

「世のため……」

「この国の行く末のためにやっとると。……どういう意味か、私にゃあようわかりゃせん。なれど、心の中は揺れ動いとるんではねえかと思っとります」

寧々は、あの日、茶々が隠した心の揺れを見抜いていたのだ。

「頭のええ子だで……再び戦うことが何を意味するか……すべてわかっとるはず。自分はともかく、秀頼を死なせたいと思っとるはずもない。本音では、この間の戦で気がすんどるんではねえかと……」

寧々は茶々の心を慮る。

「なれど、あの子の中の何かがそれを許せんとおるんだわ……」

「何か……？」

「思い返してみれば、豊臣の家に来た時から、何を考えとるんかようわからん子でござーましたわ」

寧々は、長い年月を振り返るように遠い目をした。

「親の仇《あだ》の男にめとられ……嬉々としてその男を喜ばせ、その子を産み……家を乗っ取り……天下を取り返すことを諦めようとせぬ。その胸の奥底に、得体の知れん炎が燃え盛っとる。私のようなもんにゃあ、到底、思いが及ばん」

得体の知れん炎――。茶々の燃える瞳が、家康の脳裏に鮮やかに浮かび上がった。

「わかるとしたら、おふた方でござーましょう」

寧々はまず初と江に目をやり、それから「あるいは、大御所様かの……」と意味ありげにゆっくりと家康に視線を移した。

「ともかく私の役目は終わりましたに。……うちの人とふたりで、何もねえところから作り上げた豊臣家……まことに夢のごとき……楽しき日々でござーましたわ」

寧々はさっと立ち上がると打ち掛けをばさりと翻し、軽い足取りで部屋を出て行った。

寧々が去った部屋に、長い西日が差し込んできた。家康と初と江はぼんやりと黄昏を見つめた。

茶々を止める者は我ら三人しか残っていないのか……と家康が大きな赤い太陽に問うように見つめていると、江が切り出した。

「ずっとお話ししてよいものかどうか、わからずにおりましたが……」

初は咄嗟に江の腕を押さえ、首を横に振ったが、家康は制した。

「申してくれ」

江は初の手をそっと外し、話しはじめた。

「姉には、ずっと心に……憧れの君がおわしました」

「憧れの君？」

「いつもその方のことばかり話しておりました、ねえ姉上」

「姉は、大好きな母からその方への思いを聞いて育ったものですから……」と初が続けた。

江は空を仰ぎ見るように時を振り返る。

「あの年、本能寺のことがあって、その方もお命を狙われてお逃げになっていると聞いたときも……」

天正十年（一五八二年）は家康にとって激動の年であった。六月二日、本能寺で織田信長が明智光秀に討たれ、家康も命を狙われた。六月、清須城のそばにある神社の階段を、十三歳になる初と十歳の江が勢いよく駆け上がっていく。赤い鳥居をくぐると、拝殿と鳥居との間を十四歳になる茶々が何度も何度も行き来している。お百度参りをしているのだ。

「ご無事でありますように……ご無事でありますように……ご無事でありますように……」

「姉上！　姉上！」

「姉上、ご無事だそうでございます！」

「ご無事でした！　姉上の憧れの君は、ご無事でした！」

初と江は茶々に向かって大声で報告すると、お互いの両手のひらを叩き合って跳びはねた。

「ようございましたな！　茶々姉《ねえ》さま！」

茶々はきっと上げた眉を下げ、安堵の顔をした。が、すぐに澄ました顔になった。

「私はただ、母上がお喜びになるだろうと思うただけじゃ。いずれ我らを助けに来てくださるお方だと信じておいでなのでな」

「そうなのですね！」と初は、〝憧れの君〟に思いを馳せた。

「子供の頃の約束を信じ続けるなど、愚かな話よ」と茶々は冷笑しつつ、ふと顔を空に向け、

「なれど、もし……信じる者を決して裏切らず、我が身の危険を顧みずに人を助け、世に尽くす、そのようなお方であれば、それこそ……まことの天下人にふさわしきお方だと思わぬか？」

そう江と初に語りかけた。それは、姉の中で勝手に膨れ上がっていた幻のようなものだったのだろう、と初は思った。理想の天下人像を説く茶々の顔は澄み切って美しかった。

だが、あの日、憧れの君は現れなかった。天正十一年（一五八三年）、秀吉に敗れた柴田勝家は、妻の市とともに北ノ庄城で自害した。茶々たち三姉妹は秀吉に保護された。市を助けるに来るという約束を守らなかった家康への茶々の落胆はどれほどだったか……。

茶々は城を去る前に、母にこう言った。「徳川殿は、嘘つきということでございます。茶々は、あの方を恨みます。母上の無念は茶々が晴らします」そして、「茶々が天下を取ります」と燃える瞳で宣言した。憧れは深い憎しみと化したのだ。

「姉は、己自身を恨んだと思います。己の愚かさと弱さを。あるいは……男を頼るしかない……さだめを。そして決めたのでしょう……己の力のみで生きてゆくと」

初の言葉に家康は胸が疼いた。さらに初はこう続けた。

「秀頼様を見ているとつくづく思います……ああ、これは姉の憧れの君だと。姉は、己の手で作り上げたのだと。姉は信じているのです。偽物の天下人を秀頼様が倒すことこそが世のためだと」

茶々のあまりにも潔癖な、美しき理想の追求が、彼女の心を捻り切るほどに苛《さいな》んだのだ。江も初の言葉にうなずいた。そして、ずいっと家康に膝を進めた。

「勝手に憧れ、勝手に憎み、ご迷惑な話でございましょうが、姉を止められるお人があるとすれば……私たちではないと存じます」

江の瞳が期待を込めて家康をまっすぐ射抜く。

すとん、と夕日が地平線に落ち、あたりは紫色に染まる。江と初が帰り、家康はひとり、考えにふけった。かつて京都で、幼い茶々を抱いたことが昨日のことのように思い出される。抱いた幼子の柔らかさ、その頬の桜色……。あの無垢な笑顔を取り戻したい。

家康は祈りを込めて筆を執った。

四月二十四日、初と江は互いに励まし合いながら、強い意志を持って、大坂城の本丸に登城した。上段の間には茶々、秀頼、千姫が泰然と座っている。江は、秀頼に寄り添う千姫を愛おしそうに見つめた。が、千姫は目を伏せ、江を見ようとしなかった。

上段の間と初と江の間に座る修理が、ふたりが預かってきた家康からの書状を読み秀頼に伝える。

「牢人ども召し放ちの上、豊臣家は、大和・伊勢の一大名となり、江戸に参勤せよとのことにございます」

「徳川殿の申し出は承知いたしました。熟慮の上、おって返答いたします」

秀頼は素っ気なく答えた。

「姉上、これが最後の……」と初が懇願するように言うと、茶々は「わかっておる。ふたりとも大儀であった。お江殿はお帰りになるがよい」と江に帰るよう促す。

江は意を決して「……姉上」と懐から書状を取り出した。

「実は……大御所様から御自筆の文を預かってございます。お納めくださいませ」

すると茶々は直接受け取ろうと手を差し出した。無表情ではあるが、心が動いたことが江にはわかる。その場で文を開かずそっと袂に入れる茶々に、江は笑いかける。

「お千に申したきことあるならば、許す」

茶々は無愛想であったが、江は嬉々として千姫の前に膝を進めた。

「達者なようで母は安心しました」と千姫への土産を差し出した。

「これは、かんざしじゃ。それからな、大御所様から格別なる贈り物で、ペンスウなる筆だそうじゃ」

困った顔をする千に、江は囁いた。

「お千や……徳川家の姫として、両家の仲を取り持って、秀頼様とようお話を……」

だが千姫は「母上」と言葉を遮ると、毅然と言った。

「千は、豊臣の妻にございます」

そして、差し出されたかんざしと鉛筆を江の手にそっと戻した。

「大御所様にお返しくださいませ。母上、お達者で」

江の渾身の策は失敗に終わった。それよりも娘の千が随分と遠い存在となったようで辛かった。

夕方、二条城に戻ってきた江はわっと泣き崩れた。秀忠が背中をさすって慰める。

家康もまた、返された鉛筆を手に、心に穴が開いたような気持ちになった。

今日も真っ赤な夕日が地平線に落ちていく。同じ空を茶々も見ているだろうか。家康は空を見つめた。

その頃、茶々は襖を閉ざし、ひとり居室にこもって家康からの文を読んでいた。

幼子のあなたを抱いたときのぬくもりを今も鮮やかに憶えております。そのあなたを乱世へ引きずり込んだのは、私なのでしょう。今さら私を信じてくれとは申しませぬ。

ただ、乱世を生きるは我らの代で充分。子らにそれを受け継がせてはなりませぬ。私とあなたですべてを終わらせましょう。

私の命は、もう尽きまする。乱世の生き残りを根こそぎ引き連れて滅ぶ覚悟にございます。

茶々は手紙を読み終えると、しばし考え、部屋を出た。廊下を歩く茶々を初が見かけた。その姿は何か思い詰めているように見えた。文にはまだ続きがあった。

されど、秀頼殿はこれからの世に残すべきお人。いかなる形であろうとも、生き延びさせることこそが母の役目であるはず。

かつてあなたの母君がそうしたように。

家康の手紙の言葉を胸に、うつむきがちに廊下を歩く茶々。主殿に近づくにつれ、ぐっと顔を上げ強い表情を宿していく。広間では、秀頼、修理、盛親、吉政らが集まって話し合いを行っている。千姫もそばで見守っていた。茶々は「秀頼」と声をかけた。

「戦えば、十中八九は負ける。豊臣は滅ぶやもしれぬ」

茶々の言葉を、秀頼は真剣な表情で聞き入る。

「母は……戦えとは言わぬ。徳川に降《くだ》るもまたよし。そなたが決めよ」

「母上……」

「豊臣の意地は充分に世に示した。母はもう満足しておる。豊臣の主はそなたである」

〃母〃として、茶々は少しだけ、言葉にやさしさを込めた。

「母のことは、一切気にするな。そなたの本当の心で決めるがよい」

茶々の言葉に、秀頼は問うように修理を見た。

「我ら、殿のお決めになったことに従いまする」

そして千姫を見る。

「千も殿の本当のお心に従いまする」

秀頼の顔に覚悟が見えた。千姫に向き直ると、語りかけた。

「お千、前にそなたは、私の本当の心が知りたいと申したな？　私は、あれからずっと考えていた。ずっと母の言う通りに生きてきたこの私に……本当の心はあるのだろうかと」

秀頼は何かを悟ったようにすっくと立ち上がった。

「我が心に問い続け、今ようやくわかった気がする」

そう言うと、秀頼は確固たる足取りで部屋を出てゆく。何事かと、茶々たちも急ぎ、後を追った。

秀頼が向かったのは牢人たちの待機場だった。牢人たちはちょうど食事をしていたが、思い詰めた顔をした秀頼を見て、茶碗を置いた。

「皆よう聞いてくれ……余のまことの心を申す」

秀頼の言葉に、皆、居住まいを正す。

「信じる者を決して裏切らず、我が身を顧みずに人を助け、世に尽くす。それがまことの秀頼である」

それは茶々が、つねに秀頼に言い聞かせてきた言葉だった。

「今、余は生まれてはじめて、この胸の内から熱い炎が燃えたぎるのを感じておる！　余は、戦場にこの命を燃やし尽くしたい！」

「秀頼……！」

「母上、もし弱気なことを仰せになるおつもりなら、下がっていてくだされ。邪魔でござる」

秀頼の言葉に茶々の顔から血の気が引いた。

「皆の者！　天下人は断じて家康ではなく、この秀頼であることこそが、世のため、この国の行く末のためである！　余は、信長と秀吉の血を引く者である！　正々堂々、皆々とともに戦い、徳川を倒してみせる！　ともに乱世の夢を見ようぞー！」

「おおーっ！」

牢人たちが雄叫びを上げる。あの冷ややかな真田信繁までもがにやりとし、闘志を燃やすように「おおおーっ！」と声をあげた。

秀頼は晴れ晴れとした面持ちで、茶々と千姫を見つめた。

「異論ござらんな」

「……よくぞ……申した」

青ざめた顔で茶々は言った。

千姫も「……徳川を……倒しましょう」と従った。

初が、その様子の一部始終を呆然と見つめていた。

もう止めることはできない。茶々の願いが呪いとなって秀頼の運命を決めたのだ。

茶々は大事に懐にしまった家康の文を破り、蠟燭の火で燃やした。

「ともに往《ゆ》こうぞ……家康」

四月二十八日、二条城には大勢の武装した兵が集結した。具足を身に着けた秀忠、正信、正純らのもとに、使番《つかいばん》が駆けつけた。

「申し上げます！　大和郡山城《やまとこおりやまじょう》、大野勢によって攻められ、落とされましてございます！」

「これが秀頼の返答か」と秀忠は呻いた。

「どうやら豊臣秀頼こそ……乱世が生み出した最後の化け物、なのかもしれませんな」

正信が家康に語りかけると、家康は具足を身に着けた姿で、一心不乱に写経をしていた。

皆は家康の下知を待った。長い沈黙が続く。頃合いを見て秀忠が「……父上」とそっと声をかけた。

「南無阿弥陀仏」「南無阿弥陀仏」と料紙におびただしいほど書き連ねた家康は、何度目かの「南無阿弥家康」を記すと、筆をそっと置き、ゆっくりと顔を上げた。

「乱世の亡霊よ、さらば」

大坂夏の陣がはじまろうとしている。

ざざっと外で青嵐《あおあらし》が吹いた。

第四十八章 神の君へ　鯉を食ってどうする！

初と江の説得と家康の手紙もむなしく、茶々と豊臣秀頼は戦いの道を選んだ。徳川家康が戦《いくさ》のない世を実現するには豊臣を滅ぼすしか道はない。

戦いは慶長二十年（一六一五年）四月二十六日、豊臣軍が大和郡山城を攻略したところからはじまり、戦火は大和から河内、和泉へと広がっていった。

五月五日、家康は自ら出陣を決意し、二条城で阿茶の助けを借りて、甲冑を身に着けた。

「やはりちと重いな、すまんが外してくれんか」

「よいのですか？」

「身を守るものは、もういらん」

手際よく鎧を外す阿茶の凛々しさに、家康はあらためて見惚れた。

「そなたには世話になったのう。妻の役目のみならず、ついつい男の家臣のような仕事まで」

「その才覚が私にあるのですから仕方ありませぬ。様々なお役目を任せていただいて、楽しゅうございます」

阿茶ももう六十一になる。家康はしみじみと語りかけた。

「わしは家臣に恵まれてきたと思うておったが、実は、妻にも恵まれておったんじゃな」

「今頃お気づきですか？　妻だけではございませぬよ、於大《おだい》の方様はじめ、殿は、多くのよきおなごとのご縁に恵まれてきたのでございます。憎いお方。はい、これでいかが？」

「充分じゃ」具足を外し、身軽な格好となった家康は、手足を動かしながら、

「わしに言いたいことがあれば今じゃぞ、これが最後かもしれん」と促した。

「ありませぬ。私は最後と思うておりませぬので」と阿茶は一旦はそう返したが、

「あ、一つだけ。……よろしければ、あのお話をお聞かせ願いとうございます」と付け足した。

「あの話とは？」

「魚の鯉のお話でございます。たいそう面白いお話だと以前、於愛《おあい》様が仰せでしたので」

「ああ、あれはな、信康《のぶやす》と五徳《ごとく》の……」家康は思い出しただけで、くくっと笑いがこみあげてきた。

「いや、長くなるでな、無事戻ってきたら話してやろう」

阿茶に支えられ、主殿にたどりついた家康は「馬を引け」と秀忠たちに命じた。

「父上……ご出陣なさるおつもりではありますまいな。この戦は、将軍の私が、義をもって世を鎮め……」

「やめいやめい、勇ましい言葉はもううんざりじゃ」と家康は虫を払うように手を左右に振った。

「敵が求めるのはこのわしの首。わしが的となれば、みな集まって来よう」

「されど、それでは父上が……」

「それで、すべてが終わる。一同、戦をせぬ将軍のもとで、戦なき世を作れ。秀忠、あとは任せたぞ」そう言い捨てて出て行こうとする家康を、本多正信が追う。

「お供します。秀忠様、お許しを」と許可を得た上で、肩を貸した。

「お前に寄りかかるほど弱ってはおらん」

「こっちが寄りかかっとるんで。お互い寄りかかり合いながら参りましょう」

憎まれ口を叩きながら、家康と正信はえっちらおっちらと戦場に向かった。

この日、河内方面へ出陣した家康の軍勢は十二万あまり。翌六日、河内道明寺で豊臣方の後藤正親を破り、道明寺の北側、八尾《やお》でも長宗我部盛親の軍勢を撃破した。

大坂城の本丸、待機場で真田信繁が坐禅を組んで瞑想していた。その傍らでは大谷吉治と明石全登らが戦況を語り合っている。正親は討ち死にし、盛親も行方知れずという。だがその声は信繁には聞こえていない。彼の脳裏には、九度山に幽閉されていた頃の父、真田昌幸の言葉が鮮やかに蘇っていた。

病身でやつれた身で囲碁を打つ昌幸は、信繁の打った石をつまみ飛ばして、自分の石を打つという非常識なことを平気でやっていた。

「汚い」と信繁が咎めると昌幸は「戦とは汚いものじゃ」とまったく悪びれない。

「戦はまた起こるぞ。もう一度ひっくり返せる時が必ず来る……うらやましい奴よ」

昌幸は珍しく真顔で「忠義なんてもんに惑わされるなよ。平穏、安寧、そんなものを求めるな。己の野心のために命を燃やせ」と、紐でくくった六文銭を信繁に手渡した。

「乱世を取り戻せ……愉快な乱世を泳ぎ続けろ」

信繁が父を思い、六文銭を懐から取り出し見ていると、秀頼、茶々、千姫、大野修理亮治長が現れた。

「家康が動いた！　自ら戦場に出て来おった！　茶臼山を奪い返す気であろう」と修理。

「我らがこの戦に勝つ手立てはただ一つ、恐ろしき化け物の首を獲ることである！　今こそ、我らがすべての力をもって決戦を挑む時！」と秀頼。

「我が子らよ……恐れることはないぞ、この母は、どこまでもそなたらと一緒じゃ」と茶々。

「私も一緒じゃ……武運を祈る」と千姫。

「目指すは家康の首ただ一つ！　出陣じゃあー！」

修理の号令で五月七日、豊臣軍は出陣した。両軍は天王寺口で撃突した。指揮を執る修理に続き、先頭を行くのは吉治、全登らである。そのなかで、信繁率いる真田勢が、徳川本陣に一斉に雪崩れ込んできた。六文銭を握り締めた信繁は「まことのもののふどもよ、我に続けー！　進めー！　家康の首を獲れー！」と、戦場が彼らの生きる場であるとばかりに嬉々として突進する。

徳川勢は弓矢鉄砲で迎え討つが、豊臣勢は怯まない。その様子を、家康は本陣で床几《しょうぎ》に腰かけ、微動だにせず見つめていた。そばには正信が控えている。やがて家康は立ち上がり、敵を煽った。

「家康はここじゃあ！　家康はここにおるぞ！　さあ来い！　ともに往こうぞ！」

信繁たちは、ここぞとばかり、家康の首、一点を目指し馬で猛攻してくる。

「乱世の亡霊たちよ……わしを……連れて行ってくれ」

家康は空を仰いだ。恐れも闘争心も一切なかった。

だが、天に家康の願いは届かなかった。豊臣側の猛攻は徳川軍の数にはかなわず、次第に討ち取られ、家康にたどり着く前に力尽きたのである。徳川軍に攻められ、大坂城は炎上した。

日が落ちる頃、すっかり静かになった茶臼山の本陣で、正信が寝転がりながら、ポツリと言った。

「また生き延びてしまいましたな……」

疲れ果て、まるで抜け殻のようになった家康に、正信は「……とうとう終わるんですな。長い長い乱世が」と哀切の念を込めた。

家臣の「天守に火が！」と叫ぶ声がする。家康は家臣に支えられ、燃える大坂城の天守を見つめた。そこへ正純が来て報告した。

「秀頼たちは、山里曲輪に逃げ込んでおるとのこと。そして……大野修理から、千姫様をお返しすると申し入れてきました」

大坂城では、燃える本丸を離れ、茶々、秀頼、千姫と、毛利吉政ら諸将、侍女たちが山里曲輪に避難していた。が、もはや落城は免れない。初と修理がやって来て、千姫が脱出する用意が整ったと伝えた。

「お千、輿《こし》を用意してある。出よ」

茶々に言われ千姫は、

「義母上と殿は？」と問うが返事はない。

「いやでございます。私は殿と義母上とともにおります！」

「早う出よ！」拒む千姫に、茶々は厳しく命じた。

「行きませぬ！　私は豊臣の妻じゃ！　行くならば、殿も義母上もご一緒でなければ！　殿、義母上、一緒に出ましょう！」

「お千……わしは、最後まで豊臣秀頼でありたい」

「そのようなお言葉……千にはわかりませぬ！　千はただ殿とともに生きていきとうございます」

「我らは最後までとことん戦い抜いた、その総大将を助命する慣わしは、ないのじゃ」

秀頼の決意を頑として聞きいれない千姫だったが、初に「姫が大御所様と将軍様に秀頼様の御助命を嘆願なさいませ。それが姫にしかできぬ役目でございましょう」と説得され、しぶしぶ考え直した。

「殿、義母上、必ずお迎えに参ります。それまでお待ちくださいませ。決して早まらぬとお約束くださいませ!」

「わかった。そうしよう」秀頼と約束を交わし、千姫は後ろ髪引かれる思いで曲輪を出た。

翌朝、茶臼山の徳川本陣に、秀忠に連れられて千姫が現れた。初も一緒である。

「お千、よう無事に……」と感無量で両手を差し伸べる家康に、千姫は身を委ねることなく伏した。

「大御所様! 我が夫と義母を御助命くださいますよう、何とぞお願い申し上げまする! 豊臣にはもう戦う力はありませぬ。この期に及んで、おふたりを死なせる意味がどこにありましょう!」

「戦の作法とは左様なものでは……」と秀忠が言い聞かせようとするが、千姫は拒んだ。

「大御所様に申し上げております! お願い申し上げます! お願い申し上げます!」

「秀頼を深く慕っておるんじゃな」と家康は千姫の気持ちを慮った。

「私だけではございませぬ……多くの者があのお方を慕っております。あのお方は、夢を与えてくださいます……力を与えてくださいます! 前途ある若き才をお救いくださいませ!」

千姫の思いはわかる。だが家康は断腸の思いで「すまぬ」と頭を下げるしかない。「ここでくじければ……ここまでやってきたこと、すべてが……」と言いかけたとき、秀忠が毅然と制した。

「私が命を下します」

秀忠の複雑な想いと決意を家康は察し、引いた。

「将軍として命を下す。秀頼には、死を申し付ける！」

秀忠の宣告に千姫は顔を歪め、滂沱《ぼうだ》の涙を流す。

「鬼じゃ……父上も……おじじ様も……鬼じゃ！　鬼畜じゃ！　豊臣の天下を盗み取った化け物じゃ！」

千姫の眼差しは、どんな武将の猛攻よりも家康の胸を深く刺し貫いた。

初が泣きながら千姫に寄り添う。

「姫、これは姉と秀頼様がお選びになったことでもあるのです」

千姫と初はがっくりと肩を落とし、家臣たちに支えられて去って行った。

残った家康は、燃える大坂城の方に向かい、強く強く手を合わせた。

山里曲輪は、火に包まれていた。残った誰もが最期の時をこの手で迎える心の準備をしている。

「皆、よう力を尽くしてくれた。余は、悔いはない。……母上……我が首をもって、生きてくだされ」と秀頼は修理の介錯で切腹した。茶々は息絶えた秀頼の頭にそっと手を置いて、

「……見事であったぞ」とねぎらった。涙は流さない。

吉政以下、他の諸将たちも次々腹を切り、侍女たちも互いに突き合って死んでいく。

「徳川は汚名を残し、豊臣は人々の心に生き続ける……勝ったのは、我らでございます。……あなたのおそばで働き……あなたにこの命を捧げられ……幸せでございました」

最後に残った修理も、茶々にそう言うと切腹して果てた。あとは茶々のみ。秀頼には「生きてくだされ」と言われたものの、生き残るつもりは毛頭ない。

茶々は天を仰ぎ、熱に浮かされたように呟く。

「日ノ本か……つまらぬ国になることであろう。正々堂々と戦うことをせず、万事長き物に巻かれ、人目ばかりを気にし、陰でのみ妬み、あざける。……やさしくて卑屈な、か弱い者たちの国に。……己の夢と野心のために、なりふり構わず、ただ力のみを信じて戦い抜く！　……かつてこの国の荒野《あれの》を駆け巡った者たちは、もう現れまい」

あまたの火矢の炎は合わさり広がり、すべてを燃やし尽くすようである。

茶々は右手で、己の頭をぽんぽんぽんとなでた。

「茶々は……ようやりました」

炎に巻かれながら懐剣を抜き、真っ白な首に一突きした。

豊臣の滅亡を物語るように、大坂城が黒煙に包まれ崩れ落ちていく。仁王立ちし、ひたすら手を合わせていた家康は、すべての活力を失ったかのように地面にゆっくりと膝をついた。

かくして、長きにわたった戦乱の世がついに幕を閉じ、天下泰平、戦なき安寧の世が訪れた。二代将軍・秀忠の善政によって、江戸の町も大いなる発展を遂げ、民の暮らしは潤い、日ノ本のすみずみにいたるまで、幸福なる日々がもたらされたのである。


元和二年（一六一六年）、四月。うららかな春の日。江戸の庭園は花見をする人々でごった返していた。物売りたちもかきいれどきで、腰の曲がった老婆が大声で団子を売っている。

「団子はいらんか、浜松の団子は格別にうめえぞ。大御所様も三方ヶ原《みかたがはら》で負けて逃げた折に、これを勝手に食って、わしゃ、銭を払えーって追いかけてなあ！」

酔った上方の商人たちが聞きつけて「情けないやっちゃで！　わしも家康ちゅうやっちゃ大嫌い

や！」「小狡《こずる》う立ち回って天下を掠め取りよった腹黒い狸やさかいな！」と賛同する。すると老婆は突然、持っていた杖を振り回し、上方商人たちを叩きはじめた。

「お役人様、こいつら大御所様の悪口言うとったで！」

「この婆さんが先に言いよったんや！」

「わしゃお許しを得とるんだわ！」

浜松から江戸へ出稼ぎに人が来るほど江戸は賑わいをみせており、この頃、人口が十五万にも及んでいた。水路が整い、間もなく神田川も整備され、日本橋には魚河岸が誕生する。三浦や伊豆で捕れた魚を集めての商いが盛んになれば幕府も潤うだろう。

街が順調に発展していると喜びながら、秀忠は江戸城の廊下を家臣たちと歩いていた。ふと、ある部屋の前で足を止めると、中では役人たちが、古くから徳川家に支える家臣たちに聞き取りをしては、証言の覚書を作成しているところだった。

「……それから、父がよう話していましたのは、若かりし頃の大御所様はとにかく怖がりであらせられ、大高城《おおだかじょう》兵糧入れの折には、恐れをなして城を逃げ出し、我が父に捕まって……」

「お稲殿、なりませぬ。左様な話は論外」

稲の証言を止めたのは、南光坊天海《なんこうぼうてんかい》という僧である。家康の偉業を正しく後の世に伝えていく事業の筆頭を勤めている。家康の覚えめでたく、鷹狩などにも同行する人物だ。「南無阿弥陀仏」の日課念仏を勧めたのも彼であった。

天海は聞き取りしていた家臣から覚書を奪い取り、稲の証言をすべて朱墨で消した。

「ほかにございますかな？」と天海は訊ね、稲は新たな記憶を手繰り寄せる。

「若き頃は、どうすればええんじゃと右往左往し、酒井忠次殿、石川数正殿に叱られること数知れず」

「駄目。君《きみ》が君たらずとも臣《しん》は臣たれ」

「井伊直政幼き頃、大御所様の命を狙わんとし……」

「ろくなのがねえ！」

「鳥居元忠殿を伏見に残す際、別れの盃を交わして涙を流し……駄目ですかね」

「そういうの。こういうやつをもっと集めよ皆の衆！」

天海の采配を廊下でじっと聞いていた秀忠は、たまりかねて口を出した。

「天海よ……立派な話ばかり残すというのもいかがなものか」

将軍の登場に家臣たちはかしこまるが、天海は動じない。

「世間では、狡猾で恐ろしい狸、と憎悪する輩も多ございます。鮮やかな絵巻を作り、大御所様の御生涯を讃《たた》え、広く知らしめねば。かの源頼朝公にしたって、実のところはどんな奴だったかわかりゃしねえ。周りがしかと讃えて語り継いだからこそ今日、すべての武家の憧れとなっておるわけで」

「だが人は誰しも、間違ったり、過ちを犯したりするものであろう」

「人ではありませぬ」と天海は言い切った。

「大権現《だいごんげん》！　徳川幕府の開祖、家康公は、神であらねばなりませぬ」

道理はわかるが、やりすぎではないかと秀忠は眉をひそめた。しかし天海は譲らない。

「三方ヶ原で敗れた折、恐れのあまり脱糞し、これは焼き味噌じゃと……」という覚書を途中まで読むと顔をしかめて紙をぐしゃぐしゃに丸め放り投げた。

家康の偉業を伝えていく者はほかにもいる。秀忠の長男・竹千代――のちの家光の乳母である福――のちの春日局《かすがのつぼね》もそのひとりである。竹千代を三代将軍として立派に育てる使命を担っている福は、駿府城に竹千代を連れて家康の見舞いに訪れ、伝説の金色の具足《ぐそく》を見上げて涙ながらに教えを語っていた。

「すべては、天が私たちに授けてくださった神の君が、この金色の具足をまとったその日から、ひと時もくじけず、天下泰平のため邁進してくださったおかげでございます。我らはそれを受け継ぎ、未来永劫、徳川の世を守ってゆかねばなりませぬ。若君ならばできまする！　竹千代様には、偉大なる神の君の血が受け継がれておられるのですから！　ようございますな、竹千代様」

福が振り返ると、そこに竹千代の姿はなく、家臣たちと、老いた正信が居眠りをしていた。

「……終わりましたか。結構なご高説でございました、福殿」と目を覚ました正信に、

「若君は？」と福はきつく尋ねた。

正信の視線を追うと、竹千代は廊下でうつぶせに寝そべっていた。女の着物を羽織っていて少女のようにも見える。竹千代は足を交互に上げ下げしながら楽しそうに絵を描いていた。

「若君！　しかと聞いておられたのか！」と福が咎めると、

「神の話なんぞ聞きたかないや」と顔も上げずに返す。

「なんと罰当たりな！」

福の剣幕を竹千代は気にもせず、描いていた絵を正信に渡すと、着物を翻して軽やかに走り去った。正信は受け取った絵に目を落とす。そこにはずる賢そうな老いた狐が一匹。

「やはり面白き若君でございますな」

「面白くございませぬ、もう十三歳にもなられようというのに、気ままで、か弱く、なよなよしてばかり」と福は眉をつり上げた。

「おなごのような振る舞いをして、生き物の絵を描いたり、人形遊びをしてみたり、あのようなことで、ゆくゆく三代将軍になれましょうか。……ああ、頭が痛い」とぼやいているところへ、阿茶が現れた。福は座り直すと、阿茶に訊ねる。

「やはりお加減、優れぬご様子で？」

「わざわざ江戸よりお見舞いに来ていただきながら、申し訳なきことにございまする」

「いえいえ、大御所様の御快癒を心よりお祈り申し上げまする。天祐あらんことを」

「ありがとう存じまする」

その晩、正信だけは家康の見舞いを許された。

「近頃は、阿茶様がおひとりでお世話を？」

「若い者たちは、怖がって寄り付きませぬ……万が一、お世話をしているときに、粗相があったり、よもやのことが起きた場合、いかな処罰を受けるかと、あらぬことを考えて怯えておるのでしょう。もっとも誰しも神の世話などしたくないのは道理かもしれませぬ」

「お会いしても大事ないので？　……お加減のよいときにでも」

「おそらく、今を逃せば、もう」

杖をつきつつ、家来たちに支えられながら阿茶とともに家康の寝室まで来た正信は、家来を廊下で待たせ、中へ入った。寝室は極めて質素で、枕元の盆には目器と彫刻刀と木片があり、周辺に書物が積まれているだけだった。

「本多佐渡守正信殿にございます」と阿茶が声をかけるが、家康の反応はない。正信が「……大御所様」と呼んでも目を瞑ったまま。もう一度「殿……」と呼ぶと、ようやく気づいてうっすらと微笑んだ。

正信は家康の手を握った。

「私のようなものを……信用してくださったこと……深く……深く……感謝しております。私もすぐに参ります……ご迷惑かもしれませんがな……。長きにわたり、ご苦労様でございました」

家康は黙って正信を潤んだ目で見つめ、正信の手を弱々しく握り返した。ぬるめの茶のような温かみがじんわりと伝わってきた。

見舞いを終えて部屋を出た正信に、廊下で待っていた阿茶がぽつりと問うた。

「天が遣わした神の君……あるいは狡猾で恐ろしい狸……いずれにしても、皆から畏《おそ》れられる人にあらざるものとなってしまわれた。……お幸せだったのでございましょうか」

「戦なき世をなし、この世のすべてを手に入れた。が……本当に欲しかったものは……ずっと求めていたものは……何一つ……」

正信は阿茶に背を向け、そっと涙をぬぐった。


四月十七日の朝。主殿に置かれた金色の具足が、朝日を反射して輝いている。陽の光は、具足の持ち主、家康の寝室にも差し込んだ。死んだように眠る家康が、光に反応したのか目を覚ました。おぼろげな視界に入ったのは、枕元の彫りかけの木彫りである。それに手を伸ばし、取って眺める。

珍しく気力が湧いて、そろそろと体を起こし、彫刻刀をもって木を彫りはじめた。おぼつかない手付きではあるが、一心に彫り進めていると、どこからか「殿……殿……」という声がした。

あたりを見回すと、奥の間の襖がほんの少し開いた。

「……もう出て行ってもよいかしら」

襖が開いてそっと出てきたのは――。

「瀬名……」

家康は驚いて、木彫りを落とした。

続いて顔を出したのは信康である。

「ああ、くたびれた。もう隠れなくてようございましょう」

「信康……お前たち、ずっとそんなところに……」

「生きてるって知られたら大変でございますもの」と瀬名がいたずらっぽく笑い、

「まんまと世を欺きました」と信康も得意気な顔をした。

「そうであったか……」と、昔と変わらぬふたりの姿に、家康は夢心地である。

「父上、戦なき世、とうとうなし遂げられましたな！」

「ようやりました。私の言った通りでしたでしょう、なし遂げられるのは殿だと。ご立派なことでございます」

「立派なことなんぞ……わしは……したんじゃろうか。立派なことを口では言いながら、やってきたことは人殺しじゃ。わしは……一体、何をしてきたのか……わしの生涯とは、何であったのか……」

煩悶する家康を、瀬名と信康が大きな丸い目でじっと見つめる。

「あの金色の具足をつけたその日から……望んでしたことは、一つもない。望まぬことばかりを……したくもないことばかりをして……生涯を……」

後悔の海に溺れそうになったとき、かさりと、御簾《みす》の向こうで人の気配がした。御簾の下から、折り紙細工の男女の人形がひょこっと現れた。子供の手が、人形を左右で持って踊らせる。御簾の間から顔をのぞかせ人懐っこく笑ったのは、竹千代だった。

「おじじ様、上手に描けたので、差し上げます」と囁き、紙を家康の布団の上に置くと、竹千代は瀬名と信康にぺこりとお辞儀をして帰って行った。

「不思議な子でございますな」と信康が竹千代の背中を目で追う。

「竹千代……跡継ぎじゃ……」

「初めてお会いした頃の誰かさんにそっくり」と瀬名は孫のことを愛おしそうに評した。

「あの子が、鎧をまとって戦場に出なくてよい世の中を、あなた様はお作りになったのでしょう？」

瀬名の言葉に家康はどきりとなる。

「あの子があの子のままで生きてゆける世を、あなたが御生涯をかけてなしたのです。なかなかにご立派なことと存じますが」

そう言われて、家康の目からどっと涙があふれた。

竹千代の残していった絵は個性的な兎の絵で、「存外、見抜かれているのかもしれませぬな、あなたが狸でもなければ、ましてや神でもないということを」と瀬名は絵と家康を見比べた。

「私も信康も、みんなも、誰も忘れちゃおりませぬ、本当のあなたを」

涙の止まらない家康の手を瀬名は取って、兎の木彫りを握らせた。

「だから、安心してお休みなさいませ……みんなが待っておりますよ……私たちの白兎を」

長かった。戦国を生き延び続け、今、家康は生まれてはじめて心から安堵した。兎の木彫りを抱きしめたまま、幸せそうに息を引き取る家康を見届けた瀬名と信康は、朝日のなかに溶けていった。

布団の上には兎の絵が載っていた。


どたどたと慌ただしい足音が近づいてきて、「殿！　いつまで寝ておられる！」「起きてくだされ！　早う！」と、鳥居彦右衛門元忠と平岩七之助親吉の呼ぶ声がする。家康が目を覚ますと、そこは岡崎城の、板張りで簡素な家康の居室である。寝ぼけながら起きる家康の体は、二十六歳の頃に戻っていた。

「ああ、ずいぶんよう寝た……」と目をこすると、彦右衛門と七之助が正装をしている。

「なんじゃ、改まった格好して」

「何を寝ぼけたことを！　今日が何の日かお忘れか！」

「今日は、若君様のご祝言の日でございましょう！」

「そうか……そうであった」

永禄十年（一五六七年）五月、岡崎城の主殿は宴の準備で大わらわである。家康も着替えて寝室を出ると、廊下で竹千代（のちの信康）が蟹柄の浴衣姿で登与に追いかけられていた。

「わしは織田の姫などいらん！　祝言など挙げげん！」

「わがままを申されますな！　早うお着替えなされ！　若様！」

「しょうのない奴じゃ。花嫁はそろそろお着きか？」と家康が訊ねると、

「殿、暢気なことを言っとる場合ではござらん、大変でござる」と彦右衛門が眉を寄せた。

「池の鯉が……」と七之助。先ごろ織田信長から贈られた鯉に、一大事があったという。

数日前、大きな桶に入った立派な鯉を三匹、木下藤吉郎秀吉が届けに来た。

「なんという見事な鯉じゃ！　美濃攻めの最中というのに、わざわざお届けくださりかたじけない、木下殿」

「いえいえいえ！　猿めは、言われた通りにお届けしたまでだがや。ご両家の絆と繁栄の証しにと、信長様御自らお選びになったものにござぜーますでな！」

「の、信長様自ら……」

「このいっちゃん大きいのが信長様、これが家康様、そしてこれが若君様を表しとるとのことで！　なんとまあ、ありがてーこってこざぜーますなあ！」

「あ……ああ」と家康は、暗に信長の強い圧を感じて青ざめた。

「くれぐれもお大事になさってちょーでえ！　……もし万が一、鯉の身に何かあったら、そんときゃあどーなるか、わしゃ知らんでよ」と藤吉郎は、ひゃひゃひゃと笑いながら去って行った。

「嫌いじゃあ」と後ろ姿を睨んで見送った家康は「み、皆の者、これは魚ではない、宝物じゃ！　大事に育てよ！　死なせたらただじゃおかんぞ！」と言い聞かせたのであった。

そして一大事とは――。

「鯉がどうした？」

「おりませぬ」

七之助に言われ、家康は絶句する。

「ゆうべまでは確かにおったんですが、三匹……いや、お三方とも池におりませぬ！」と彦右衛門。

「なぜよう見張っておかぬ！」と家康が頭を抱えていると、大久保忠世が現れた。行方不明の鯉を捜しに奔走していたようで、「こんなもんが落ちておりました……」と、おそるおそる、盆を差し出す。そこには、鯉の骨が三つ載っていた。

「誰かが食っちまったものと……」

「ど、どこのどいつじゃ、あほたあけが！　わしがあれほど……！　左衛門尉ー！　数正ー！」

居ても立ってもいられず、家康は、酒井左衛門尉忠次と石川数正を呼んだ。状況を知ったふたりは、「万が一、信長殿に知られたら……」と互いに顔をしかめた。

そこへ、暢気な様子で現れたのは、渡辺守綱である。「殿、いま織田様からの使いが参りまして、五徳様、間もなくお着きでございます。つきましては、信長様もご一緒にお見えになるそうで」

「い、今何と申した！」

「ですから、信長様もご一緒に。贈った鯉を見るのも楽しみにされていると」

「な……なんで信長が来るんじゃ！　娘の婚礼なんぞに来てる場合ではなかろうが！　……ど、ど、どうする？　……どうするわし！　どうしたらええんじゃあ！」

家康は天に届くほどの大声で絶叫した。

「こりゃ大いにまずいですぞ！」

「両家の仲は壊れ、最悪の場合、戦ということも……」

「似たような鯉を見つけてくるか……」

「いや、信長のことじゃ、偽の鯉などひと目で見抜くに違いない」

左衛門尉と数正が交互に不安を煽る。

「下手人を手打ちにして、お許し願うほかない……！　下手人を捕らえる！」

台所では於大の指揮のもと、お杉やお梅ら女たちが宴の支度をしているところである。そこへ家康が駆け込んできた。

「ゆうべここで鯉をさばいた奴がいるはずなんじゃ。心当たりはありませぬか？」

於大は「さあ」と首をかしげる。お杉とお梅も、朝一番に来たが、誰もいなかったと言う。そのとき、於大が声をあげた。「あら……こんなところに」

於大が土間から拾いあげたものは、刀の笄《こうがい》だった。彫られた柄に見覚えがある。

「この笄は……本多家の！」家康が声をあげると、於大が思い出したように言った。

「そういえば、ゆうべ遅く平八郎が小平太と庭をうろうろしておったわ！」

「おのれ……やっぱりあいつらか！」

家康はさっそく本多平八郎忠勝と榊原小平太康政を呼びつけた。だが、

「何のことやらわかりませんなあ」

「我らはゆうべ、庭で槍の稽古をしていたまで」とふたりがとぼけるものだから、家康は、

「確たる証しがある、これは本多家のものであろう！」と笄を突き出した。が、平八郎は、

「この俺が笄を落とすような間抜けとお思いか！」と逆に怒りだす。

「殿、本多家は平八郎だけではござらぬ！　……あ、そういえば、のんべえ殿と夏目殿は、ゆうべ遅くまで酒を飲んでいたと聞きました」と小平太が平八郎をかばった。

「忠真と夏目か……」

「我が叔父に限ってそのような！　……いや、あの酔っ払いなら、笄を落とすかもしれぬ……！」

家康は平八郎を伴ってふたりがいる部屋に乗り込んだ。夏目広次がせっせと帳簿をつけている背後で、本多忠真は二日酔いで大の字になって寝ていた。

「本多忠真！　夏目広信！」

「……夏目広次にございます」

「そうであった……！　ゆうべ鯉を食ったな！　信長の鯉を！」

「まさか、私どもは畦豆《あぜまめ》をつまんでちびちびやっていただけで」

「忠真、台所にこれがあったぞ！」

笄を突きつけられた忠真は、ふらふらと起き、自分の刀に笄がないことに気づいた。

「かたじけない。だが水を飲みに行っただけ。わしはもう酒を断ったんじゃ！　疑うとは何たる無礼、七之助！」

「ちがう、七ではない、これは殿じゃ！」

広次が訂正するが、忠真は、家康を七之助と間違えた無礼を意に介さず、酒をあおってまた寝てしまった。

「あ、そういえば、鯉に目がないお方がおひとり……」と広次が思いついた。

「誰じゃ？」

「目の前に鯉がいれば、食わずにはいられないというお方で、網ですくってさっとさばいて、ぱくぱく食べるところを何度も見ました。まあ、歯もないのにようあんなに食べられるもんだと……」

広次の証言から家康が主殿に呼びつけたのは、鳥居忠吉翁である。左衛門尉、数正、平八郎、小平太、忠世、彦右衛門、七之助、広次が、忠吉翁を取り囲んだ。

「いくら鯉に目がないわしでも、あの宝物を食ったりはいたひまへぬ！　……たぶん」

「たぶん？」

「近頃は、物覚えがとんと……昔のことはよう覚えておるんですが、ゆうべのこととなると……」

「鯉を食うたかどうかくらい覚えておろう！」

「食うておりまへぬ！　……と、思います……」

「はっきりせい！　……食うたのなら成敗せねばならぬ」

家康はかっとなって刀を抜き、一同は息を呑んだ。ただならぬ気配に、忠吉翁も覚悟を決める。

「……食ったのかもしれまへぬ……きっと食った……食ったんじゃ」

ところが、いざ成敗となると、家康は刀を振りかぶることに躊躇した。

刀を握り、じりじりしていると家臣が現れた。「織田様ご一行、御着到にございます！」

まずい、と家康も家臣団も焦りが滲む。

「殿……お手打ちにしてくだされ」と忠吉翁が促した。

「……食ったかどうかわからんのだろう……」

「食いました！　わしが食った！」と忠吉翁は居直った。

「そんなことで、手打ちにできるか……」

「誰かが首を差し出さねばならんのなら、この老いぼれを……お願い申し上げます！」

背に腹は替えられない。家康は今一度、刀を振りかぶった。だが、そっとその手を下ろした。

「……もうよい」

「よい、とは？」

「大事な家臣を……鯉と引き換えにはできぬ」

「信長様には、何と？」と左衛門尉が心配する。

「正直に言うしかあるまい」

「信長様の逆鱗《げきりん》に触れたら？」と数正も問う。

「そんな相手なら、縁組なんぞこっちから願い下げじゃ。どうせすぐに壊れる」

「では、鯉を食うても……お許しくださるので？」と忠吉翁。

「鯉はしょせん鯉じゃ、食って何が悪い」

半ばやけ気味に家康が言うと、その瞬間、左衛門尉、数正、平八郎、小平太、忠世、彦右衛門、七之助、広次、忠吉翁はにんまりと目尻を下げた。

「そのお言葉、待っておりました」と左衛門尉が明るく言うと、台所から、於大と登与、女たちがいそいそと膳を運んで来た。

「よくぞ申した家康！　皆の衆、殿のお許しが出たぞ！」と於大。

「これで晴れて鯉が食べられますなあ！」と登与。

「こ……鯉？　え？」

見れば、膳の上には数々の鯉料理が載っている。

「こんな見事な鯉を食わない手はありませんからな」と数正はしてやったりと膳を覗き込んだ。

「もうよだれがとまらんかったわ」と忠吉翁も膳に駆け寄った。

「何が宝物か、馬鹿馬鹿しい！」と平八郎は家康を責め、小平太は、

「信長にこびへつらうならまだしも、信長の鯉にまでへつらっていられるか」と憎まれ口を叩いた。

「大事にしたってどうせ死ぬんじゃ、さっさと食っちまったほうがええわ！」と彦右衛門。

「そうじゃそうじゃ！」と七之助は頭をぶんぶんと縦に振った。

「まんまと担がれましたな」と忠世はにやり。

「ほんの戯れでございます、お許しを」と広次は恐縮し頭を下げた。

「お前ら……！　戯れで済むか！　今から信長に謝るのはわしじゃぞ！」

「殿、信長様は美濃攻めのことでお忙しく、ここへ来られるはずございますまい」

左衛門尉は口に手を当て笑いをこらえている。

「へ……？　そ、それも嘘なのか？」

きょとんとなる家康を、みんなが取り囲んで笑う。

「馬鹿にしおって！　無礼者めが！」

家康が怒れば怒るほど、皆、腹を抱えた。

「笑うな！　主君を一同でからかうとは、何という家臣どもじゃ！」

「そこが殿とこの家中のよいところ」と忠吉翁は歯の抜けた口を全開にした。

「もしわしがあのまま手打ちにしたらどうするつもりだったんじゃ」

「左様なことはなさらぬと信じておりました」と小平太。

「皆、ようわかっておるのでござる……殿というお人を。……そのお心を」と平八郎。

皆の顔はこの上なくやさしくて、家康はこの場にいる喜びで胸がいっぱいになった。

「皆の衆、わしらの殿はおやさしいお方でよかったのう！　しかと礼を申せ！　ありがとうございました、殿」と左衛門尉の声を皮切りに、皆が口々に家康に礼を言い、最後は数正が締めた。

「ありがとうございました……殿」

家臣たちを見つめながら家康は涙が止まらない。すると、庭の方から瀬名の声がした。

「お幸せでございますな、殿」

瀬名は花束を抱えて微笑んでいる。

「そうじゃな……わしは幸せ者じゃ」

ほどなく五徳が到着した。花吹雪が舞って、祝言がはじまった。日が落ち、月が出た頃には無礼講となった。九歳の竹千代と五徳が主座に座り、家臣一同が酒と鯉料理に舌鼓を打ち、皆でえびすくいを歌い踊る。登与は左衛門尉と息の合った踊りを見せ、於大や女たちも踊りの輪に加わった。

竹千代が五徳に手を差し伸べ踊りに誘った。緊張と織田家の者としての矜持から渋っていた五徳だが、はにかみながら輪に入った。わあっと歓声があがり、宴の熱はぐんと上がった。


楽しげな光景を、少し離れたところから家康と瀬名は肩寄せ合って眺めた。

「なんとよき光景でしょう。こんなよき日は、二度ありましょうや……まるで戦などないみたい」

「わしがなしたいのは、今日この日のような世かもしれんな……」

「是非ともあなた様が作ってくださいませ」

「わしには無理じゃろう」

「ただの白兎ですものね」

額がくっつきそうな程、顔を近づけ、肩をすくめて笑い合う家康と瀬名。

「だが、この者たちを見ていると、いつの日かそんな世が来るような気がするのう」

「まことに……」

「よき世とは、誰か一人の力ではなく、一人ひとりが励んではじめてなせるものなのかもしれんな」

「そうですね……。さすれば、遠い遠い先かもしれませんが、いつかきっと夢のような世が来るでしょう」

「わしは信じるぞ。誰もが認め合い、励まし合い、支え合う……いつかきっとそんな世が来ると」

「はい」

「いつか、きっと」

いつまでも終わらない宴。家康と瀬名を薫風がなで、夜空に昇っていく。風に誘われ見上げると、岡崎城の屋根の上に丸い月が昇っている。なかで小さな兎がぴょんとはねた。


（完）

本書は、大河ドラマ「どうする家康」第三十六回〜第四十八回の放送台本をもとに小説化したものです。
番組と内容・章題が異なることがあります。ご了承ください。

装画―安原成美
装幀―アルビレオ
帯写真提供―NHK
DTP―NOAH
校正―松井由理子
編集協力―向坂好生

古沢良太 こさわ・りょうた

２００２年脚本家デビュー。「ＡＬＷＡＹＳ 三丁目の夕日」で日本アカデミー賞最優秀脚本賞受賞。「ゴンゾウ 伝説の刑事」で向田邦子賞受賞。主な作品に「外事警察」（ＮＨＫ）、「鈴木先生」「リーガル・ハイ」「デート～恋とはどんなものかしら～」「コンフィデンスマンＪＰ」。またＥテレ子ども向け人形劇「Ｑ～こどものための哲学」の脚本を担当するなど多分野にわたり活躍中。

どうする家康 四

二〇二三年十一月二十日 第一刷発行

著者 古沢良太
ノベライズ 木俣 冬

発行者 松本浩司
発行所 ＮＨＫ出版
〒一五〇-〇〇四二 東京都渋谷区宇田川町一〇-三
電話 〇五七〇-〇〇九-三二一（問い合わせ）
〇五七〇-〇〇〇-三二一（注文）
ホームページ https://www.nhk-book.co.jp

印刷・製本 共同印刷

Printed in Japan ISBN978-4-14-005733-9 C0093